新世紀への安吾

坂口安吾研究会＝編
ゆまに書房＝発行

への安吾

新世紀

坂口安吾論集 III

新世紀への安吾

坂口安吾研究会

私の「日本文化私観」

——前口上

井上章一
Shouichi Inoue

坂口安吾に、うらみをいだいていたわけではない。だが、ひょんなことから、敵愾心をもつようになった。こいつにはひとこと言っておかなければならないなと、ここ十数年ほど思いだしている。

さいわい、今回、安吾論を書けとの注文を、いただいた。安吾びいきの読者にはもうしわけないが、いろいろいちゃもんを書きつらねる。こんな安吾観をいだいているやつもいるのだなとおもっていただければ、さいわいである。

とはいえ、私はそれほど安吾の文章を、読んでいない。私の反感は、もっぱら「日本文化私観」に由来する。これが不快だったという、ただそれだけのことで、私は文章を書きだしている。

きまじめな文学研究者なら、あぜんとするようなふるまいではあろう。しかし、私はべつに文学を研究しているわけじゃあない。学界の作法にはこだわらず、好きなことを書かせていただく。

それに、門外漢の私が、いまさら先行研究などをほじくっても、意味はあるまい。しろうとの文章に何かとりえがあるとしたら、野蛮な書きっぷりだけだろう。これからこの一文に目をとおされるだろう読者へも、ひとことことわっておくしだいである。

――つくられた桂離宮神話

「いきなり自分の恥をさらすようだが、私には桂離宮の良さがよくわからない」。そんな書きだしではじまる本を、私は若いころにあらわした。『つくられた桂離宮神話』（一九八六年）が、それである。

この本で、私は桂離宮が神格化していく筋道をおいかけた。離宮の庭園と建築が日本文化史上の傑作として、もてはやされるようになっていく。そのからくりを、ときほぐしていったのである。

執筆の動機に、この離宮をあなどる気持ちがあったことは、まちがいない。それほどきわだつところだとも思えないのに、多くの人がほめるのは、どうしてか。そんなとまどいがはじめにあって、賛辞のつくりだされていく過程をおいかけた。

おそらくそういうかまえのせいだろう。私はいろんな人から、坂口安吾みたいですねと、評された。安吾に触発されたんでしょうと言われたこともある。

私が安吾を意識しはじめ、不快感をいだきだしたのは、それからである。あんなのといっしょにしてくれるな。この思いが、それまであまり考えることもなかった安吾への違和感を、ふくらませた。

まあ、安吾風ですねとじかにからかわれるのなら、まだいい。いや、そうじゃあないんだと、こちらの心づもりを、そのつど言いかえすこともできる。しかし、つぎのように書かれると、口頭ではこたえられなくなってしまう。

「『いきなり自分の恥をさらすようだが、私には桂離宮の良さがよくわからない』と安吾を韜晦させたように書き出す井上章一の『つくられた桂離宮神話』は……」

（八束はじめ『思想としての日本近代建築』岩波書店　二〇〇五年）

だから私には、安吾論を書けという本誌の注文が、ありがたい。もうしひらきの場所をあたえてくれたのだと、その点では感謝する。まあ、本誌も、井上の桂離宮論は安吾的だと思って、私に声をかけてきたのかもしれないが。

――桂離宮がなければ、私はこまる

坂口安吾は、「日本文化私観」（一九四二年）で、桂離宮を軽くあしらった。これをほめたたえたブルーノ・タウトのことも、くさしている。ああいう文化財めいた施設は、なくてもかまわない。いらないんだとさえ、言いつのった。

だが、私はそこまで大胆になりきれない。桂離宮めいたものは、あったほうがいいと思っている。別に、文化財的な意義を感じて、なまぬるいことを言っているわけではない。安吾は過激で、私は微温的だというのとも、またちがう。

桂離宮があり、そこが日本文化史の権威として、君臨していた。だからこそ、私の否定的な桂離宮論にも、ちょっとしたねうちができたのである。みみっちい話だが、サントリー文化財団から、表彰してももらえた。桂離宮は、私になにほどかのもうけを、あたえてくれたのである。

もし、この世に桂離宮がなかったら。その場合は、ああいう本も書けなかったろう。桂離宮がいばってくれていたから、それをからかう私にも、いくから光があたったのである。私は桂離宮の威光に寄生していたとさえ、言えるだろう。

いや、桂離宮だけではない。私は法隆寺や安土城についても、評価にかかわる文化史を書いている。『法隆寺への精神史』（一九九四年）であり、『南蛮幻想』（一九九八年）である。今また、伊勢神宮についての、似たような本を書き出した。

そう、これらの文化財は、私の執筆をささえる大切な素材になっている。安吾はなくてもいいというが、私の場合そうはいかない。私にとって、なくてはならないものなのである。まあ、安土城の場合は、たてられたすぐあとに焼けおち、あとかたもなくたっているが。

安吾のような文学者に、桂離宮や法隆寺は必要なかったろう。そんなのがなくても、詩や小説、そして文芸評などを書けばすむ。じっさい、安吾が桂離宮などに言及したのは、「日本文化私観」だけではなかろうか。ちょろっとふれただけで、あとはほうっておいてもかまわない。書きちらしですませる項目だったのだと思う。

しかし、私は建築史家であった。このごろは風俗史家になっているが、当時は建築へ本気でとりくんでいたのである。

だから、私は自分が桂離宮や法隆寺に寄生していることを、自覚していた。自分の仕事が、それらの権威にささえられていることも、わきまえていたつもりである。こういうせつない自意識のうえに、私の仕事はある。法隆寺なんて焼けてもかまわないという安吾に、しかしこういう自己認識はないだろう。

――裸の王様

ずいぶん、自虐的な言いぶんだなと思われようか。なるほど、井上と安吾のちがいは、わかった。だが、けっきょく井上は安吾より小粒だと、そう言っているだけじゃあないか。あるいは、そんな感想も、いだかれたかもしれない。

だから、同じことを、ちがった言いかたであらわしてみよう。かならずしも自虐的とは言いきれない私のうぬぼれを、それでくみとっていただきたい。

アンデルセンの童話に、「裸の王様」がある。某国の国王は、悪知恵のある衣服商にだまされ、裸で往来をあるきだした。自分は華麗な礼服を身にまとっているのだと、思いこまされて。

側近や群衆も、そんな思いこみをわかちあう。ぱっと見は裸体であるかのようにうつるが、じつはそうじゃあない。たいへん立派ないでだちなんだと、彼らも自分たちに言いきかせる。

だが、ひとりの子供が、路上で大声をあげた。王様は裸だ、と。この一言で、大人たちもはっとする。うすうすはそうじゃあないかと思っていた。やはり、裸だったのだと、そうはっきり認識したのである。

私は桂離宮神話へいどむこころざしを、この童話にひっかけ、つぎのように書いている。

「王の正体をあばきたてたのは子供であった。純真なくもりのない目が見ぬいたというべきではない。ようするに、世間しらずが暴言をはいたのである。

王の正体など、ほとんどのひとが知っていた。知っていて知らないふりをしていたのである。そして、国王には知らないふりを強制するだけの力があった。

だとすれば、分析すべきは、この力のよってきたるところであろう。王の衣装という幻想はいかにして形成されたのか。どのようなメカニズムをへて、群集にはたらきかけたのか。これをときあかさねばならない。王の正体を究明することなど、これにくらべればとるにたらぬ問題だと思う。」

（『中央公論』一九八五年八月号『邪推する、たのしみ』福武書店　一九八九年所収）

くどいが、今ひねりだした理屈ではない。私がこれを書いたのは、桂離宮の本を世にだす、その一年前である。

これで、私がどこにプライドをいだいていたかが、よくわかっていただけただろう。

桂離宮と法隆寺がつまらないという物言いなら、子供にだってできる。だが、それをすばらしいと言いくるめさせるしくみの腑わけは、大人にしかできない。私がやろうとしているのは、そういう大人の仕事だ。桂離宮ににくまれ口をたたいてことたれりとするような子供と、自分はちがう。私は当初からそう考えつつ、しらべごとをはじめていたのである。

さきほどの比喩にしたがえば、王家につかえる歴史家を任じていたと言うべきか。あるいは、王のまわりで耳のいたいことも言う道化役に、なぞらえてもらってもかまわない。とにかく、路上の子供だとは、思ってほしくなかった。と同時に、王権の傘におおわれているという自覚も、いだいていたのである。

ようするに、おれは学者だと、そういばりたかったのだ。作品の良し悪しを語ってことたれりとする。そんな批評家と同じにしてくれるなというのが、私のこころざしだったのである。

そして、私には「日本文化私観」の安吾が、子供に見えた。誰でもどこかでは感じていたようなことを、声高に言いたてる。ただそれだけの、度胸だけがとりえの語り手だと、そうみなしていたのである。

安吾の亜流めいて評されることをいやがる私の気持ちも、わかっていただけたろうか。まあ、今書いているこの文章は、度胸でおしきっているような気もするが。

――小菅刑務所、は「必要」か

安吾は、桂離宮や法隆寺を、なくてもいいという。日本文化史上の名建築を、きりすてる。そして、そのかわりに小菅刑務所をもちあげた。あと、聖路加病院の近所にあったドライアイス工場や、戦艦を評価する。

どうして、それらがいいのか。その「美しさの正体」は何か。

安吾は、こうのべる。

「ここには、美しくするために加工した美しさが、一切ない。美というものの立場から附加えた一本の柱も鋼鉄もなく、美しくないという理由によって取去った一本の柱も鋼鉄もない。ただ必要なもののみが、必要な場所に置かれた。そうして、不要なる物は、すべて除かれ、必要のみが要求する独自の形が出来上っているのである。」

建築の形が「必要」のみでできている。だから、小菅刑務所は、結果的に美しくなったというのである。当時はやったモダンデザインの観念が、安吾までとどいている。けっこう、建築のことも勉強していたのかもしれない。いずれにせよ、モダンデザイン的な物言いのひろがりぐあいを示すデータには、なるだろう。

しかし、当時のモダン建築も、けっこう形のつりあいにはこだわっていた。建築家達は、口先で「必要」をうったえる。だが、こっそり色や形もととのえるよう、つとめていなかったわけではない。

小菅刑務所は、一九三〇年に竣工した。蒲原重雄という建築家の作品である。そう、あえてそう言いきろう。あれは、作品である、と。

安吾は、ここに「必要」だけを見る。「一ヶ所の美的装飾というものもなく」と、断言する。なるほど、古代ギリシア風の柱はそえられていない。ゴシックめかしたトレサリーなども、あしらわれてはいなかった。しかし、ここには、うたがいようのない「美的装飾」がある。表現派の様式にのっとって、形をつくろうとする建築家の意図が読みとれる。

まあ、ものが刑務所なので、「必要」しかないはずだと、思いこんでいたのかもしれない。だとすれば、安吾はまちがっている。建築家は、刑務所であっても、「必要」以上の美をもちこみたがるのである。

けっきょく、安吾には建築のことがわからなかったのだろう。モダンデザインの理念、「必要」を重んじる言いまわしくらいはとどいていた。だが、建築そのものについての理解力はなかったのだと言うしかない。

私が安吾などといっしょにしてほしくないという理由は、ここにもある。

私は小菅刑務所に、表現派的な形へのこだわりを読みとれる。しかし、安吾は「必要」しか感じとっていない。そんな男と同列にあつかわれるのは不愉快だと、私は本気で考える。

ところで、安吾の語る「必要」とは、いったいなんなのだろうか。私はさきほど、モダンデザイン流の語り口が流用されたのだろうと、そう書いた。しかし、安吾の建築音痴ぶりを見ていると、それもすこしうたがわしく思えてくる。

「日本文化私観」は、一九四二年に書かれている。戦時体制下の著述である。

そして、日本の戦時体制は、建築の簡素化をおしすすめた。大型の建物はつくらない。資材はみな軍需にまわす。官庁やオフィスなどは、木造の簡易バラックでかまわない。そんな建築政策を、一九三〇年代末期以後は、くりひろげてきたのである。

このせいで、明治の文化財である旧鹿鳴館も解体された。その跡地には、商工省や生産関連諸企業のバラック建築が、たてられている。文化的な、あるいはぜいたくな建築ではなく、「必要」におうじたバラックを建設する。それが、戦時体制、つまり「日本ファシズム」の目標になっていった。

「京都や奈良の古い寺が焼けても、日本の伝統は微動もしない…。バラックで結構だ。」「必要ならば、法隆寺をとりこわして停車場をつくるがいい」。安吾のこんな揚言も、戦時体制的なスローガンめいてひびく。「必要」の主張も、「日本ファシズム」のそれを、より声高に反復していたのかもしれない。

「僕は建築界のことに就ては不案内だが」、「建築の工学的なことに就ては、全然僕は知らないけれども」。安吾じしん、そうのべている。

モダンデザインの理念を、安吾は知らなかった。ただ、「日本ファシズム」によりそっていただけではないか。どうやら、そちらの可能性も、もうすこし検討したほうがよさそうである。

――モデルと芸者

私は桂離宮を、それほど美しいと思わなかった。美的な感銘は、あまりおぼえていない。しかし、離宮訪問のあと、かえりの阪急電車で見かけた女性には、美を感じた。離宮にたいしてより、はるかに大きな印象をいだいている。

ここから私の美人研究ははじまる。『美人論』(一九九一年)などへいたる直接のきっかけは、ここにある。安吾は桂離宮を否定して、小菅刑務所を絶賛した。しかし、私はどっちもどっちだと考える。ともに、美的な効果をねらった、同じ穴のムジナめいた建築だ、と。

桂離宮になじめなかった私は、美の対象として、美人をえらんでいる。おそるべき凡庸さと言うべきか。しかし、私は私なりに、すなおな選択であったと思っている。

東京のオスカー・プロモーションへ取材にでかけたこともあった。そこで、事務所の方から、三人のモデルを紹介されたことが想いだされる。

事務所には、あらかじめ『つくられた桂離宮神話』を、おくっていた。ただのスケベおやじじゃありません。いちおう研究者ですという、そんな見せかけをつくろうための処置である。自分が、けっきょくは、桂離宮の権威に寄生していることを、ふたたび思い知った一瞬でもあった。

事務所の方は、だから三人のモデルに私のことを、こうつげている。京都から来た研究者で、桂離宮のことをしらべている人である、と。

しかし、三人のうち二人は、桂離宮のことを知らなかった。名前も聞いたことがないという。「大阪の落語家さんですか」とも、問いかえされた。なるほど、桂利休か、桂姓なら落語家もありだなと、感心させられたものである。

私はそれまで、桂離宮が神格化されていくからくりを、おいかけていた。だが、彼女たちにとっては、少しも神格化されていないらしい。私は自分の仕事が、彼女らには無意味だということを痛感させられた。

三人のうち、一人がその名は知っていると言う。高校の時に授業で聞いたことがあると、言いだした。そのおりに、あとの二人がしめした反応を、私はわすれない。二人は、桂離宮の名をおぼえていていたという僚友に、からかいの言葉をなげつけた。うわーっ、○○ちゃん、えらい。勉強してたんだ！　とあざけりだしたのである。

ここでも感じたものである。私の値打ちは、けっきょくお勉強にしかない。桂離宮をもちあげて、自分の美的な教養をひけらかしたがる手合いと私は、同類である。ともに、この魅力的な少女たちがつどう世界からは疎外されている、と。

さて、安吾である。「日本文化私観」によれば、京都滞在中に祇園で茶屋遊びをしたこともあるらしい。

舞妓《まいこ》としゃべりあう機会も、たくさんあったという。

そして、安吾はそんなおりにであった舞妓たちの印象を、こう書いている。

「これぐらい馬鹿らしい存在はめったにない。特別の教養を仕込まれているのかと思っていたら、そんなものは微塵《みじん》もなく、踊りも中途半端だし、ターキーとオリエの話ぐらいしか知らないのだ。」

おわかりだろう。彼女たちも、無知だったのだ。だが、安吾はそれですこしもうちのめされていない。ただ、馬鹿なやつらだと、見下している。

「日本文化私観」の論客は、精神的にタフだった。ゆるぎのない教養主義を身につけていたのである。まあ、それで建築についても、いいかげんな教養をふりかざしていたのかもしれないが。

私はオスカーのモデルたちに、ひけめを感じている。勉強を馬鹿にする感性からは、自分が仲間はずれにされていることで、おちこんだりもした。安吾のいう「ターキーとオリエ」っぽい話でははずめない自分に、私は劣等感をいだいている。これも、安吾とはちがう点である。

余談だが、今、私はターキーの話ができる。昭和初期からの活躍ぶりに、うんちくをかたむけられる。芸能史の教養を、ふいちょうする能力がある。しかし、オスカーのモデルたちが、そんな話しでたのしめるわけもない。けっきょく、私は教養という死臭にむらがるハイエナのようなアカデミシャンでしかないのである。

――寺か坊主か

祇園の舞妓たちは、教養がない。無知である。そうふんぞりかえる安吾も、しかし東山のダンスホールでは、彼女たちを見なおした。「ホールの群集にまじると、群を圧し、堂々と光彩を放って目立つのである」、と。

同じことを、安吾は大相撲の力士たちについても、言っている。彼らが土俵にあがれば、「国技館の大建築を圧」する。それは、「力士達に比べれば、あまりに小さく貧弱」だというのである。けっきょく、建築は人間に勝てないというわけだ。

そして、この人間主義は、つぎのようにも爆発する。

「寺があって、後に、坊主があるのではなく、坊主があって、寺があるのだ。寺がなくとも、良寛は存在する。若し、我々に仏教が必要ならば、それは坊主が必要なので、寺が必要なのではないのである。」

私などは、京都の寺を見ると、よく反対の感想をいだく。坊主なんかいらない。寺だけあればいいじゃあないか、と。

こう書くと、東京あたりのメディア人からは、同じようなことを言いかえされようか。京都には、京都の街と風景だけがあればいい。京都人なんかいらないんじゃあないか、と。

私は若いころに建築史の勉強をした。だから、寺や神社を見てまわるのは、けっこう好きである。しかし、仏教や神社信仰そのものには、ほとんど興味がない。遺跡としてのこされたブツのほうに、私の関心はむかう。ただ、桂離宮には、さほどそれがわかなかったまでのことだ。

現代建築についても同じである。美術館におもむいても、床と天井をよく見る。それらと、壁や柱のおりなす空間ばかりに、しばしば目がむかう。美術鑑賞はおざなりにすませることが、よくある。まあ、美人を見かければ、そちらのほうが私の目をさそう力も強かったりするのだが。

あくまで、坊主が重要だという安吾がおかしいのか。建物を重んじる私が、建築に淫しすぎているのか。その優劣は問うまい。しかし、とにかく、私と安吾とでは物の考え方がちがう。安吾系だという世の井上評には、くりかえすが、反発をおぼえるしだいである。

——形と精神

安吾は、寺の建築について、みょうなことを言っている。すなわち、それは「古来孤独な思想を暗示してきた」のだ、と。

そして、そうきめつけたうえで、つぎのように論じている。

「寺院は、建築自体として孤独なものを暗示しようとしている……然しながら、そういう観念を、建築の上に於てどれほど具象化につとめてみても、観念自体に及ばざること遥に遠い。」

それは、そのとおりだろう。建築じたいが、孤独をめぐる思索そのものより孤独を強く表現できるとは、思いにくい。なんであれ、思索には、言葉あるいは文章のほうがむいているはずである。

しかし、寺院建築はそもそも孤独をあらわそうとしてきたのか。いや、孤独にかぎらなくてもいい。ほかのなんでもいいが、なんらかの観念をあらわそうとしてきたのだろうか。

なにかをしめそうとしたのなら、建築は二級の表現手段でしかありえまい。しかし、安吾のこういう思いこみに、誤解はないのか。建築は建築でしかしめせない何かをあらわしてきたのだと、なぜ安吾は考えないのだろう。

龍安寺の石庭は、「深い孤独やサビを表現し、深遠な禅機に通じてい」る。しかし、そんなことも「問題ではない」と、安吾はいう。人々の脳裏によぎる思いのほうが、石のくみあわさった庭よりひいでている。芭蕉の俳句のほうが、「龍安寺の石庭よりは、よっぽど美しいのだ」というのである。

石庭が深い孤独や禅味の表現をめざしているのなら、そうかもしれない。しかし、龍安寺は、はたしてそんなものをあらわそうとしていたのか。

安吾は、建築や庭園をおとしめたいと考えた。だから、それらはなにかの観念をあらわす媒体であったという理屈を、ひねりだす。そして、そのうえで、媒体にしかならない建築などより観念じたいのほうが上だと、話をはこんでいく。こういう話のくみたてに、私は詐術を感じる。

なるほど、龍安寺の僧侶は、石庭が深い孤独や禅味につうじていると、講じたかもしれない。うちの庭にはそういう観念があると、宣伝をかねて力説してもいただろう。

しかし、龍安寺の石庭に、そういう精神的な背景があったかどうかは、疑問である。じっさい、そんな物言いがはじまったのは、おそらく一九三〇年代になってからだろう。それ以前に、石庭と禅味をつなげるような文句は、なかったはずだ。これは、両大戦間期に発明された、新しい石庭の新しい語りくちなのである。

安吾も、これにちょろまかされていたのだろうか。もしそうだとしたら、気の毒なことである。まあ、庭園や建築を低く見つもるためには、都合のいい立論だったと思う。それで、安吾もとびついたのかもしれない。

王様を見て裸だとさけんだていどの子供は、こういう議論にたやすくひっかかる。しかし、研究者はちがう。石庭を禅で語る常套句をくみたてたのは誰か。それがどういうからくりでひろまったのかを、つきとめることもできる。やはり、いっしょにはしてほしくないものだ。

――あまりに文学的な

安吾は、若いころ、「FARCEに就て」（一九三二年）という文章を、書いている。そのなかにも、ひっかかるところがあった。ドビュッシーについてのくだりである

ドビュッシーには、標題をもった作品が、たくさんある。そんな音楽を、安吾はつぎのようにくさしている。

「私は、近代の先達として、ドビュッシイの価値を決して低く見積りはしないが、しかも尚この偉大な先達が……単なる描写音楽を、例えば『西風の見たところ』、『雨の庭』といった類いの作品を、多く残していることに就て、時代の人を盲目とする蛮力に驚きを深くせざるを得ない。そして現今、洋の東西を問わず、凡そ近代と呼ばれる音楽の多くは、単なる描写音楽の愚を敢てしている。」

建築を悪く言うのと同じ理屈である。何かを表現しようとしても、その何か以上にはなりえない。そんな論法で、ドビュッシーの標題音楽に、いちゃもんをつけている。

しかし、ドビュッシーは、ほんとうに「単なる描写」をめざしたのだろうか。「雨の庭」も、芸術市場へもちだす登録商標めいたものでしかないのかもしれない。その可能性に、安吾は想いをはせないのか。和声やリズム、音のくみたてに、作曲家は全神経をそそいでいた。そして、しあがった作品に、こじゃれた名前をそえる。そのていどのものでしかないかもしれない標題から、どうしてこんなことが言えるのか。私には、不可解でならない。

かりに、ドビュッシー自身が、本気で「雨の音」をめざしていたとしても、だ。「雨の音」が過不足なくしめせているか否かで、音楽のねうちはかれない。音楽のあじわいは、音のつくりにこそ、もとめるべきであろう。

安吾は、文中でこうことわってもいる。「私は音楽の知識は皆無に等しいものであるが……」と。私もそのとおりであると思う。ドビュッシーのくだりを読んだ時は、そのとおりだからだまっていろと言いたくなった。

「言葉には言葉の、音には音の、そして又色には色の、各々代用とは別な、もっと純粋な、絶対的な領域が有る筈である」。「ＦＡＲＣＥに就て」の安吾は、そうも言っている。

ならば、建築についても建築の世界があると、どうして考えないのか。なにかの代用ではない、建築固有の価値もありそうだと思わないのは、なぜか。孤独や禅味をあらわす媒体だと、頭から安吾は建築のことをきめつけている。私がいちばん安吾でなじめないのは、そこのところである。

ふたたび、「日本文化私観」へもどろう。安吾はこの問題について、つぎのようにも書いている。

「僕は文学万能だ……文学を信用することが出来なくなったら、人間を信用することが出来ないという考えでもある。」

けっきょく、そういうことなのかと思う。ようするに、文学はえらいと、そう言っているだけなのだ。文学には、絶対の世界を夢想する。しかし、建築あたりは、なにかの代用品としてしか考えられない人なのである。

――研究者として

音楽には、音楽固有の世界がある。建築にも、建築だけの世界がある。そういう世界をもっているのは、文学だけにかぎらない。

ついでに言えば、研究にも研究固有の世界がある。研究という形でしかあらわせない表現があると、私は考える。じっさい、私には何人かのほれこんでいる学者がいる。

だが、文学研究の人と話をしていると、逆の印象を持たされることもある。ああ、この人は、作家をあがめきっているな。文学を絶対化してしまい、研究をそこへの従属物のように思いこんでいる。なさけないなと、しばしば思わされる。

こう書けば、研究対象への愛がないとみのりある仕事はできないと、かえされようか。愛のない研究は、骨がらだけのひからびたそれにおわってしまう、と。

しかし、日本史の研究者で、愛国心の強い人はそう多くもない。天皇を愛する天皇制の研究者もまた、気持ちの悪いものである。まあ、私も面喰いがこうじて美人研究をはじめてはいるのだが。

くりかえすが、研究には研究固有の世界がある。安吾命みたいな姿勢は、ひかえてほしいものだ。私の暴論が、ちょっとした解毒剤にでもなればと、ねがっている。

偶像破壊のリスクとセキュリティ

――「教祖の文学」の現代的射程

大杉重男
Shigeo Ôsugi

今日はこの研究会に呼んでいただいてありがとうございます。私は何を期待されてこの会に呼ばれたのか、ここで私は何を話したらいいのか。私は坂口安吾の研究家でも専門家でもありません。これはここで講演される方はおそらくみんなそうおっしゃるのでしょうが、坂口安吾という作家の場合、とりわけ研究家であるとか専門家であるということがどういうことなのか、ということが問われなければならないと思います。なぜなら、安吾はまさに「教祖の文学」の著者なのであって、「教祖の文学」を読んでみれば、死んだ物、生命のもたないものを偶像崇拝することを最も徹底的に批判した作家であるわけです。だからその安吾を、安吾が死んでしまった後に研究するというのはどういうことなのか、ということはやっぱり問わなければならない。

そこで考えてみたいんですけれども、安吾は今どれだけ偶像、と言って悪ければアイドルであるのか、どれだけ読まれているのでしょうか。実は一週間前に第四回横光利一文学会っていうのがありまして、そこで絓秀実さんが講演をしておられました（注1）。私も今日の講演のためのネタ探しを兼ねて見に行ったんですけれども、その講演の中ではじめに絓さんは、今横光利一は全く読まれていない、学生にも読まれていないんだということを、最初にくどいほど強調していました。絓さんによれば、それは文学史というものが現在成立しなくなったからであると言う。文学史とは何かと言えば、絓さんの史観によると、政治的革命の挫折あるいは不可能性を受けて、それを代行する形で文学における革命を記述する一つのイデオロギー装置であるということになるかと思います。しかし「六八年革命」以降、現在は文学が革命の代わりとして機能しなくなり、文学史によってその存在意義が保証されていた作家たちの価値が暴落した。そのあおりをまともにくらった横光に比べれば、安吾は読まれている、ということは言えると思います。実証的な証拠があるわけではありませんけれども、今でも筑摩文庫で全集が、本当の全集ではないわけですが、主要な著作を網羅した文庫本が売っているわけですから、資本主義的にある程度生き残っていることは確かです。

　もちろんそれは絶対的に圧倒的に読まれているということではなくて、相対的に読まれているだけなんでしょうけれども、しかし横光との差は一体なんなのか、ということは考えてみたい。例えばいわゆる文学史なるものと安吾があんまり関係がなく、そのことが却って幸いして文学史の消滅の影響をあまり受けなかったことはあると思う。それではなぜ安吾は文学史との関係がなかったのか、絓さんは横光の当時におけるアクチュアリティを「文学の革命」と「革命の文学」とが交差する場所に位置していたからである、と見ているようでしたが、安吾は「文学の革命」とも「革命の文学」ともそういう意味では関係がなかった。にも拘わらず安吾はある種のアナーキーなものを体現しているように見える。そしてもはや革命などというものがあらゆる意味で信じられなくなったこの世界の中においてでも、にもかかわらず何かをぶち壊してしまいたい、この世の秩序をチャラにしてしまいたいと思う人はいるでしょう。そういう欲望は何時の時代にも潜在的に存在するわけで、安吾の書いたものはそうした安定した時代にありがちのアナーキーへの欲望に応える部分があるからこそ、横光より相対的に読まれている、と言えると思います。

それでは安吾のテクストにおけるアナーキーへの欲望に応える部分とは何か。そこで今日の題目にもなっている偶像破壊ということが、問題になってくる。安吾を読むことの快感の大きな部分には偶像破壊のカタルシスの快感が確かにあると思われる。少なくとも私にとってはそうです。実際そこで攻撃対象になっている偶像には、天皇のように今でも偶像であり公に批判的なことを発言することに対しタブーである存在が含まれている。そこには世の中の権威という権威を片っ端からぶち壊していく爽快さがあり、しかもその偶像破壊が伴うであろう危険、リスクを全く勘定にいれないで、自分自身の身を守る安全性、セキュリティへの配慮が全くないように見える。その身振りに読者は魅了されてきたのだろうと思います。

しかし果して、安吾のテキストを読む上でリスクとセキュリティのことは、全く念頭に置かないで良いのか。安吾ではない私たち後世の読者はそう問わなければならないと思います。この問いはあらゆるレベルにおいて問わなければならないでしょう。つまり、安吾が書くことによって背負っているリスクとセキュリティ、安吾の書いたものを載せるメディアのリスクとセキュリティ、安吾の書いたものを読むことへのリスクとセキュリティ、そして安吾について語ることのリスクとセキュリティ、などなどです。

例えば「教祖の文学」を例に取るなら、安吾はそれを書くことによって小林秀雄と敵対するリスク、小林によって反論され論破されるリスクを背負うわけですし、「教祖の文学」を載せた雑誌『新潮』というメディアは、小林や小林の息のかかった書き手から原稿をもらえなくなるというリスク、を背負うかもしれない。他方、逆に小林にとっても「教祖の文学」を読むことは批評家としての自分自身が否定されるリスクを負うわけですし、あるいは小林に心酔した文学青年がいたとしたら、そうした読者にとっては自分のナルシスティックに抱いていた夢を破られるリスクを背負うわけです。そして「教祖の文学」について論じるということは、小林の側に立つにしろ、安吾の立場に立つにしろ、あるいはどちらの立場にも立たないにしろ、論者自身が何らかの批判にさらされるリスクを引き受けることである。これはもちろん、今私が置かれている状況でもあるわけです。

そしてこれらの諸々のリスクに対して、人は必ずしも無防備に手ぶらでぶち当るわけではない。どのような安全装置が施されているのか、それを可視化してみたい。たとえば山本芳明氏の論文によれば、戦後の小林秀雄は戦前のようなアクチュアルな文芸評論家としての活動を止め、その結果として「小林の過去の言説は作者自身が管理を放棄した〈資産〉となり、小林秀雄という存在そのものも書き込み自由な〈空白〉として放置された」とあります（注2）。山本氏の説を私なりに咀嚼すると、それまで戦前の小林は自身への批判を許さない怖い存在であったわけですが、敗戦によって生じた戦争責任問題などを抱えて言わばレイムダック化し死に体化した。それを象徴するのが、「近代文学」の有名な座談会（注3）における小林の振舞いであり、そこにおいて小林は、「反省したい奴はすればいい」と啖呵を切った上で文芸時評から自分は身を引くということを宣言して、実際ジャーナリスティックな一線から身を引く。

これは小林批判がリスキーなものではなくなったということであり、「教祖の文学」もそのことを踏まえて書かれている。山本氏は「教祖の文学」を小林秀雄という文学的資産を、リサイクルし、運用しようとする言説の一つとして位置付けています。もっとも、この論文はこの一行しか安吾について触れていないので、「教祖の文学」が具体的にどのような意味で資産運用なのかは分りません。この山本氏の論文は、とても実証的で興味深いものである。ただ、その言説を、諸々の色んな文壇の言説を、解釈を排し言葉の表面的な意味だけを取って分析するという、ある意味構造主義的ともいえる方法論のために、かえって死角を作っている感もあるように思います。つまり、戦後小林秀雄が文学的資産になったというのはとても面白い隠喩だと思うんですけれども、その資産を小林自身がどう運用したのかについてあまり関心が向いていないのではないか、ということです。

私の考えでは、実際には小林秀雄は「書き込み自由な〈空白〉」などではなくて、やっぱり一定の安全装置に守られていたのではないかと、思うわけです。何でも書いていいというわけではなかったと思うんですね。あるいは本当は小林自身が安全装置を作り、それを動かし、メンテナンスをしていたということがあるんではないか、ということです。小林は確かに文芸評論家として戦後において死ぬわけですけれども、死ぬにしても墓に花束を捧げるのは許しても、墓を荒らされない保証がなければ、死ぬに死ねないんだと思うんです。小林のテクストは戦後の一種の「文学的資産」となったと言えるかもしれない。しかしその資産はフリーソフトとして切り取り自由になったのではなく、小林自身によって管理され、そして小林はその運用から利潤を生み出し資産を増大させて行ったのではないか。私はその小林の言わば文学的「財テク」法に関心があります。

そしてこの文脈から「教祖の文学」も読むことができるだろうと思う。この評論が出たのは「新潮」一九四七年六月号ですが、その一年後に、『作品』という雑誌の一九四八年八月号に「伝統と反逆」という題で小林と坂口の対談が掲載されています。これは資産管理をする小林の姿を見るのに都合が良いものかもしれない。その対談の中身を見ると、小林と坂口の対立点というのは「教祖の文学」とそれほど変わっているわけじゃない。安吾はやっぱり「教祖の文学」と同じ口調で小林を責め立てているし、小林はそれに対してたじたじになっているように見えるわけですが、でも最初の方で、「あれくらい小林秀雄を褒めてるものはないんだよ」っていう安吾の言葉があったりして、明らかに対話の全体が友人同士の対話である、ということによって読者の受ける印象はかなり変わってくる。それは「教祖の文学」によって強烈に突き放された気がした読者には、ショックを和らげる効果があるかもしれない。実際その対談の中で語られているところによると、「教祖の文学」が出た後に小林は講演を頼まれたのだが、同じ集まりで安吾も講演に呼ばれていたので、主催者の方が気を回して小林の方を断ったという。このエピソードは「教祖の文学」が出た結果として、小林と安吾とは絶交し対立しているという認識が読者に広がっていたことを物語りますが、この対談に応じた少なくとも小林側の意図としては、そのような「世間」=読者の「誤解」を解くことにあったと考えることもできる。つまり「教祖の文学」を文壇的言説の一つに回収するという意図です。この意図が対談において成功したかどうかは分かりませんが、「教祖の文学」のリスキーな部分をロマンティックに強調して読むのではなく、「伝統と反逆」のような補助線を引いて読むと、「教祖の文学」が違って見えて来るということはあるかもしれない。

もちろんこのような読み方は面白くない。安吾のテクストの魅力は、その荒っぽくリスキーな部分、セキュリティの配慮のまったくないように見えるところにある。実際安吾自身は、自身の負うリスクをまったく考慮することなく書いていたように見える。しかしそれは単にリスクがなかったからセキュリティを配慮する必要がなかっただけではないか。そして読者は安吾のテクストのリスキーな部分をすべて引き受けて読むことができるのだろうか。小林のようにではないにしても、私たちは常に何らかの安全装置のフィルターを通して安吾のテクストの毒を薄め、その危険な要素を解除した上でしかそれを鑑賞できないのではないか。

たとえば安吾解釈についての現代の標準的な批評的枠組みを作ったと言える柄谷行人は、蓮実重彦らとの共同討議に寄せた「近代日本の批評昭和前期〔II〕」というレポートの中で次のように書いている。「彼のいうノンセンスは、同時代の「エロ・グロ・ナンセンス」の風潮とは無関係である。ノンセンスとは、意味と無意味の外部にあるような非意味である。しかし、彼がそれを仏教を突き抜けるかたちで見いだしたことに注意すべきである。仏教もまたある意味でそのような非意味をもっている。だが、ノンセンスとは、彼にとって、まさに「絶対無」において他なるものに出会うという体験にほかならない。彼のいう「笑い」はベルグソンのそれとはまったく異質であるのみならず、日本的なそれとも異質であった。(中略)他なるものに「突き放される」ということはこの非意味の経験であり、「文学のふるさと」とはこの非意味なのである。いいかえれば、坂口にとって、ノンセンスは倫理的な問題にほかならなかった」(注4)。

この見取り図は明快なようですが、よく考えると分からなくなって来るところがある。一番分からないのは安吾の「非意味」=ノンセンスは日本的なものではないと言う命題です。それは本当だろうか。柄谷は「絶対的な他者などないが、他者との関係は絶対的だというのが、坂口の認識であった」と言っていますが、他者との関係の絶対性(吉本隆明から受け継いだ発想)とは、人間関係がすべてでその外に出口がないという、まさに「ムラ社会」としての日本のイメージそのものではないでしょうか。事実安吾が「突き放される」という体験を規定した「文学のふるさと」というエッセイで語っているのは、外から何の支援もないまま「ムラ社会」の犠牲になった者の「生存の絶対の孤独」です。そして安吾はその外からの救いがないことを救いだと言っている。救いという倫理がないことが倫理だと言うのです。しかしこれはまさに超越的な他者を認めない「ムラ社会」の倫理そのものなのではないか。そしてそれは真に異質な他者を本当には想定していないのではないか。

たとえば『安吾巷談』の中に「野坂中尉と中西伍長」というエッセイがあります。そこで安吾は戦争放棄を語っている。それは非常に徹底的なもので、敵が攻めてきても、抵抗しないで、無抵抗に降参して、ただ自分の生活を守れというわけです。この安吾の意見を現代に当てはめてみたら、例えば北朝鮮が攻めてきたら、完全に無抵抗にですね、北朝鮮に降伏する。それで金正日の体制下に入っても、なおかつそこで生活すればいいじゃないか、と言ったようなものです。実際安吾が今生きていたら言うかも知れない。そういうラジカルな性格のものです。

このエッセイについて、中野重治が「幸福について」という安吾との対談（「新日本文学」一九五二・一二）の中で直接安吾に真意をただしています。それに答えて安吾は、自分のこの戦争放棄の主張は決してアイロニーではなくて真剣なものであると言っている。問題は数の問題なんだと言っているわけです。つまり、敵に抵抗して殺されたり暴行を受けたりする人の数と、戦争して殺される数では桁が違うと。だから、戦争した方が確実に人が沢山死ぬわけだから、戦争するよりは降伏したほうがいい、というわけです。つまり、戦争するリスクより、降伏するリスクの方が小さい、というふうに主張している。先の例で考えるなら、北朝鮮に降伏することによって我々が直面するのは、北朝鮮に占領されて、金正日の支配下に落ちるという、文字通り他者との関係性の中に突き放されるリスクであり、安吾ならばそれは、北朝鮮と戦う、戦って安全を確保するリスクより小さいと言うかもしれない。これはまさしく「非意味」＝ノンセンスそのものの態度ですが、しかし現在みたいにマスメディアが北朝鮮や中国の脅威などをあおり立てている状況の中では、問題の前提を破壊して、ふっと人を自由にしてくれる効果があるとは思います。実際この立場（つまりいかなる国家的・民族的アイデンティティも認めず、他者との関係の絶対性に生きる）に立つ時のみ日本人は第二次世界大戦の戦争責任や植民地責任を負う必要もなくなるでしょう。安吾的論理に立つなら、朝鮮人も中国人も、過去の侵略を恨みに思ってトラウマにするのは馬鹿馬鹿しいのであって、むしろそれを日本人という他者との関係性に突き放された贈与的体験として肯定的にとらえるべきということになる。朝鮮人や中国人がそう思えないなら、それは彼らが全世界の多くの人々がそうであるように、民族や国家という虚構に縛られているからということでしょう。

ただ、安吾がこういう発言をした時代状況を考えれば、安吾の主張はアメリカ軍をはじめとする連合国軍が例外的に日本占領において日本人に寛容であったということを一般化しているだけではないか、と疑いを持つこともできる。例えばナチズムを考えたって、あるいはスターリニズムを考えても、それが露わにしたのは、他者というものが際限なく残虐でありうるということです。たとえ無抵抗であっても関係なく全く無意味に人を殺せるということです。ナチスがユダヤ人を虐殺したのはユダヤ人がドイツ人に抵抗したからではない。抵抗しなくても殺す。そのような他者を安吾は考えていないのか。このエッセイで安吾は「中国の自然的な無抵抗主義も面白い」と書いていますが、そのような無抵抗主義など中国にはなかったし、とりわけ日中戦争を契機として中国は（国民党であると共産党であるとを問わず）むしろ過剰抵抗的な軍国主義国家となって行った。安吾は柄谷のいうように他者との関係性の中に突き放される非意味を、あるいはナンセンスを生きていたとしても、その他者というのはやっぱり安全装置づきの他者であったのではないかと私は感じる。

そして「教祖の文学」にもその安全装置は作用している。安吾の定義によれば、生きた人間とは何をしでかすか分らない危険な存在である。何をしでかすか分らない存在とは、何をしでかすか分らないゆえに、危険極まりないリスキーな存在であるということでしょう。安吾によれば、小林は「君子危うきに近よらず」の精神でそのような危険さを回避し、何をするか分かっている死者だけを相手にすることで自らの安全を確保し、「教祖」となったと言うわけです。しかし小林が生を排除して死んだものだけを見ることで生がもたらす危険を排除したとすれば、安吾は逆に死者を排除して生きているものだけを相手にすることで、死者がもたらす危険を排除しているとは言えないのだろうか。安吾のテクストにおけるリスクとセキュリティのバランスシートというのを、そこに見ることができるのではないか、と思うわけです。

「教祖の文学」の冒頭は、泥酔した「小林秀雄が水道橋のプラットホームから墜落して不思議な命を助かった」というエピソードで始まっています。小林秀雄は「教祖」となって安全な存在になったしまったというのが「教祖の文学」の批判の趣旨だと思われますが、水道橋の駅から落下するという小林の振舞いは、まさに何をしでかすか分らない人間そのものの行為であるようにも見える。安吾は小林という人間は「煮ても焼いても食へないやうな骨つぽい、そしてチミツな人物と」思っていたので、小林の墜落事件に大変驚いた。「心細くなつた」と書いていますが、安吾が小林という何をしでかすか分らない人間に突き放されたとも読めるかもしれないエピソードです。しかし小林の「教祖」化を批判する中で、安吾はこのエピソードを小林が何をしでかすか分らない人間であることの証明ではなくて、教祖という物体となってしまったことの現われとして語る。「女のふくらはぎを見て雲の上から落つこつたといふ久米の仙人の墜落ぶりにくらべて、小林の墜落は何といふ相違だらう。これはたゞもう物体の落下にすぎん。／小林秀雄といふ落下する物体は、その孤独といふ詩魂によつて、落下を自殺と見、虚無といふ詩を歌ひだすことができるかもしれぬ。／然しまことの文学といふものは久米の仙人の側からでなければ作ることのできないものだ」。

個人的には久米の仙人に私も大いに共感するところではありますが、しかし「落下する物体」という小林のイメージも、安吾の意図とは無関係に妙に魅力的なものがある。安吾の中には死の美学に共鳴する部分がやはりあるのであって、それを無理に抑圧しているのではないか。少なくとも小林の墜落事件に対する安吾の解釈は、小林秀雄自身からみたら浅薄なものに見えたと思う。後に書かれた小林の「感想」の第一回に、この安吾が語った墜落事件について触れている部分があります。墜落事件はそこでは母親をめぐる一連の神秘体験の一つとして解釈されている。小林はなぜ自分がプラットホームから落下したかについては詳しくは語っていない。無意識の自殺という解釈でも、これは安吾の解釈ですが、良いのかもしれない。しかし小林は普通なら助かるはずのない高さから落ちたのに助かった。それを小林は死んだ「母親が助けてくれた」と確信する。

小林は死者という他者を実在のものとして信じています。そしてこの垂直的な幽霊的な他者を、水平的な現在の生きている他者より確かなものと感じている。生きている人間は小林にとって他者たりえない幻影のようなものであって、むしろ母親の幽霊の方が実在的である。私は小林のオカルト的な志向を肯定するわけではないんですが、このような小林の神秘主義的な確信を相対化するものとして、どうも安吾の合理主義は弱い感じがする。その弱さというのは、さっきも言いましたように、生からの死者の排除、あるいは死後の生そのものの否認という、「教祖の文学」だけではなくある意味で安吾のテクストを通底する主題にかかわっているように思います。

しかし生からの死後の生の排除は、実存的な水準では浅く見えるかもしれないけれども、別の水準では非常に破壊力のある論理を生み出している。私が注目したいのは、「教祖の文学」においてそれが「作者」という偶像を破壊する論理に繋がっているところです。すなわち安吾は、自分の文学が死後に愛読されたとしてもそれは頼りない話に過ぎない。死ねば私も終る。私とともに我が文学も終る。なぜなら私が終るわけだから。それだけなんだ。と述べています。作者が死ぬと同時に作品も死ぬという認識、これは言わば作品の死後の生というものの否定です。普通は「芸術は長し、人生は短し」ということで、作者が死んだあと作品の死後の生というものが長く続く、続けば続くほどその人は偉い、ということになるわけですが、そういう作品の死後の生を「教祖の文学」では安吾は否定している。ここで安吾が五十年後自分が読まれていても頼りないと言っているのは、やがて読まれなくなるかもしれない、というそういうような不安ではなくて、読まれたって何の意味もない、という頼りなさです。安吾が死んで今年で五十年になり、来年本当に著作権が切れるのかどうかしりませんけれども、とりあえず切れるはずです。安吾の死後にいくら安吾のテキストから突き放されてみても、それは頼りない話に過ぎない、っていうふうに「教祖の文学」の安吾は言っているわけです。

ここで著作権という言葉が出てきたので、最近私が『早稲田文学』で連載しながら考えているコピーライトの問題を少し絡めて、この生と死を巡る問題を考えてみたいと思います（注5）。「アンチ漱石」で展開した固有名批判の試みに連続するものとして、私は著作権あるいはコピーライトという言葉を批評的キーワードとして、その法律的な意味から離れて、思想的に考えることを試みています。まだ発展途上ですので、概念が非常に揺れているのですが、ロラン・バルトの作者の死という概念、すなわち作者に支配された作品から読者に意味解釈が任されるテクストへという六八年的なスローガンの有効性をもう一回考えなおしてみようということです。つまり、作者の死、少なくとも大文字の作者が死んだということは仮に認めたとしても、そのことによってテクストは本当に解き放たれたのか、というのが私の発想の出発点です。作者は死んだとしても、なお著作権者は残るのではないか。作者と著作権者を区別することによって、テクストの網の目を規制する権力の作用というのを分析できないか。

この場合作者の概念と著作権者の概念を厳密に規定することが必要だと思うんですけれども、連載ではまだ試行錯誤の段階に留まっています。大雑把なイメージとして言えば、作者とは、いわゆる大文字の作者であり、いってみれば実定法ではなく自然法的に作品の創造者であるような存在です。「教祖の文学」の表現を用いれば、芸術は長し人生は短しといったことわざにおいて信じられているような芸術観に立つのは、ここでいう作者です。つまり作者とは作品を公共物として読者に提示する存在である、と言えると思います。もちろん一方で、近代の作者というのはそれに対して代価を要求しているわけですから、私有物でもあるんですけれども、近代のある時期、というのはこの私有物の側面をあまり意識に上せないで、いわば偽善的に自分は芸術のために身を捧げている人なのだという錯覚できるような、そういう時代があった。と仮にしておきたいと思うんですが、それが大文字の作者です。しかしこの偽善性というのは著作権の認識がだんだん現代に近づくに従い深まって来るにつれて維持することが難しくなってくる。作者の背後に隠れていた著作権者というもう一つの面が拡大してくる。ベンヤミンは近代を複製技術の時代としてとらえましたが、近代は同時に「複製権」の時代というべきものに突入した。

ではこの著作権者とは一体何かということなんですが、それは作品を私有する存在である、と大雑把に言っておきたいと思います。そして作者というものは原則として単一的でただ一つのこの私、単独的で実存的なこの私であるのに対して、著作権者は複数ありうるわけですし、時代によって変わっていくわけです。生身の作者は最初の著作権者ではあっても最後の著作権者ではない。さらに言えば著作隣接権者という、これは法律用語ですが、そういうのもある。出版社とか、そういうものですが。例えば最近話題になった『電車男』がありますが、あれだとまさしく2ちゃんねる（あるいは「まとめサイト」の「中の人」）と新潮社という著作隣接権者が、作者をさしおいて印税を受け取っているわけです。作者、というか著作権者（2ちゃんねるに書き込みをした匿名の書き手たち）は、権利はあるということになっているけれども、特定するのは困難だからという理由でその権利の行使は認められない。クレームがついても門前払いだというふうに新潮社は言っています。

この図式を念頭において「教祖の文学」を読んでみると、この難しい評論を解読する手がかりにならないかと思うわけです。例えば人間は死んで、作品は残るわけですが、作者にとって大切なのは自分の人生であって作品ではない、と安吾は断言します。「教祖の文学」において。作品は作者にとっては商品に過ぎないのであって、しかもそれは不正な取引によって金と交換されるものです。作者にとっては「生きること、人生が全部で、彼の作品芸術のごときは、たゞ手沢品中の最も彼の愛した遺品といふ外の何物でもない」、と安吾は言っています。いわばここで安吾は、小林をやっつけるために、大文字の作者概念を放棄する、と言えるわけです。しかも勢い余って作品というものの独立性をも拒絶してしまう。作品の独立性を認めることは死体の価値を認めることになるわけだから、作品の生に絶対的価値を言うためには作品の独立は完全に破壊されなければならない。そしてこの作品概念の破壊は著作権概念の破壊にも繋がる要素があると思います。

私も泥縄式に勉強しているんでいい加減なところが沢山あるんですが、著作権というのは、法律的には、その著作財産権と、著作者人格権に分けられると言われています。歴史的には、著作財産権の方が古くて、人格権の方が後から、だんだんついてくる。それは作者と著作権者という本来別個の概念を結びつける過程であったと言えるかもしれない。これに対して安吾は、「教祖の文学」における「余の作品は五十年後に理解せられるであらう。私はそんな言葉を全然信用してゐやしない」という言葉が示すように、この作者と著作権者との野合を否定する。つまり言わば純粋に著作権者として振舞おうとする。作品によって金を儲けることは、安吾にとって根源的に不正のある取引なのです。そして不正だからやらないのではなく、不正であっても取引をする、そこに作者ではない著作権者としてのモラルのないモラルを安吾は見ていた。実際安吾は晩年に税金を巡って税務署と争って、本や原稿料を差し押さえられたりしている。これはいわゆる作者であることを拒絶しつつ著作権者であろうとする安吾の姿勢に繋がると思う。そしてそれは、作者であることと著作権者であることを調和両立させ、出版社などの著作隣接権者と協力して自身の作品の管理にあたっている小林秀雄の在り方へのアンチテーゼとしてあると思います。

この安吾の姿勢は、露悪的ではあっても小林に比べれば偽善性がなく好ましいものに見えるかもしれませんが、それは同時に大きな代償を強いるものでもある。安吾は自身のあり方を戯作者、あるいは巷談師と呼んでいるのですが、作者と著作権者を同一視する近代的制度を拒絶した時、戯作者、巷談師という前近代的な語り手のイメージが現れて来るのは徴候的と言える。それは安吾にとって後退のようにも感じられる。税務署との闘いを書いた「負ケラレマセン、勝ツマデハ」は非常に面白いんですが、結局安吾は自然法的な作品概念が象徴する近代的な権力に対しては戦えても、実定法的な著作権概念が象徴する現代的な権力に有効に抵抗できていない感じがする。小林的な作者と著作権者との野合が、現在まで生き延びている所以もそこにある。

それではその権力にどのような対抗手段があるのか。私もそれを模索しているところですが、この問題が現在においてますますアクチュアルであるということを確認するために、ひとまず安吾から離れて、現在の柄谷行人の問題にちょっと触れたいと思います。

私の書くものを皆さんどれくらい読んでるのか、全然読んでらっしゃらないのかもしれませんけれども、私が書くものは最近何を書いても柄谷批判になっています。去年出した『アンチ漱石』なども「アンチ柄谷」ではないかという感想がかなりあって、実際その通りの部分がたくさんあるのも認めます。もちろんその本筋は漱石（神話）批判であって、それはこの本をまともに読めば誰でも分るはずだと僕は考えていますけれども、その時に漱石神話の語り手としての柄谷に対する批判がそこにおいて大きな部分を占めるのは当然な話で、父殺しだとか精神分析的枠組みに当てはめてシニカルに解釈するまでもないことだと思います。

ただ、柄谷批判をすると、なぜわざわざ柄谷を批判するのだと問い返されることもしばしばあります。

柄谷など無視していればいい、いま柄谷を真面目に読んでいる人などどこにもいない、柄谷を批判することが逆に柄谷を逆に大きな存在にしてしまう、そのようなシニカルな応答のされ方をします。柄谷をむきになって批判すると、それは柄谷への愛情の裏返しではないか、と精神分析されたりもする。後者について言えば、そもそも私は、裏返しといわず、表においても、柄谷行人の評論に愛情をいつも表明してきましたし、今でももっています。そのことを私は一度も否定したことはないし、これからもないでしょう。何より柄谷さんは私にとっては群像新人賞を受賞したときの選考委員であって、私を積極的に推してくれた恩人でもあります。柄谷さんがいなければ、今の私のささやかな位置もなかった。ということで、一番の恩人であるわけです。しかしそれはまさしく無償の贈与なのであって（生身の柄谷さんとは二、三回顔を合わせただけでほとんど話をしたことはありません）、そしてこの大きな贈与に対して私が返せるものがあるとすれば、柄谷さんへの批判でしかない。

実際柄谷は批評において大きな存在であり現在もそうであることは確かです。柄谷は読まれていないと言いましたけれども、いま文芸批評というもの全体が読まれていないわけで、その読まれていない中では相対的に読まれている方だと思います。少し前の話なので今は違うかも知れませんけれども、講談社文芸文庫で一番売れているのは柄谷の「日本近代文学の起源」だという話を聞いたことがあります。私も実際この本には影響を受けました。そこに示されたような文学史の虚構性、転倒性の認識が一般に広まり受容された結果として、文芸批評のその後の存在意義も希薄になって、柄谷そのものも読まれなくなった、相対的に読まれなくなったということかもしれません。去年柄谷が「近代文学の終わり」という講演記録を『早稲田文学』に載せたんですが、それは何か戦後に文芸批評から撤退した小林の身振りを反復するような趣があります。安吾は「教祖の文学」で小林のことを「小説は十九世紀で終つたといふ、こゝに於いて教祖はまさしく邪教であり、お筆先だ」と罵倒していますが、同じ批判を「近代文学の終わり」を教祖然として宣言する柄谷に向けることも可能でしょう。違いといえば、小林が文芸批評をやめると芸術論とか文化思想論的なところへ向かい、最終的には本居宣長の方向に向っていくのに対して、柄谷はマルクスやカントやコミュニズムへ向かっていくところだろうと思うのですが、小林より人の役に立っている方向かと言えば、ＮＡＭの失敗が実証するように、はなはだ疑わしい。ともあれ柄谷の過去の批評的言説はいまや文学的資産になったとも言える。それは大いに利用するべきだと思うのですが、その時柄谷が自己の資産をどのように管理しているかに注意する必要はある。

これは現在進行形の例として挙げられるものですが、今年の二月にユーロスペースで公開された井土紀州監督の映画「レフト・アローン」とその書籍版をめぐる事件をここでは紹介したいと思います。この「レフト・アローン」という映画自体、みなさんどれだけ見ておられるのか、知りません。私も試写を観ただけでユーロスペースに行かなかったので、観客がどんな観客なのかもちょっと見当がつかない。この映画は絓秀実が、彼の考える六八年革命をめぐって、様々な論客、松田政男、西部進、津村喬、柄谷行人という六八年を体験した世代、そして、六八年を体験していない批評家の鎌田哲哉、あと花咲政之輔という早稲田のアングラバンド「太陽校門スパパーン」のリーダーで活動家、そういう人たちと討論を交わす様子を撮ったものです。その後書籍版「レフト・アローン」が出版された。書籍版では映画ではカットされた部分も含めて、映画に出演した対談者が加筆訂正したものを載せることになっていたんですけれども、そこでトラブルが起きた。対談者の一人である鎌田哲哉が、「レフト・アローン」ついての感想を書いたものを、追記として載せたいと、版元の明石書店に申し出たのです。その原稿を実際に読んだ明石書店の編集部は、そこに柄谷行人を批判する言葉があったために難色を示した。ちょっとやりとりがあった後で、明石書店はこの鎌田の原稿を柄谷行人にも見せた。そうすると、柄谷はこの鎌田の文章が掲載されるのであれば、自分は書籍版から自分の発言全てを引き上げると言ってきた。鎌田としては、もし異論があるんだったら柄谷も反論を書けばいいと思っていたわけですけれども、柄谷は拒絶したわけです。それを聞いた鎌田は自分の方が身を引くことにした。このために現在書店で売っている書籍版には鎌田の文章は載ってないんですが、そのかわりにその書籍版に載るはずだったその追記の文章と絓との対話記録その他の文章も載せて『レフト・アローン　構想と批判』というブックレットを出しました（注6）。このブックレットにおけるトラブルの元となった鎌田の文章である「途中退場者の感想」というのがあるんですが、これはコピーしてませんけれども、それを読むとある意味でまさしく「教祖の文学」を彷彿させるものがあります。内容はもちろん全く異なっていて、鎌田の批判の中心は、柄谷がかつて二〇〇〇年に自分が組織して、失敗した社会運動であるＮＡＭ（New Asocciacionist Movement）の実体を隠蔽し続けているということ、そして「レフト・アローン」という映画と書物がこの隠蔽に加担し続けているということにあります。

普通に比較するにはかけ離れすぎているように見えるかもしれませんけれども、安吾の時代と現代を結ぶために敢えて比較したいと思います。安吾の小林秀雄批判というのは非常に痛烈なものだったわけですが、小林はそれを読んだあとに安吾と対談して、俺はお前のなんとか論というのをなんとも思っていないんだけどね、と余裕の態度をとることができた。これに対して柄谷は鎌田の批判に対しては、著作権を盾にとって対話を拒絶するという余裕のない態度しかとることができなかった。まさしく、この「レフト・アローン」騒動というのは、著作権をめぐる騒動だったわけですけれども、とりわけ著作者人格権、人格という名の極めて現代的な権力をめぐる騒動だったと思う。

この柄谷と小林の態度の違いは柄谷行人という個人の性格の反映かもしれないけれども、時代の問題でもあると思います。私自身以前、夏目漱石を巡って「夏目漱石という俗情」というエッセイを読書人に書いて、それを浅田彰が批評空間ウェブクリティークに拾ってくれて、論争を呼びかけたということがありましたが、その時も漱石批判を嫌う柄谷が干渉してきて、クリティークが閉ざされる直接のきっかけになったことを思い出します（注7）。柄谷は異質な他者の言葉に出会った時、それと論争的に葛藤するよりは、権力で抑圧しようとする。そしてそれは現代というポピュリズムが横行する時代にふさわしい身振りである。柄谷に転移する人というのは、柄谷の論理的な部分よりもこうした暴力的な部分に多く惹かれるのですから。

私はともかくとして、鎌田さんのブックレットは、坂口安吾について関心のある人には読んでもらいたい気がします。晩年に安吾が競輪不正事件について自費出版しようとして、周りから止められたことがあった。競輪の不正が真実であったにせよ妄想であったにせよ、既成のメディアは味方をしてくれなかった。その時に、安吾は自費出版をめぐって相当悪戦苦闘したわけです。そのようなあり方として、鎌田と安吾の間には通じるものがある。ＮＡＭはもう既になかったことになっている運動であり、私も参加していたわけではないので、その内実は間接的な伝聞でしか知りません。しかしそれが批評というものの信用を決定的に損ねたことは確かであり、そしてその信用失墜は、ＮＡＭにかかわった人たち（柄谷にはもう期待できないとしても、浅田彰を始め、山城むつみ、岡崎乾二郎、絓秀実など）がその総括をしないでひたすら忘却されるのを待っているためにますます深まっている。というか、この光景のあまりの日本的な有様に、責任を取らない日本の政治家を批判する資格は誰にもないのだと思わざるを得ないわけです。これでは小泉の方がずっとましだということにしかならない。ＮＡＭの本格的批判については鎌田が中心になって出す予定の『重力０３』に期待するしかないのが現状です（注８）。

現在、ジャーナリズムにおける言説空間は論争というものが非常に起りにくい状態にあります。それは論争において起るべきリスクに対する恐怖感というか、恐怖心というものが、一般化しているためであるわけですが、そういう状況に風穴をあてるにはどうすればいいのかという意味でも、このリスクとセキュリティという問題を考えることは重要ではないかと思うわけです。たとえば現在はリスクが大きいとされている問題が、安吾の時代においてはなぜリスクがなかったか、どんな安全装置があったのか、というようなことです。そういう観点から過去と現在に通底する問題も考えることができるんじゃないかと思うわけです。

安吾と小林の問題に関して、いろいろとりとめもなくしゃべって来ましたが、最後にもう一つ、いわゆる大正的なものとその切断という、批評空間的なプログレマティックについて触れておきたいと思います。安吾は文壇の大家とされる作家たちをしばしば激しく批判している。そこで批判されるのは志賀直哉、徳田秋声、永井荷風など、いずれも大正作家と呼びえる作家たちである。他方小林はそれら大正的な作家たちに好意的である。このことから、小林が大正的なものの延長線上にあったのに対して、安吾は大正的なものからの切断を実践していったというような物語を摘み出すことは可能だと思う。しかし何が一体大正的なもので、何がそれからの切断なのかということは、時と場合によっていくらでも変わり得る。かつての「近代日本の批評」の座談会では、宮本顕治の「敗北の文学」は大正的な言説、小林の「様々な意匠」の方が昭和的であると分類されていたと思うんですが、最近では絓などは、むしろ宮本顕治の方を大正的なものを切断する側に見立てたりしてる。このような固有名の交換はいくらでも可能だと思うんです。

ここで考えるべきなのは、どの固有名が大正的なもので、どの固有名がそれからの切断かということを数え上げることではなくて、大正的なものとは一体何なのか、そしてそれからの切断とはどういうことなのかと、疑ってみることではないかと思います。実際そもそも切断という身振りそのものが実はすでに大正的なものではないか。大正は明治からの切断としてあったわけですから。

安吾がマルクス主義に転向したことがなかったこと、したがってもちろんマルクス主義からの転向も体験しなかったことは、しばしば指摘されることです。本多秋五は安吾は「プロレタリア文学が文壇を席捲する以前に文学づき、自分の文学観の方向を決定した。マルクス主義という政治と、文学との間におこる噛み合いを、本当には経験しなかった」と『物語戦後文学史』の中で言っています。「おそらく大正末期の文学的雰囲気のなかで、ポーやボードレールやチェホフによって、彼は文学観の性格を決定した」と本多は推測しています。このことから安吾の特異性は昭和にあってなおも大正的なものを無傷に保存していたということ、切断というものを体験したことがなかったと解釈できるかもしれない。

「伝統と反逆」の中で安吾は、「死ぬ座について顔色を変えなかったとか、そんなことを言うんだよね、そんなバカなことないよ。顔色を変えた方がいいと思うんだよ。お前をこれから死刑に処します、と言われたら真っ蒼になるよ」と発言している。これはおそらく小林が一九四〇年に書いた「文学と自分」というエッセイの中で語られる大野道賢のエピソードを指して批判しているのではと思いますが、小林はこれに対して「芥川龍之介の逆説かね」と反問する。つまり芥川＝大正的なヒューマニズムに基づいた発言かと言い返したわけですが、安吾はそれに対して「あれば、顔色を変える方がいい、という原始にかえれ、というようなモラルを含んでいるが、僕のはそうじゃなく、そういう意味の大人物になるのはムダな努力だという能率論だ」と答える。「能率論」というのは先に言及した安吾の戦争抛棄論にも底流していたモダニズム的合理主義ではありますが、しかしそこにも「モラル」がないことが「モラル」であるような逆説的な「モラル」が機能しているのであり、これは芥川的なものと安吾との間にある種の連続性があることを示唆するやりとりだと思います。

もちろん安吾を大正生命主義に回収するのは非常に安吾をつまらないものにしてしまうわけなんですけれども、しかしそういうつまらないところもあったのではないか、そのつまらなさから目をそむけてもいけないのではないか。安吾は「教祖の文学」で宮沢賢治の「眼にて云ふ」を持って来て、小林を否定しようとするのですが、文字通り「末期の眼」（川端康成）の表現としてあるように見えるこの詩が、どうして評価されるのか、「青空」と「風」のイメージが安吾の気に入ったであろうことは分かるにしても、今一つしっくり来ない感じがします。しかし安吾の中にある大正的なものという視点を入れて考えれば、そこから見えて来るものがあるのではないか。

柄谷は「人間」といった言葉を多用する「安吾の言葉遣いは古い」と認めつつも、「そういう言葉において〝存在しない〟何か」を読みとることが「安吾その可能性の中心」を読むことだと言う（注9）。確かにそうした態度によって得られるものはたくさんあるでしょうが、同時にそれが安吾の「古さ」を隠蔽し、そのことによって安吾を偶像化し、標語化してしまう危険も見逃せない。浅田彰は『教祖の文学』を「小林が大衆文化状況に乗りながら、自分は真贋を見分けられるかのような振りをしているのをいちばん徹底的に批判した」と評価し、「安吾はそういう大衆的教祖の二枚舌を批判し、俺と同じように無一物で始めてくれといっている」と述べていますが（注10）、現代のように知的財産の資産管理が厳密にはりめぐらされつつある時代において、どうしたら「無一物」で始めることができるのか。それを真剣に考えようとしたら、釈迦の掌の上の孫悟空のような安吾の無防備さをただ礼賛しているだけでは済まなくなると思います。柄谷にしろ浅田にしろ「無一物」とは程遠いセキュリティの配慮によって自身を守っているのであり、（浅田は自身の批評をツェランに倣って「投壜通信」であると定義していましたが私は同意できません（注11））そして安吾のテクストはそうした現代の教祖たちに都合良く使われすぎた感がある。

「大正的なもの」の蔓延は、まさに平成の現在の私たちの状況です。空虚な標語が行き交い、小さなサークルの中にそれぞれが閉じこもって、そこで自足してしまっている。そのような蛸壺をどうやったら破壊できるのか。そのリスクとセキュリティの双方を見据えながら、しかし知的財産の資産管理なんてせこいことは考えないで、それを大いに活用することを考えなければ、と思っています。

後記

このテクストは、坂口安吾研究会第一〇回研究集会（二〇〇五年三月二六日、昭和女子大学）で行った基調講演「偶像破壊のリスクとセキュリティ――「教祖の文学」の現代的射程」をテープ起しした原稿に、論旨の一部変更を含む大幅な加筆訂正を加えたものである。講演の口調は残してあるが、現在の私の立場から過去を再構成した。事実上の書き下しと考えてほしい。

注1
絓秀実「前衛の二つの型――新感覚派とマルクス主義」、横光利一研究会第四回大会（二〇〇五年三月一九日、二松学舎大学）。
注2
山本芳明「〈文学的資産〉としての小林秀雄」（『文学』二〇〇四年一一・一二号）。
注3
小林秀雄・荒正人・小田切秀雄・佐々木基一・埴谷雄高・平野謙・本多秋五「コメディ・リテレール　小林秀雄を囲んで座談」（『近代文学』一九四六・二）。
注4
柄谷行人「近代日本の批評――昭和前期Ⅱ」、『近代日本の批評　昭和篇［上］』（福武書店　一九九〇・一二）所収。
注5
大杉重男「コピーライトについての試論」（『早稲田文学』二〇〇四・七～二〇〇五・五）参照。
注6
鎌田哲哉編「レフト・アローン　構想と批判」（『重力』編集会議　二〇〇五・二）参照。
注7
旧『批評空間』ウェブサイトの時評欄「Web Critique」は、二〇〇七年七月現在、保存版という形でウェブ上に残っている（http://www.kojinkaratani.com/critikalspace/old/）。その中の漱石論争関係の記事は以下の通りである。大杉重男「夏目漱石という「俗情」―絓秀実と高橋源一郎の論争について」（二〇〇二・三・二五）、浅田彰「大杉重男に同調して討議への参加を呼びかける」（二〇〇二・三・二二）、渡部直己「大杉重男と浅田彰の「呼びかけ」に接して」（二〇〇二・三・二八）、大杉重男「辻仁成など知るか―渡部氏への応答」（二〇〇二・五・一一）、佐藤泉「編集部への返事」（二〇〇二・四・二五）
注8
二〇〇七年七月現在、まだ『重力03』は刊行されていない。しかし鎌田氏は刊行の意志を持ち続けており、あらゆる困難を乗り越えて刊行されるものと私は期待している。
注9
柄谷行人「安吾その可能性の中心」、『坂口安吾と中上健次』（太田出版　一九九六・二）所収。

注10
浅田彰・柄谷行人・蓮実重彦・三浦雅志「討議　昭和批評の諸問題　一九三五―一九四五」、『近代日本の批評　昭和篇[上]』(福武書店　一九九〇・一二) 所収。

注11
「投壜通信」をめぐっては「重力」ウェブサイトの時評欄「Web重力」(http://www.juryoku.org/webju.html) の次の記事を参照。浅田彰「「投壜通信」について」(二〇〇三・二・一〇)、大杉重男「無作為の作為について――浅田氏への反論」(二〇〇三・三・六)。

親子二代、安吾の「恩」

渡部直己
Naomi Watanabe

あれは、舟型フレームから、はじめて細めの丸縁メガネに掛け替えた当初だから、いまから十五、六年ほどの昔になるか。ある日の夕食時、二世帯住宅に同居していた父親が、ふと一言、「お前、安吾に似てきたな」と呟いたことがあった。虚を衝かれつつ、それは単にメガネのせいだと応えながらも、満更でもない照れ笑いを浮かべたせいか、いや、知らぬ間に似てきたと、父親は得意げに念を押し、四十歳になりたての息子はさらにくすぐったい思いを抱くことになったのだが、もちろん、照れる程度には当時も今も自己相対化は働いていたし、いるはずで、いくぶんか悲しげに公平を期すなら、わたしと赤の他人との間の容貌類似にかんしては、「オロナミンC」の大村崑にとどめを刺すだろう。

少なくとも、わたしはたとえば、ある時期から絓秀実がベンヤミン風味の顔つきになったようには——あるいは、弁舌ひとたび興に到るやしきりと前髪横髪をひねくり回す柄谷行人の仕草が、小林秀雄そっくりだと多くの人が認めるほどには——安吾に似てはいない。蓮實重彦のいくつかの表情は小津安二郎を彷彿させるし、島田雅彦は年とともに漱石の顔貌に近づきつつある。大学院で一年だけ教えを受けた師・新庄嘉章は、彼の親炙したA・ジッドに（顎の長さをのぞくと）ほとんど生き写しだったし、当時の先輩の一人は、その研究対象たるR・バルトにはやくも酷似していた。いうまでもなく、こうした類似は、骨相学的な問題であるよりは、それぞれの仕事を知って見る側の思いこみによる。ジッドなり小津なり、彼らにあれほど深く親しんでいるからには、新庄先生も蓮實さんも、顔まで似てきたところでべつに不思議はない。そんな思いこみの強さが、骨相学的な事実を心地よく凌駕するという具合に知覚もしくは錯覚が働くのだろうが、わたしの場合、その種の可能性も皆無に近い。安吾につき辛うじてまとまった見解を公にしたのは、過去にわずか二度しかないからだ。最初は二十年ほど前、『群像』誌上で井口時男との往復書簡中に、安吾は小説よりエッセーが面白いというありきたりな意見を記したもので、二度目は、三年前の安吾研究会の席上、「安吾と天皇（制）」と題した発表。当日参加して下さった方々には内心とても申し訳なく思っているのだが、これまた、小著『不敬文学論序説』の線上に『道鏡』や『安吾新日本地理』などを引き寄せただけの平凡な言挙げになってしまった。したがって右にいう思いこみを人目に導くべくもなく、冒頭のエピソードなぞ、むしろ「親バカ」「子バカ」の域を出ないのだが、そんな他愛ない私事ではあれ、そこにはちょっとした訳があるというのが、表題の由来となる。

＊

一九二七年福島県相馬生まれの亡父・渡部敬太郎（享年七十歳）は、戦中に、仙台幼年学校から東京の陸軍士官学校（六十期）に進み、その卒業時に敗戦を迎える。幼年学校も士官学校も首席で通した当人の言によれば、その間、「天皇帰一」といった標語を（年を追っていよいよ固く）信じつづけ、一夏の「天覧」大演習のさなか、落下傘が開かぬまま数十メートル先の地面に砕け死んだ兵卒の酸鼻を、眉ひとつ動かさぬまま見据えていたその姿を間近にして、さすがは「神」だとさえ思ったという。そうした経歴をもつ十八歳の青年にとって、敗戦の巡り合わせがいかに不運なものだったかは想像に難くない。戦局をどの程度まで客観的に把握していたかはともかく、主観的には「末は陸軍大将」という（当時の貧しく優秀な少年たちの多くに共通する）「大望」への、それなりに確かな第一歩を印そうとしていた矢先の敗戦であったからだ。憤懣、発して遣る方なし。発するあまり、「玉音放送」に色めきたつ同級生いくたりかと校内の小丘で切腹寸前に到ったというのだから、ちょうど、岡本喜八『日本の一番長い日』のなかで黒沢年男の演じた畑中少佐、その卵めいた末路を彼が辿ったところで不思議もなかったわけだが、幸いにして、彼はその後、四七年に早稲田の政経学部に入学。三年後の警察予備隊発足をみて即決、大学を中退して入隊し、わたしの父親となる。以来、自衛官の身をまっとうして陸上幕僚長、統幕議長へと――職業軍人の社会的地位における戦前／戦後の甚大な落差を捨象すれば、ともかく少年時代の「大望」どおりに――到ることになるのだが、敗戦直後は、さすがにひどくグレていたという。ただ、その数年間、妙に元気で過ごせたのは、ひとえに『堕落論』のお陰、あれでどれだけ救われたかと、文学部への進学希望を怖ごわ口にした高校二年生の長男に、彼はそう語ることになる。だから、まあ仕方あるまい。さっきも言ったように、途中で馬鹿馬鹿しくなりはしたものの、切腹のまねごとまでした自分である。それが、あの本一冊で心底スッキリして、株やら、麻雀やらのすえに母さんと会って出来たお前がそんなこと言い出すのも、だから何かの巡り合わせだろう。それにしても目から鱗とはまさにあのことだったな、という感想じたいは、――許諾のあっけなさと、その理由に意表を衝かれた息子の感慨はともあれ――『堕落論』の絶大な影響力からすれば、むろんごく一般的なものにすぎまい。

ただ、その影響力は彼にとってたんなる一時しのぎのものではなかったようで、かつて世上を騒然とさせた一事件がありようを垣間見せてくれる。

右の進路打診場面から遡ること七、八年、戦後初のクーデター未遂計画として知られる「三無事件」(一九六〇年一二月)が、それである。五・一五事件の三上卓らの戦前右翼に、陸士五十九・六十期出身の民間人、さらには現役自衛官も加わった(らしい)反共グループのその計画は、破防法適用第一号事件として、戦後昭和史の一齣を刻むものだが、当時、陸上幕僚監部の広報の任にあった父親は、陸士時代の見知りを巻き込んだ一件につき、マスコミへの応対におわれることになる。その過程で、請われて彼は筆を執り、戦後自衛官の立場や、その一員としての自己の抱懐を発表(『文藝春秋』一九六二年二月号)。かつての先輩同級生らの愚を指して一文に含まれる「思考停止病」なる台詞は、ちょっとした評判を取ったようだが、果たせるかな、拙いかたちではあれ、文章全体のトーンに、『堕落論』その他、安吾のエッセーの調子が如実で、そこには、「フンイキ」「カットウ」のごとき安吾的カタカナにまじって、職業軍人とはいえ生身の人間、「私達は、弾がこわく、冬は寒いのである」といった一行がみえたりするのだ。ちなみに、その一文においても、その後の現職中も、当然ながら公言こそしなかったが、彼は昭和天皇(および象徴天皇制)にたいしネガティブな意見の持ち主であった。天皇は敗戦時に少なくとも「退位」すべきであった。その言葉を、後年、物書きになった息子にむかい折りにつけ彼は口にすることになり、息子は息子で、その没後一周忌、私家版の文集に右一文を編みこんださいに、改めて、父親における安吾の存在の大きさを忖度し、併せて、安吾の名とともに拍子抜けするほどあっけない許諾を与えられた往事を想起したのだが、親たちの失望を覚悟の上で進路表明したその折りの息子には、かかる事情を知るよしもなかった。文学とは縁遠いと思っていた父親の口から、それまで、作家の名など実際ひとりとして聞いたこともなかったからだ。しかも、ほんの半年前まで野球に明け暮れていたおのが心身を一変させた張本人のひとりが、ほかならぬその『堕落論』の作者なのだった。許諾のあっけなさ以上に、その平仄につよい驚きを覚えたことは、いうまでもない。

しかし、実を得たことのみに満足したせいか、この平仄について、わたしはしばらく黙していた。黙したまま、ほどなく駐在武官としてモスクワに赴任した両親により、弟と共に預け置かれた叔父の家の離れで、受験勉強の合間合間に、冬樹社から出はじめていた全集を耽読する。そんな日々を経て、早稲田の文学部へ入ることになるのだが、そこでフランス文学を選んだのも、もちろん安吾のせいである。小林秀雄の影響も否めない、と書けば、一九七〇年の大学新入生としてはオクテもよいところだが、本当なのだから仕方ない。爾来二、三年、〈安吾・小林〉圏とも呼ぶべき領分に浸りきっていた者にとり、たとえば、『教祖の文学』をどう扱うかといったことが懸念事であったりしたのだが、この間にわたしはまた、今度はこちらから安吾の名などあげた長文の手紙をしたためて、モスクワの両親から（親の身になってみれば前回に数倍して勇気の要る）承認を得ることになる。その請願内容なぞここに披瀝すべくもないが、あれはしかし、文章を書いて実利をせしめた最初の体験ではあって、虚実こもごも、幼くも切々としたその手紙を（むろん、高校時代の先の平仄もぬかりなく入れて）書きながら、「安吾」の名を出せばきっと何とかなると、どこかで確信していた記憶はいまになお鮮明である。のみならず、その一諾が、実際に批評文を書き始めるまでの時期を大いに利してもくれたのだから、『堕落論』の作者はこれで端的に二度、わたしに「恩」を与えてくれたことになる。これと、父親の受けた「恩」とを軽々に比べるわけにはゆくまいが、ともあれ、彼我およそ以上のような訳ありを経たうえで、文筆家になったはよいが「スポーツ評以外はヤヤコシクて分からん」文章ばかり書く息子の顔に、ある晩、どこかで見たような丸縁メガネを認めた父親から、冒頭の言葉が漏れ、息子は、照れ混じりの笑顔で応えるといた座興が成立することになるのだった。ただし、その座興も、そういえば、と、わずかに調子を改めた父親の継ぎ句を浴びて、少なからぬ屈託を抱えてしまったのだけれど……。

そういえばお前、安吾については何か書いたことあるのか？

＊

ほとんどない……と口ごもるそばから我が身をひたしたその屈託は、当時も今も上手く言葉に出来ないのだが、一方の小林秀雄についてなら、事態は明瞭である。こちらはあくまでも文学的次元の話ではあるが、若年期に被った彼の影響をもあえて「恩」と呼ぶのなら、いわば、その恩を仇で返しつづけることこそ、わたしの批評の根幹をなしている。似たようなことは、同じ時期に熱中していた日本近代詩についてもいえると思うし、フッサール、メルロ＝ポンティ、サルトル、カミュなどにかんしても、ほぼ同様なのだが、安吾だけはいまだに別格なのだ。折につけ好んで全集を繙きはするものの、本格的な批評の対象に据えようと思ったことはない。読み親しんでいる作家のうち、ひとりくらいそんな存在があったところで、罰は当たるまいというのが久しい理屈だが、理屈はたぶん、深いところで一種の逃げなのかもしれない。

しかし、何からの？

本当に好きなものは語りにくい、というのとは違うようだ。好きなものこそ無理にも俎上にあげるべきだし、現にそのようにして、わたしは谷崎論と中上論を上梓し、後藤明生や金井美恵子などを論じてきた。

柄谷行人『坂口安吾と中上健次』をはじめ、優れた先行論文に臆しているわけでもない。好きなものがあり、それについて素晴らしい批評があればあるほど、及、不及を問わず、進んで筆を執りたくなるのは、わたしの常に類するからだ。安吾はいまや論ずるに足らぬと見なしているわけでも毛頭ない。むしろその逆であり……要するに、わたしの力量ではいまだに安吾は手に負えないのだ。全身全霊を賭けてかつて安吾を選んだ者は、安吾にはまだ選ばれてはいないのだいう、いかにも平凡な結語に行き着いてしまうのだ。が、その平凡さには忸怩たるものを禁じえぬし、余所目には採るにもたらぬ訳あり転じて言い訳めいた文章に、こうして貴重な誌面を費やしてしまったことじたい、お詫びしなければならぬかとも思う。いずれ、何かの切っ掛けが、上手く背を押してくれたら、「振り返る魔物」に存分にまみえてみたい。そうした希望のみ書きさして、この場を退散せねばならぬのだが、そもそも、「恩」は返さねばなどとと感じているうちは、とうてい安吾には選ばれまいという予感もする。

坂口安吾生誕百周年記念フォーラム
「いま新潟で安吾を語る」

© 新潟日報社

講演１「安吾とキリスト教」
富岡幸一郎　*Koichiro Tomioka*

講演２「安吾と仏教」
川村湊　*Minato Kawamura*

シンポジウム「安吾と日本」
富岡幸一郎　*Koichiro Tomioka*
川村湊　*Minato Kawamura*
葉名尻竜一　*Ryuichi Hanajiri*
石月麻由子　*Mayuko Ishizuki*

〈司会〉
加藤達彦　*Tatsuhiko Kato*

本稿は二〇〇六年一〇月一四日（土）、新潟市民芸術文化会館で行われた「坂口安吾生誕百年記念フォーラム」（坂口安吾生誕百年記念事業実行委員会主催／坂口安吾研究会共催）の第三部を原稿化したものである。

川村　こんにちは、坂口安吾研究会の川村湊と申します。この第三部は、私ども坂口安吾研究会のメンバーとゲストとして来ていただいた文芸評論家の富岡幸一郎さんと、我々五人で差し当たりやらせていただくことになっております。

日本には個人の名前を冠した研究会が日本文学でも幾つかあり、坂口安吾研究会はそのなかでも小さいほうだと思いますが、かなり活発にやっているほうではないかと自負しております。でき上がったのは、私も最初から入っているのですが、忘れてしまいまして、五、六年前から活動しており、メンバーは坂口安吾文学の研究者、愛読者で、大学の教授とか大学院生、あるいは編集者等です。そして一年に二回、研究会をやっております。今回は坂口安吾生誕百年ということで研究会でも何かやってくれないかということで、狭いなかで仲間うちでずっとやっているものですから、少し外の世界といいますか、広いところで我々が何をやっているかということをお伝えできればいいなと思って参りました。

今日の第三部は、最初に富岡幸一郎さんから講演していただき、その後に私も講演させていただき、それが終わった後で研究会の若手メンバーを含めて我々五人でシンポジウムをしたいと思います。

何をやるかということですが、実は私もまだよく考えておりません。その場でライブで、何か出てきたところでやろうという、〝あちらこちら、いいかげん〟という感じですが、まあ安吾の会であるからそれでもいいのじゃないかと思っております。

最初に、研究会のメンバーではないのですが、私の友人で文芸評論家の富岡幸一郎さんの講演です。「安吾とキリスト教」という題目です。富岡さんはご存じの方も多いと思います。文芸評論家で、一〇年ぐらい前は若手と言われたのですが、最近は若手とは言えなくなって、まあ長老ではないですが、中堅という感じになっております。日本の文芸評論家のなかではキリスト教に造詣が深いといいますか、ご本人もクリスチャンでいらっしゃいますが、キリスト教の文学、あるいはキリスト教の神学、カール・バルトについての御著書もあります。安吾については、安吾の宗教、特にキリスト教については今まで研究されたり、語られたことがあまりないと思いますので、今日はそういう意味で「安吾とキリスト教」という題目で講演していただきます。

それではよろしくお願いします。

© 新潟日報社

安吾とキリスト教

富岡幸一郎
Koichiro Tomioka

富岡　今日は坂口安吾生誕百年ということで、この講演会に呼んでいただきました。私は文芸評論を書いてきましたが、いまから一七～一八年前、日本の無教会、内村鑑三について短い本を書いたりいたしました。そういうものが縁となりまして、キリスト教の宗教、神学について専門の勉強はしていないのですが、自分なりにやっております。坂口安吾については研究というスタンスがなくて、今日はそういう意味で後ほど研究会の方々、あるいは川村先生にお話しいただけると思いますが、私は感想程度で三〇分ほどお話しさせていただきたいと思います。

　ご多分に漏れず、私も高校ぐらいに安吾の『堕落論』を手にして、もちろん当時どのぐらい理解できたかはわからないのですが、あの「堕ちて生きよ」というフレーズに何か心打たれるものがありました。ただそれ以上に、先程、坂口綱男さんの「安吾のいる風景」（注：第一部講演）に出てきましたが、安吾の部屋、書斎ですね。あの紙くずだらけのあの書斎に非常に憧れまして、生意気盛りで少し文学をかじり始めて、自分も何か書いてみたい、自分の部屋をああいうふうにしてみたいという思いがありまして、原稿用紙を買ってきて、ろくに書かないのに周りに投げ捨てたりして、あの安吾の書斎にすごく憧れた時期がありました。あれが一時的なものであったということを伺ってちょっとびっくりしましたけれど、安吾は私にとってもそういう意味では魅力のある作家でありました。

　今日は「安吾とキリスト教」ということですが、安吾はもちろんクリスチャンではありませんし、キリスト教について特にまとまったものを書いているわけではありません。ご存じのようにキリシタン物は幾つか書いています。それと、先程の綱男さんのお話の『安吾のいる風景』という本に、異人池の教会の写真が出てきました。いま建っているものは昭和二年に建て替えられたそうなので違うと思いますが、安吾が子どものころ、自分の生家があった場所の近くにその教会が建っていて、そこでよく遊んでいたのではないかということです。

綱男さんのフォトエッセイの文章でこういうふうにお書きになっています。「安吾は、大学でインド哲学を学んだ。仏教を学んだ訳だから、安吾とキリスト教というのは何だか変かもしれない。しかし、私の読んだ最初の新約聖書は、父安吾の物だった。その裏表紙には「昭和十二年これを読む、安吾」と書いてあった。／安吾も私も宗教として神を信じるタイプではないので、神様とはあまり深いかかわりはなさそうだが、幼かった父は、教会で遊ぶのが好きだったにちがいない。それは、異質の文化のエキゾチックさが、そこから感じとれるからではないかと思う。無謀とも思える言い方だけれども、実は私も教会や寺院に何となく心引かれる。それは、私の中に父の血が流れているからだろう。父もまた幼い日から、宗教と人間のかかわりに心引かれ、教会のエキゾチックさに興味をもっていたのではなかろうか。この想像は、あながちまちがいではないような気もする」。先程の教会の写真に添えられた文章です。

「昭和十二年これを読む」という坂口安吾の聖書。これを息子の綱男さんもお読みになったということです。安吾がキリシタン物について関心を持ち読み出すのは、年譜等を参照しますと昭和一二年あるいは一五年ぐらいだと思われます。詩人の三好達治に勧められまして、レオン・パジェスの『日本切支丹宗門史』という日本のキリシタンの歴史の本を読み、それが「イノチガケ」、島原の乱の「天草四郎」、その他の作品に関心を持っていく。これは「織田信長」とか戦国時代の歴史物ともつながっていくと思われます。そういう意味で安吾のなかでキリスト教が何らかの影を投げかけていたことは間違いないと思われます。

フランス文学者の出口裕弘という方がおります。小説も書かれて澁澤龍彦などと親交の深かった人です。その出口さんが今年、『坂口安吾　百歳の異端児』という本を新潮社から出しました。大変おもしろい本です。生誕百年の安吾、しかし正体いまだ知れず、そういう多面的な安吾についてフランス文学者である出口さんが挑んだ本だと思います。出口さんにこの本についてインタビューをさせていただきました。そういう縁もあって今日ここに呼び出されたのではないかと思いますが、出口さんも安吾は西洋の文学について非常に深く読んでいるとおっしゃっています。

東洋大学の印度哲学を勉強しているわけですが、同時に英語でエドガー・アラン・ポーを読み、あるいはアテネフランセへ行ってフランス語の勉強をした。フランス文学者が言うので間違いないと思いますが、安吾は相当にフランス語はできたであろうと出口さんがおっしゃっています。そして、フランス語でラクロなどのフランス文学を読んだあろう。ですから語学の天才といいますか、先程、篠田監督のお話（注：第二部トークショー、篠田正浩・手塚眞「映画になった安吾」）にもありましたが、徹底的に外国の言葉を若いころにやった。それを通して西洋の文学を血肉化するというか、自分のなかに入れていった。

もちろん西洋文学の背景にはキリスト教があるわけです。そしてもう一つ、これは出口さんも指摘しているのですが、そういう形でフランス文学を読んだけれど、実は安吾が一貫して、これだ、この作家だと思っていたのがドストエフスキーです。ご存じのようにドストエフスキーはロシアの文豪ですが、安吾はドストエフスキーを生涯、自分の文学的目標に定めていたのではないか。坂口安吾の生涯の悲願が、ドストエフスキーの最後の作品『カラマーゾフの兄弟』という最後の作品がありますが、安吾は非常に意識していたのではないかと思われます。

キリシタンの話に戻しますが、安吾が関心を持ったキリスト教、戦国時代。織田信長も最初は来たキリシタンを歓迎しました。日本の仏教の坊主とキリスト教の宣教師を自分の前で議論、対決することも信長はやらせたと言われています。

当時、日本に来たのはイエズス会というカトリックのなかの宗派ですが、フランシスコ・ザビエルは大変有名です。ちょうどヨーロッパではプロテスタント、ルターやカルバンの宗教改革がありました。そしてカトリックのほうも、宗教改革を受けてさらに先鋭化した新しいキリスト教の運動を展開しようとしたと言えると思います。そういう意味で当時のイエズス会は非常に積極的なエネルギーを持っていたと思います。彼らが日本へ来て、小西行長などの戦国大名がキリシタンになっていきます。そういう意味で、ある意味大変な影響力を持っていました。これが豊臣・徳川時代の政権になり、キリスト教の力をおそれて鎖国に打って出て、徹底したキリシタンの弾圧が始まっていきます。

しかし、短い期間であったとはいえ、入ってきたイエズス会のエネルギーは日本人にも大変な影響を与えたと思います。キリスト教は本当に二千年の歴史がありますので、その時代によって大きく変容しています。もちろんキリスト教はイエス・キリストによって始まるわけですが、キリスト教が大きく変わったのは、四世紀にローマ帝国の国教になります。ローマ帝国は皇帝ですから、皇帝にかわる神という考え方はありませんでした。しかし、キリスト教がローマに入り、次第に勢力をつけていきます。そういう意味でローマ帝国もやがてキリスト教を国教にします。

キリスト教を国教にしたことによってローマ帝国も変わっていきますけれど、実はキリスト教そのものも大きな変質を遂げたのではないかと思います。つまり初代のキリスト者といいますか、ペテロなどのイエス・キリストの弟子たち、あるいはその後入った使徒パウロ。キリスト教はパウロがつくったと言ってもいいと思いますが、このパウロらの初代の教会は、徹底した宣教のプリミティブなエネルギーを持っていました。それが世界宗教になっていきます。

そして、その中心にあったのはユダヤ教です。ユダヤ人といいましょうか、キリスト教はユダヤ教から出ているのですが、ユダヤ人がキリスト者になっていく。ユダヤ人キリスト者のグループが非常にエネルギーを持っていきました。実はパウロもユダヤ人です。イエス・キリストもユダヤ人ですが、初代教会はユダヤ教からキリスト教にかわったユダヤ人キリスト者のグループが持っていました。それが、やがてローマ帝国の宗教になって変わっていきます。むしろユダヤ人以外のギリシア人等の異邦人キリスト者、むしろローマ・ギリシア文化の影響を受けた人たちがキリスト教の中核になってきます。そしてユダヤ的なものが排除されていきます。

ユダヤ人といいますと、ご存じのように二〇世紀はナチス・ドイツによってヨーロッパでホロコーストが行われます。六〇〇万とも言われているユダヤ人が虐殺されたのですが、反ユダヤ主義というのは実はヒトラーの専売特許ではなくて、キリスト教の歴史のなかにずっとありました。反ユダヤ主義はキリスト教そのもののなかから生まれたと言ってもいいかもしれません。そういう意味では、初代の教会が持っていたユダヤ人キリスト者のヘブライニズムのエネルギーが変わっていきます。

そういう意味で、宗教改革と対抗宗教改革としてのイエズス会は形骸化してかたまってしまったキリスト教を揺らして、最初にあるエネルギーを、まさにパウロたちのああいうエネルギーを吸い上げて、もう一度新しい形で、ある意味原点に帰ることによって新しいエネルギーを得ようとした。それが宗教改革であり、またイエズス会の運動だったと思います。

そういうものが日本に入ってきました。そして当時の日本人は積極的に受け入れた。こういうところに安吾の持つ情熱的というか積極的というか、ラディカルというのでしょうか。ラディカルは「過激」といいますが、一方では

「根底的」ですね。非常に根っこがある。その根っこに根づいたエネルギーを安吾もキリシタンの歴史を読んで感じたのではないかと思います。

彼はいろいろな場面で言っています。キリスト教の影響を受けた作家は明治以降多いのですが、例えば太宰治あるいは芥川龍之介もそうです。いずれも自殺していますが、芥川も太宰もクリスチャンではありませんでしたが、聖書をよく読んで、そういうものを小説に書いています。芥川も自殺する前に「西方の人」というキリスト伝を書いています。太宰も裏切り者ユダを題材にしたものを書いています。しかし安吾は、どうもこの二人のキリスト理解はちょっと違うぞという思いがあったようです。太宰が心中した後、安吾が昭和二三年七月に「不良少年とキリスト」という有名なエッセイを書いていますが、そこでこういうことを言っています。

「芥川にしても、太宰にしても、彼らの小説は、心理通、人間通の作品で、思想性は殆どない。虚無といふものは、思想でないのである。人間そのものに附属した生理的な精神内容で、思想といふものは、もっとバカな、オッチョコチョイなものだ。キリストは、思想ではなく、人間そのものである」。あるいは「不良少年の中でも、特別、弱虫、泣き虫小僧であったのである」。芥川も太宰も両方とも不良少年だったけれど、泣き虫小僧だった。「腕力ぢゃ、勝てない。理屈でも、勝てない。そこで、何か、ひきあひを出して、その権威によって、自己主張をする。芥川も、太宰も、キリストをひきあひに出した。弱蟲の泣き蟲小僧の不良少年の手である。ドストエフスキーとなると、不良少年でも、ガキ大将の腕ッ節があった。奴ぐらいの腕ッ節になると、キリストだの何だのヒキアヒに出さぬ。自分がキリストになる。キリストをこしらへやがる。まったく、とうとうこしらへやがった。アリヨーシャといふ、死の直前に、やうやく、まにあった。そこまでは、シリメツレツであった。不良少年は、シリメツレツだ」。

芥川と太宰はドストエフスキーと比べられてかわいそうなぐらいですが、芥川、太宰は泣き虫小僧だ、キリストを使って何とかごまかしている。ドストエフスキーになると、これは相当なものでキリストをこしらえた、自分の文学でつくり出してしまったと言っています。

しかし、そう簡単にはつくり出せなかった。「まったく、とうとう、こしらへやがった。アリヨーシャといふ……」。このアリヨーシャというのは、ドストエフスキーの最後の作品『カラマーゾフの兄弟』に出てくる主人公の一人の名前です。カラマーゾフという名前の兄弟が三人います。一番上の兄貴がドミトリーで、ものすごく情熱的な恋愛をして、お父さんのヒョードルは淫蕩なめちゃくちゃな親父で、その血を引いたドミトリー。しかし、ある意味熱血漢でもあります。次男がイワン（イヴァン）という男です。彼は兄貴とは違って、非常に冷静で理知的で合理主義者であり、無神論者です。そして三男がまだ二〇歳になるかならないかのアリヨーシャ。この青年は大変純粋な心を持って、ロシア正教の修道院に入っている修道僧です。そしてイエス・キリストを信じ、神を信じ、ゾシマという僧院の長老に大変深い尊敬を払っている。同じ血を引き、しかし異なるキャラクター、性格を持つこの三人がこの作品を形づくっていきます。

その圧巻は、次男のイワンと三男のアリヨーシャが議論するところです。そこでイワンは、神の問題をアリヨーシャに説いて聞かせる。そして、キリスト様の教えはあまりに高級過ぎた、彼は人はパンのみに生きるにあらず、神の言葉によって生きると言った。それが本当に人間の自由であると言ったわけです。しかしキリストの言葉は重過ぎる。人間はしょせん自由よりもパンを求めるのだ。だから我々はキリストの教えを少し変更して、人間に欲するパンを与えればいいのだ。そしてキリストの教えを世俗化し、現世化し、体制化、権力化すればいいのだ。そのほうがむしろ民衆、人間は幸せなのだということを、キリスト教の教会の支配者というかトップである大審問官が言うわけです。

そういう物語をつくるわけですね。そこに実は再臨したキリストがあらわれるという非常にダイナミックなお話ですが、こういう物語を通して、アリヨーシャという若い魂に無神論者の兄貴が揺さぶりをかけます。しかしアリヨーシャは、そういうなかであるときは懐疑的になったり無神論的になりますが、自分の信仰を貫こうとする。

簡単に説明するとこういうことなのですが、このアリヨーシャは非常に不思議なキャラクターで、坂口安吾は「ドストエフスキーはこれをついに書きやがった」と言っています。私は、安吾もこういうキャラクターを書きたかったのじゃないかという気がします。先程「白痴」という安吾の作品が出てきましたが、ドストエフスキー自身も『白痴』という作品を書いています。これは、無条件に美しい人間を描きたいというのがドストエフスキーの考え方でした。つまり、ドストエフスキーにとってはイエス・キリストを書きたい、無条件に美しい人間を書きたい。これは大変長い作品ですが、これを書くわけです。

ところが実際に書いてみますと、それは本当に白痴でしかないわけです。ムイシュキンという貴族が精神を病んでスイスの精神病院に入っている。それが回復して病院から出てきて、いろいろな女性も絡んで人間ドラマを演ずるわけです。しかし、本当に純粋な美しい人間で、周りはムイシュキンの美しさに翻弄されていきます。そして最後は、ムイシュキンは再び精神を病んで病院に戻っていくという話です。すごい実験作だと思いますが、そんなにうまくいったかというと難しいと思います。そういう苦闘を経てドストエフスキーは『カラマーゾフの兄弟』までいくわけです。

安吾もそういう意味で自分のアリヨーシャを書きたいという思いがあったのじゃないかという気がします。昭和六年に出した彼の処女作「木枯の酒倉から」、そのすぐ後に書いた有名な「ふるさとに寄する讃歌」があります。これは新潟のまさにふるさとに帰ってきたところが描かれています。そして、自分のふるさとに帰ってきて「私は既にエトランジェ（異邦人）だ」という感じを受けます。そして、自分のなかにある女性のイメージをふるさとに求めている。

安吾のなかの女性は、あるリアルな女性という側面もありますが、いわば観念化された一つの象徴といいますか概念といいますか、そういうところがあると思いますが、最初の作品にもそれが出ていると思います。この作品を読んでいくと、実は教会が出てきます。天主教の寺院が出てくるのですが、これはどうなのでしょうか、研究者の方にまたサジェスチョンしてもらいたいのですが、先程の安吾が小さいころ遊んでいたと思われる教会が原形にあるのかどうか興味深いところです。最初の「ふるさとに寄する讃歌」でも、女性・少女を通して非常に純粋な人間の姿を描こうとしています。

そして先程来、話題になっていた「白痴」はとてもいい作品だと思います。同時に、なかなか難しい作品でもあります。手塚監督はこれを映画化されたということで、この作品は安吾のなかでも注目されるべきだと思います。この作品のなかにも白痴の女が出てきます。この女は、ちょうどドストエフスキーが書いたムイシュキンあるいはアリヨーシャのように純粋さを持っています。こんな記述があります。

「なまじいに人間らしい分別が、なぜ必要であろうか。白痴の心の素直さを彼自身も亦もつことが人間の恥辱であろうか。俺にもこの白痴のような心、幼い、そして素直な心が何より必要だったのだ。俺はそれをどこかへ忘れ、ただあくせくした人間共の思考の中でうすぎたなく汚れ、虚妄の影を追い、ひどく疲れていただけだ」。

そして、先程の空襲があります。そのなかを主人公が白痴の女を連れて逃げまどうわけですが、その最後も、とにかくこの女がそういうものすごい状況下にあっても眠っているというところがあります。

「全ての人々が家を失い、そして皆な歩いている。眠りのことを考えてすらいないであろう。今眠ることができるのは、死んだ人間とこの女だけだ。死んだ人間は再び目覚めることがないが、この女はやがて目覚め、そして目覚めることによって眠りこけた肉塊になにものかを附け加えることも有り得ないのだ」と女のことを描写しています。

「白痴」は大変短いシンボリックな作品ですので、あまり深読みはできないかもしれませんが、しかしこの白痴の女のなかには、安吾が例えばドストエフスキーから影響を受けていた、あるいはそれを目指したいというアリヨーシャのような人間像。ただし、安吾の場合は男ではなく女性であること。カトリックではマリア信仰がありますが、マリア的なものといいますか、むしろ女性のなかに象徴的な本当に純粋な人間でありながら、どこか人間の汚辱を超えた、なにがしか超越的な光が差しているような精神と肉体を持った人間像をかいま見ることができるのではないかとも思います。

戦後、坂口安吾は「堕落論」で流行作家になっていきますが、当時、安吾と対談した文芸評論家に小林秀雄がいます。ご存じのように安吾は「教祖の文学」で小林さんを激しく批判したわけです。小林秀雄は批評の神様と言われていますが、戦争中に音楽家のモーツァルトを書き、戦後『創元』という雑誌に発表します。小林さん自らが編集している雑誌です。安吾はそれに食ってかかるんですね。

小林さんは音楽なんか論じないで、もっと生身の人間を相手にして、生身の文学を相手にしてやるべきだ。小林秀雄もとんだ教祖になっちゃったなという、なかなか激しい、しかしある部分で小林秀雄の批評のアキレス腱というか本質をついた『教祖の文学』が出ました。

もともと二人は交友があったのですが、この後にあるところで対談するわけです。対談したときに、そういう文章がありましたので最初は何となくかたいんですね。小林さんも酒豪ですから恐らく酒を飲みながらだと思います。「しばらくだね」「いつだったかね、この前会ったのは」と言って、なかなか話が始まらないのですが、そのうち話が活況に入ってきますと、この二人の意見が非常に合うんですね。どこで合うかというと、いま申し上げたドストエフスキーについてです。小林秀雄は実は戦前からドストエフスキーについて徹底して書いておりました。「ドストエフスキーの生活」「ドストエフスキーの作品」です。そういう意味では日本の文芸評論家のなかでもドストエフスキーを最も深く論じた人で、それが安吾とこういうところで四つに組んで語り合って、結局『カラマーゾフの兄弟』のアリヨーシャというところにいきます。

安吾が小林秀雄に、自分はやっぱりアリヨーシャという人間が最高だと思う、あれはすばらしいと言います。小林秀雄も、そのとおりだ、あれは空想的とか何とか言うのは作者を知らないからだ。アリヨーシャは善の幻のようなものであると。二人がそこでまさにぴったりと意見が一致しています。小林秀雄も安吾の小説、エッセイを読んでいましたので、恐らく安吾の深いもの、心のなかにあるものを批評家としてとらえていたということもあると思いますが、いずれにしてもそういう二人の戦後の出会いがあると思います。

安吾にとってキリスト教は信仰の対象ではなかったと思いますが、キリスト教のなかでつくられていったドストエフスキー、あるいはイエズス会の宣教師が入ってきて日本の当時の民衆あるいは大名に伝えたもの、徹底した拷問に耐えていく。安吾が島原の乱などに関心を持ったのもその辺でわかります。一種の殉教ですが、そういうものに関心を持ったのもつながっているのではないかと思います。

最後に、ふるさとということで一言申し上げれば、あの碑に「ふるさと」という言葉が出てきます。これも有名なエッセイでご存じの方が多いと思いますが、「文学のふるさと」という文章があります。これもとてもおもしろい文章だと思いますが、あの赤頭巾の童話は、赤頭巾が森のおばあさんを訪ねていくとオオカミがおばあさんに化けているという話です。そして、実はそのオオカミが赤頭巾、少女をむしゃむしゃ食べてしまう。そこで終わっています。本当はハッピーエンドになっていません。そういう本当に救いのない、突き放したような結論、しかし実はそういうところに文学のふるさとがあるのではないかと安吾は言っています。

「私達はそこでいきなり突き放されて、何か約束が違ったような感じで戸惑いながら、然し、思わず目をうたれて、プツンとちょん切られた空しい余白に、非常に静かな、しかも透明な、ひとつの切ない『ふるさと』を見ないでしょうか。その余白の中に繰り広げられ、私の目に沁みる風景は、可憐な少女がただ狼にムシャムシャ食べられているという残酷ないやらしいような風景ですが、然し、それが私の心を打つ打ち方は、若干やり切れなくて切ないものではあるにしても、決して、不潔とか、不透明というものではありません。何か、氷を抱きしめたような、切ない悲しさ、美しさ、であります。」

　こういうふうに書いています。安吾のなかにある文学のふるさとは、ある氷を抱きしめたようなせつない悲しさ、あるいは美しさという言葉が出てきます。あるいは「絶対の孤独」という言葉がこのエッセイに出てきます。人間が生きているということ、人間そのものの存在のなかにはらんでいる絶対の孤独、それは非常に冷たい、ある突き放すようなものだけれども、なにかある美しさを持っている。この突き放される感覚が実は文学の原点、ふるさとではないかということを書いています。

　これは安吾の一つの文学観、人生観の原点にあるものでありますし、聖書を読みますと、旧約聖書も新約聖書も決して予定調和的な救いといいますか、ハッピーエンドはありません。旧約聖書の神は非常に厳しい神です。新約聖書のイエス・キリストは愛の神と言われていますが、しかしキリストもまたある意味、ある時期、ある時、身近にいた弟子たちを突き放します。いわばそういう形で突き放して、その先にあらわれる愛といいましょうか、美しさといいましょうか、そういうものを抱きしめる。私はそれが新約聖書の一つの大きな意味だと思いますが、そういう意味での新約聖書、旧約聖書の根底にあるものは、人間のあるどうしようもなさ、キリスト教では「罪」と言いますが、人間の原罪を抱えてしまった人間が、しかしそこで何らかの美しさをどこかで回復できないだろうか。あるいは、そういう祈りのなかに生きていくことができないだろうか。聖書はそういう思いを語っているのではないかと思います。安吾はいろいろな角度で論じられますが、「白痴」その他の作品のなかにそういうものを感じるということがあると思います。

　三〇分ということで時間を出てしまいました。私自身、安吾の専門家ではありませんが、今回は出口さんの「百歳の異端児」というのはなかなかいいタイトルだと思います。今でも異端児であり続け、しかし単なる異端児でなくて、単なる反抗者ではなくて、どこかである本質的なものを求め続けた百歳の異端児の姿を感じるところがあります。また後ほどシンポジウムで発言できればと思いますが、以上で私の短い講演にさせていただきます。ご清聴どうもありがとうございました。

© 新潟日報社

安吾と仏教

川村湊

Minato Kawamura

川村　続きまして、私からお話しさせていただきます。

　富岡さんから「安吾とキリスト教」ということで安吾の作品のなかのキリスト教についてお話ししていただきました。私もそれに関連づけてということでもないのですが、仏教のほうでなにか話ができないかなと考えてきました……考えてくるつもりだったのですが、昨日、学生と一緒にちょっと飲み過ぎまして、私の家は常磐線の我孫子というところにあり、最終になるといつも取手にとまってしまいます。そして取手からタクシーで家に帰ることになります。ご存じだと思いますが、安吾は取手に一時住んでおりました。そこでトンカツばかり食べていたというエッセイがありましたが、私はいつも飲み過ぎて取手で電車のなかで目をさますたびに、また安吾の地へ来てしまったと思います。そういうことで、飲み過ぎてあまり考えるひまがなかったという言い訳です。

　「安吾と仏教」というと当然のことながら、安吾は東洋大学の印度哲学科に入っておりまして、仏教を勉強していたということがあります。これは「勉強記」という非常におもしろいユーモアのある小説がありまして、そのころの若き安吾が東洋大学で印度哲学、仏教を勉強していたときの話で、かなりデフォルメといいますか、変えてはいると思うのですが、そういう話が書いてあります。

　そこでインドのお経の言葉であるサンスクリット語、パーリー語、チベット語を勉強していたわけですが、非常に難しいと言っています。サンスクリット語はいわゆる梵語で、お墓に梵字が書いてあります。あれがサンスクリット文字ですが、非常に難しい。難しいといっても、もちろん外国語はみんな難しいのですが、特にサンスクリット語はインド・ヨーロッパ語族のなかの一つですから、ヨーロッパ語にもつながるものでもあるわけで、日本語のようなウラル・アルタイ系の言語とはかなり構造が違っています。それもあって日本人には学びにくく、難しい言語と言われています。「勉強記」のなかにも、不規則変化が非常に多くてこれを覚えるのが大変だと書いてあります。しかしチベット語はもっと難しい。チベット語を勉強するとサンスクリット語の不規則変化など幼稚園児並みだみたいなことが書いてあったと思いますが、サンスクリット語やパーリー語、チベット語を勉強していました。

それはもちろん仏教を学ぶために必然的にそういう語学が必要になるわけですが、なぜ安吾がそんな難しい、しち面倒くさい語学を勉強したかということは、彼の自伝的な作品のなかにも書いてありますし、エッセイにも時々出てくるのですが、自分のうつ病を治すためにあえて挑戦したのだと書いてあります。それはもちろん一種の韜晦《とうかい》でもあるわけで、安吾は若いころ、特に一〇代の終わりから二〇代にかけて本当に悟りを開こうと思っていたと私は思います。仏教を深く極めて勉強して悟りを開く……一体何が悟りを開くことになるのかわかりませんが、悟りを開こうという高邁《こうまい》な純粋な志に燃えて勉強していたのだろうと思います。

私も中学校のころから坂口安吾を読んで、いま安吾研究会というところの代表みたいなことをさせていただいていますが、安吾研究会という名称に対して実は疑問を持っております。私は、安吾の作品は研究するようなものではない。では一体何のかというと、ちょっと口はばったい言い方になりますが、私はいつも「安吾を生きるのだ」と……あまり口に出したことはないのですが考えております。つまり安吾の作品を生きる。批評でもエッセイでも小説でもいいのですが、簡単に言うと安吾をまねするということ。中学生で初めて安吾を読んだときからそういうふうに思っていました。ですから、安吾のように生きようと思ったことがあります。

私も大学を受けるときに、仏教系の大学に入って仏教を勉強しようとチラッとだけ一瞬思ったのですが、やめました。サンスクリット語などは到底できそうもないし、パーリー語とかチベット語は考えるだに頭が痛くなりそうなのでやめました。しかし、またばかなことに、大学時代に安吾がアテネフランセへ行ってフランス語を勉強したから私もフランス語を勉強しようと思いまして、アテネフランセではなく、日仏会館に行きました。半年分の授業料を払って一回出たのですが、フランス語で出席をとるわけです。フランス語で出席をとるといっても、最初に先生がフランス語で出席をとるわけです。フランス語で出席をとるといっても、私の名前を日本語で言うのですけれど、そのときにたしか「プレザン」と答える。「います」ということですが、私が「プレザン」と発言したときに「我存在する」という現実存在というふうに言っているような気持ちになって、どうも気恥ずかしくなって、それっきり二度と行きませんでした。全く一回だけでフランス語から撤退してしまいました。そういうことで安吾のやっていること、安吾の行ったところ、安吾の見たものを私も見ようと思ったことがあります。

仏教のことですが、安吾が東洋大学で仏教を勉強しようとした。そして、後でそれをユーモラスに書いているのですが、その当時はかなり真剣に真面目に勉強していたらしい。これは我々の安吾研究会のメンバーの一人が、安吾がその当時どんな仏教書を読み、どんな勉強をしていたかということを研究発表したことがあるのですが、仏教哲学の非常に難しい専門的な本を読み、さらにそれについて安吾自身も論文を書いています。筑摩書房版の新しい安吾全集の第一巻の、安吾が最初に活字として発表した文章は意識についての論文です。この意識論は、ナーガルジュナ、龍樹というインドの仏教哲学者の『中論』という、読んだだけでは全くわからないような非常に難しいもので一種の論理学の本、現象学といってもいいような気がしますが、そういう人の意識に関する論文を安吾が東洋大学の在学中に書いています。そのままいったら、ひょっとしたら安吾は仏教学者になるか、学のあるお坊さんになるか、そういうことも考えられたわけです。

「勉強記」に書いていますが、東洋大学の仏教学はたいがいお寺の住職の息子がやってきて、彼らが大学に入って一番先にやるのは髪を伸ばすこと。ところが、お寺の息子ではない安吾だけが頭をくりくりに丸めて教室へ出ていったらみんなが驚いたということも書いてありました。そういうふうに安吾は非常に真面目に仏教を勉強したのだと思います。

彼の言葉のなかで、正確な言い方は忘れましたけれど、人間というものは一八歳とか一九歳とかそういうときに悟るというか、すべてが明晰にわかってしまう。非常にクリアになり、人間的にまさに悟りの境地のような気持ちになるときがある。「風と光と二十の私と」のなかにそういうことも書いてあったと思いますが、そういう文書を読んで私も、ああなるほど一八、一九歳で世の中すべてがわかり、透徹した論理で親や人間のことも、世界のことも宇宙のこともわかったような気になるときがあるよな、あったよなと思ったことがあります。

といっても、私はせっかく一八、一九歳でかなりいいところまで悟ったのですが、年をとればとるほど悟りが消えてしまって、迷いに迷って愚かなことをしでかすということになってしまう。安吾の場合は、愚かなことをしでかすと言ってはかわいそうなのですが、「二七歳」とか「三〇歳」に書かれてあるように、今日も名前が出てきましたけれど、矢田津世子という女性に恋こがれて、まさに愚かなふるまいをしてしまう。綱男さんに言わせると、安吾の手紙を公開して人非人だと言われたということでしたが、まさに世の中に恥ずかしい手紙を残してしまうわけです。

私は矢田津世子の生まれ故郷の秋田に行って、矢田津世子の資料室を見てきました。そこに確かに安吾の手紙があって、それを読んだらあまり変な手紙は残すべきではないなと、私も安吾のためにそう思いました。ただ、「二七歳」とか「三〇歳」の自伝的小説にカッコよく、「あなたが好きです」と言って一度だけの口づけをして去った、それから彼女が死ぬまで全く会っていないと書いていますが、手紙をよくよく読むとそれは嘘なんですね。その後にまた会ってくださいという手紙が残っていますから、カッコよく書いたのだろうけれど、動かぬ証拠がちゃんとありますので、やはり手紙は残すべきではないと思いました。

そういうふうに一八歳とか一九歳、二〇歳ぐらいに仏教を勉強して、まさに悟りを開こうとして、ひょっとしたら半分ぐらい悟ったのではないかと思うのですが、その安吾がまた悟りからさめて、迷妄の道へ入っていったというのが筋道になるのだと思います。それがいわゆる「堕ちる」ことなのかなとも思いました。

そういうふうに仏教に対して悟りを開こうとした安吾が結局仏教のほうに進まなかったわけですが、そういう痕跡みたいなものは安吾のなかにずっと残っていると思います。ですから、安吾と仏教というと若いときの印度哲学の勉強で、これは日本の伝統的な仏教というよりも、明治の時代に入って、中国を経由した漢訳仏教からもっと根源的な原始仏教あるいはインド、セイロン、チベットに残っている本場の仏教を勉強しよう、それを学ばなければいけないのだという風潮が日本の仏教界にも出てきて、南條文雄《なんじょうぶんゆう》のようにインドへ行って、あるいは河口慧海《かわぐちえかい》のようにチベットへ行って仏教を勉強する。言ってみれば中国化されてしまった漢字に訳された仏教ではなしに、まさにサンスクリット語、パーリー語、チベット語で書かれた原典としての仏教を安吾が勉強しようとした。しかし、これはある意味では悟りということと直接的に結びつかないのではないだろうか。それは学問ではあっても、その学問の中から、つまりサンスクリット語をいくら勉強したところで仏教の本質、まさに悟りを開くことにはならないのではないかと思います。安吾もそういうふうに思って、単なる勉強だけではない本当の悟りというか、本当に生きるための信仰を考えたのではないかと思っています。

先程「安吾を生きる」と言ってしまったのですが、単純に言うと安吾の跡をたどってみることを学生時代からやっておりました。それでお金もなかったのですが、アルバイトをして飛騨の高山へ行きました。安吾は、飛騨高山については「飛騨の顔」というエッセイと「安吾の新日本地理」におさめられている「飛騨・高山の抹殺」がありますが、それに導かれて行ってきました。あそこで非常におもしろいというのは変ですけれど、たしか千光寺というお寺があって、そこには両面宿儺《りょうめんすくな》という仏像がありました。

円空もそこへ行って両面宿儺の木造を彫っています。安吾がその両面宿儺を見て、この両面宿儺は、昔、飛騨王朝があって、大和王朝に対して飛騨王朝があり、飛騨王朝の主人公が両面宿儺と言われている伝説上の人物ですが、それではないか。両面宿儺は顔が二つ、手足が四本ずつあるのですが、お堂にあった像もあけて見せてもらいました。確かに顔が二つあり、手足が四本あって、刀や弓を持って強い武将であったという伝説が残っています。安吾はそれを飛騨王朝の主人公であると考えたのですが、その飛騨王朝説が果たして正しいかどうかは別として、両面宿儺という存在に安吾が興味を引かれたということから私も興味を持ちました。

近くに水無《みなし》神社があり、島崎藤村のお父さんが神主としていた神社ですが、その水無神社とかお寺、両面宿儺のことを書いて、安吾は「飛騨・高山の抹殺」というおもしろいし、ユニークな歴史観を提示しているわけです。

安吾は飛騨に関してエッセイも書いていますし、小説も書いています。ご存じのとおり安吾の代表作のひとつと言っていいと思いますが、「夜長姫と耳男」という小説があり、それが飛騨を舞台としています。耳男が飛騨の仏師、匠であり、夜長の長者のところに夜長姫という美しいお姫様がいて、彼女の守り本尊としての弥勒菩薩を彫れと命令され、耳男が夜長姫のところへ行って長い年月をかけてミロクを彫る。そのときに飛騨の有名な匠が三人呼ばれて、競い合ってミロクをつくるという話です。

結局、耳男は弥勒菩薩は彫らないで、まさに化け物のような「ミロク」薩を彫ってしまいます。それを夜長姫が気に入ったということになるのですが、ここで弥勒というのが出てくるわけで、弥勒信仰を安吾はどのように考えていたのだろうと興味を持ちました。

弥勒菩薩に関しては丹念に探せばたくさんあると思いますが、もう一つは「木々の精、谷の精」という小説にも弥勒が出てきます。これは「黒谷村」と同じように、安吾のお姉さんが嫁いでいた松之山温泉の松之山を舞台にした小説で、友人の親戚の家に行くと、そこに弥勒菩薩が置いてある。そこに非常に美しい娘がいて、弥勒菩薩と娘が重なっていくという小説ですが、この場合の弥勒は太秦の広隆寺や中宮寺にあるような、片足をもう一方の足に乗せて肘をついているいわゆる考える人の半跏思惟像です。

先月、松之山に行ってきたのですが、あそこには村山家という安吾の親戚の家があり、そこが美術館になっていたので、弥勒菩薩はあるのかなと思って見ましたけれど、そこにはありませんでした。ひょっとしたらどこかにしまってあったのかもしれなく、見落としてしまったのかもしれません。

これは余計なことですが、安吾を生きるためには安吾のたどった道を歩かなければいけないので、松之山温泉から四、五キロある山道を歩いてようやく着いたところに翠（みどり）の湯という露天風呂がありました。安吾もその露天風呂に入った記録がありますから、これは入らなければいけないというので入ったのですが、六九度という非常に高い源泉でとても入れません。でも、入らないと安吾を生きることにはならないので、ホースで水を出して体を冷やして、思い切ってドブッと入ってパッと上がって、ようやく安吾を一つ生きたと思いました。

弥勒菩薩は村山家に本当にあったのではないかと思います。それを安吾が「木々の精、谷の精」という小説のなかに取り入れて、弥勒菩薩とその家にいる美しい女性。女中さんもいるのですが非常に美人で、彼女と少女。「木々の精、谷の精」は現代小説というか、時代は安吾の生きていた時代ですが、それを昔の説話的世界にもっていったのが「夜長姫と耳男」という作品ではないか。この二つはそういう意味で関連性のある作品であり、またテーマ的にも似ていると思います。

先程の富岡さんの話で、安吾にとっての女性像といいますか、一種マリア信仰にも似たような女性観、宗教とかかわる女性に対する信仰のようなものがあるのではないかということでしたが、私は「夜中姫と耳男」とか「木々の精、谷の精」で読み取るのも、絶対的に手を触れられない、しかし非常に美しい、しかも手を触れてはいけない禁じられた美しさというか禁じられたところにあるもの。「禁じられた」というのはちょっと言葉が違うかもしれませんが、それはまさに安吾にとっての「ミロク」であるわけです。

日本の弥勒信仰は、未来仏としてお釈迦様の五七億七千万年ぐらい後に如来になるという未来に約束された菩薩ということになりますが、弥勒上生経とか弥勒下生経というお経があって、そこに弥勒のことが書かれています。つまり、弥勒というのは我々のこの世の世界とは別な空の上にある兜率天というところにいまいるわけです。そして将来的に、五七億七千万年後に地上に降りてきて我々を救ってくれるという仏様です。

太秦の広隆寺や中宮寺に半跏思惟の弥勒菩薩像がありますが、安吾が「木々の精、谷の精」で描いた弥勒菩薩は、広隆寺や中宮寺にある菩薩の形をしていたのだろうと思います。私も学生時代に広隆寺の弥勒菩薩像を見に行ったことがあります。やはり美しいのですけれど、冷たいというのではなく、自分と別のところに仏様がいる、そこにいることだけで私が救われているような感じがしました。

安吾が弥勒について感じたのもそういうものなのではないか。つまり、永遠の美しくて絶対的なもの、しかしそれに触ってはいけないというか、そこからはみ出しているというか、そこから逃げ出さなければいけないような絶対的なものとしての弥勒があって、先程の富岡さんの話にあるように、そこでスパッと断ち切られた絶対的な残酷であり、かつ絶対的な美しさを持つ文学のふるさとと弥勒というイメージは重なるのではないだろうか。

その弥勒と同じような形で存在しているのが、「木々の精、谷の精」の少女であり、「夜長姫と耳男」の夜長姫という存在、あるいは「桜の森の満開の下」のあの美しいオニであり、女である女主人公。そういうものが安吾のなかの原形的な運命的な女性。現実的に言うと矢田津世子のような存在になるのかもしれませんが、そういうところにつながっていくのではないかと思いました。

少し舌足らずな言い方になりましたが、安吾が最初に仏教をロジックとして、あるいは観念論として形而上学としてとらえようとした仏教から離れ、そしてまさに自分がじたばたと生きている世の中を全面的、絶対的に肯定しながら、しかしそのなかでもまた絶対的なものとしての弥勒、これは信仰の対象というのではなく、自分の心のなかの一点、絶対的なものとして持っているもの、持っていたものが、その弥勒という言葉にあらわれされているのではないかと思っています。

そういう意味では、先程、富岡さんが言ったようなキリスト教のマリア信仰とも近いようではあるのですが、私はマリア信仰とはちょっと違うと思っております。なぜ弥勒であって観音様ではないのかということも私のテーマにしたかったことなのですが、観音様だの弥勒様だのというと、あいつも遂にやきが回って抹香《まっこう》くさくなったのは、どうせだんだん年老いたからだろうと思われそうだし、そういうところもなくもないかもしれないのですが、最近は安吾の抱いた弥勒信仰をもう少し調べていきたいと思っております。

　全くまとまらない話ですが、これからシンポジウムもありますので、そこでできるものなら補足したいと思います。ご清聴ありがとうございました。

© 新潟日報社

シンポジウム　安吾と日本

富岡幸一郎　川村湊　石月麻由子　葉名尻竜一
〈司会〉加藤達彦　（左より加藤、富岡、川村、石月、葉名尻）

加藤　皆様だいぶお疲れだと思いますが、最後のシンポジウムに移りたいと思います。坂口安吾研究会で運営委員をしております加藤達彦と申します。よろしくお願いします。では簡単に自己紹介を一言ずつ、石月さんからお願いします。

石月　初めまして、石月麻由子と申します。恐らくこのなかでは一番の若手かと思います。私自身まだ勉強の途上なのですが、今日は運営委員長である川村さんから早速、「安吾は研究するものじゃない、安吾を生きろ」という言葉を受けましたので、もう一度はじめに立ち返りながら、この場でいろいろ考え、お話しできたらいいなと思っています。よろしくお願いします。

葉名尻　葉名尻竜一と申します。すごく緊張していて、これから話さなければいけないことが飛んでしまいそうなのですが、僕は野田秀樹さんが好きで、今回、野田秀樹さんが安吾賞をとられたというので喜んで、何とか明日の授賞式も見て帰ろうかなと、そっちのほうばかり気になっております。今日はよろしくお願いします。

加藤　早速シンポジウムに移りたいと思います。「安吾と宗教」という問題は、非常に重要な問題ですが、同時にまた非常に難しいテーマだと思います。まずは先ほどの講演を受けて、石月さん・葉名尻さんから講演者のお二人に質問があれば質問していただいて、もし質問がなければ、安吾について、今、考えていらっしゃることをお話しいただくということで、どうですか？

宗教とナショナルな問題

葉名尻　プログラムを見ると、一九日に千賀ゆう子さんの朗読会の予定があり、六月には演劇（注：「桜の森の満開の下」）を上演しています。この演劇は東京の駒場（注：アゴラ劇場）でも上演されていまして、それを観に行っております。今回、野田秀樹さんが安吾賞をとったというので、僕は野田さんの安吾を扱った作品について考えていることを話そうかなと思って参りました。

野田さんは一九八九年に『贋作・桜の森の満開の下』を舞台化します。「贋作」と書いていますが、単行本で「にせさく」とルビをふっておりまして、これは「がんさく」ではなく、わざと「にせさく」と読ませるのだと単行本で書いています。先ほど、篠田監督のお話がありましたが（注：第二部トークショー、篠田正浩・手塚眞「映画になった安吾」）、野田さんの作品は純粋に原作を舞台化したのではなく、安吾のいろいろな作品を取り混ぜています。川村さんの講演に出てきた「夜長姫と耳男」がメインになりまして、あとは「飛騨・高山の抹殺」「飛騨の秘密」などが大きくかかわっています。安吾によれば、〈飛騨〉というのは歴史の表舞台から消されてしまった、無かったことにされてしまった、そういう場所でした。安吾はそういう場所を探偵の目で探っていく。資料などの証拠はないかもしれないけれど、無くなったものを探っていく。野田さんの演劇もそういう点に着目しているわけです。

原作の「桜の森の満開の下」はラストシーンで、満開の桜の森のなかで、山賊がオニだと思って女の首を絞め殺すと……実は女だった、で終わるのですが、野田さんの演劇には、オニだと思ったら実はヒトだったという発想があるのではないでしょうか。実際にオニはヒトであったと思います。物語や昔話に出てくるオニは、物語のメインから外れてしまった、いわば表舞台、メインストリートから追い出されてしまったヒトのことで、それを我々日本人はオニと名付けてきました。

菅原道真であるとか平将門であるとかは、皆オニになるわけですが、時の権力者は自分が表舞台に出て行くためには要らないものをオニとして排除するわけですね。ですから、オニがいつか戻ってきて自分の権力の座を奪ってしまうという恐怖にずっとかられているわけです。平安京も鬼封じ、つまりオニが出てこないようにとびくびくしながら、そんなふうに遷都されたと言われています。

では、オニは一体どちらの方角からやって来るのかというと、鬼門――丑寅の方角、つまり北東の方からやってきます。平安京も丑寅の方角にあった比叡山延暦寺が鬼封じであったと言われています。京都を中心に見ますと、飛騨・高山も丑寅の、ちょうど北東の方向に位置するわけです。

「丑寅」という言葉――、ウシには角がありますし、トラは黄色と黒の縞模様ですが、漫画の桃太郎などに登場するオニのキャラクターは大抵、頭に角がはえて、丈夫なトラのパンツをはいています。実はあのキャラクター・デザインも丑寅の鬼門という言葉遊びからできているわけです。ですから、オニというものと国というものがすごく近いわけですね。

そのオニが鬼門の方角からやってくるのですが、野田さんの演劇では、物語のなかでオニはどのように権力を取り戻そうとするのか。これが野田さんの頭の柔らかさというか想像力で、なんと缶蹴りをするんですね。なぜ舞台でいきなり缶蹴りをするのだろうかと思われますが、確かに缶蹴りは、今の子供たちがコンピューターゲームで何か都合が悪くなると、ボタンを押してやり直しのリセットをするように、缶蹴り遊びはオニが缶を蹴るとすべてがリセットされるというルールです。オニたちは何とか今メインである者たちを転覆させようと、じっと缶蹴りのチャンスを狙っています。

野田さんは言葉遊びをしますから、この缶（カン）が実は王冠（おうカン）であったというわけです。オニたちは王冠を蹴って、何とか表舞台に戻ろうとする。オニたちが王冠を蹴ると、メリーゴーランドのようにくるくる回って、世界が転覆するのですが、舞台を観ておりましたら、その舞台にカニが出てくるんです。なぜカニが出てくるのだろう、カニって何だろうか。安吾の作品にカニは出てこないし、なぜ舞台にカニが…と思っていたら、カニは横にしか歩けないので、カニが横へ歩いた足跡が国の境になっていくという発想をするわけです。

よく考えると、「オニ」という二文字と「クニ」と「カニ」の語呂合わせがあるんですね。きのう、今日のためにビデオを観直していて、気づいたのですが、五十音表をながめると、「オニ」という言葉がア行の「アイウエ㋔」、「クニ」という言葉がカ行の「カキ㋗ケコ」にあるとすると、「カニ」という言葉はちょうどその間にあります。「㋔ニ」と「㋗ニ」をつなげるところに「㋕ニ」はいる。「カ㋖クケコ」で「キ」もあるじゃないかと言われるかもしれませんが、「キ」は「気に（キニ）しない」というか、それだけそっと外してもらえれば……（笑）。

そんなふうにクニとオニは実は大きくかかわっているのではないでしょうか。クニをつくるのにはオニが必要になってくる。何とかしてクニをうまく取ったまではいいのですが、クニができると今度はだらけるわけですね。必死になってクニを取るまではいいのですが、取るとどうしてもだらけてしまう。何とかそれを維持するためにどうしようかと悩む。現代でもそうなのですが、一番手っ取り早いのが新たなオニを探しだすことです。今の日本や世界を見わたすと、自分たちのまとまりが悪くなってくるとオニを探し始める。オニを見つけて、何とかクニを維持しよう、クニの正当性を語ろうとするのです。だから、不正であるオニはクニの必然ではないか。新潟も大変苦労された場所ですが、時にオニにされてしまったりする。そういうクニグニがほかにもいっぱいあるのではないか。

野田さんの演劇では、そんなふうにしてオニとクニ、先ほどの安吾的な発想が支えている。そんなところがあるんですね。今そういうことを考えておりました。

加藤　なるほど『贋作・桜の森の満開の下』では、安吾のオニがカニになり、クニになったりして、日本の歴史の問題につながっていくということですね。今回は「安吾と宗教」ということで、先にお二人にお話しいただいたのですが、宗教の問題で特に富岡さんにお答えがあればお願いしたいのですけれど、安吾がキリシタンとかキリスト教のものを吸収しようという時期が昭和一五年ぐらいでしょうか、三好達治の影響であったと思うのですが、キリスト教とか宗教という問題を考えるときに、それは日本とか国家、川村さんのお話で言うと、歴史ですね。そういうナショナルな問題につながっていくような気がします。たとえば今、私の頭に浮かんでいるのは、内村鑑三のことです。彼がキリスト教を考えるときも、よく「二つのJ」と言われたりしますが――ジーザスとジャパン――キリストと日本という問題が常にあったのではないか、という気がします。

先ほどの講演のなかで安吾の小説については触れてくださっていたと思いますが、安吾の日本論とか日本文化論については、あまりお話がなかったと思いますので、葉名尻さんの野田秀樹の話と絡めて、安吾と日本、キリスト教と日本ということでお話しいただければと思います。

富岡　野田さんの歌舞伎、桃太郎の話がありましたね。あれを見てすごくおもしろかった。桃太郎が鬼退治をするわけじゃないですか。その後に桃太郎が宝を持ち帰って、まあスターになるわけですね。そうすると桃太郎が堕落していく。どんどん太っていくんですね。勘三郎がすごく太った桃太郎をやるわけです。そうすると、オニが復活するんですね。またオニが攻めてきて、それと戦うためにまたやせた桃太郎になる。いまおっしゃったクニとオニというのを非常にうまく使っておもしろいなと思いました。

日本論にかけて言えば、戦後に安吾が「二合五勺に関する愛国的考察」というおもしろいエッセイを書いています。これは例のキリシタンのころの日本人の殉教者はすごかった、とにかくありとあらゆる責め苦に遇ったけれど、結局みんな信仰を捨てずに殉教していったという話が出てきます。そこまではいいと思いますし、また安吾もそういうものに対して関心を持っていた。ところがその後、明治になって隠れキリシタンも出てきたときに意外なことも起こった。それは二合五勺の食べ物、コメを制限したら、たわいもなく何百人もの人が一気に棄教した。つまり、肉体に加えられるありとあらゆる残虐な痛みに対しては信念をかためて耐えたけれども、空腹には耐えられずにみんな棄教したと書いてあるんですね。こういうところに安吾の宗教観の凄いところがあって、これと戦争の問題を彼は重ねて論じているんですね。

戦争というのは信仰などよりもケタ違いに深遠、巨大な魔物であると言って、安吾の場合、信仰というのが人間の肉体の底の底までという次元まで見ていて、空腹という部分を見て日本のキリシタンの歴史を見ているところに、私は普通の宗教史とか、宗教者の観点とは違ったものがあるような気がします。

安吾には、内村的な「二つのJ」、の日本とジーザスという部分もあったと思います。ただ、安吾の場合は一方で日本的パターンを徹底的にぶち壊していく、それこそ法隆寺とかそういうものをステーションにしろというのがある。それを壊していった先に原日本みたいなものをどうやってつかむか。キリシタンの問題にはそういうところもあると思うんですね。

仏教のほうで言えば、例えば同じ戦国時代で言えば一向宗ですね。一向宗のエネルギーというか、ある意味非常に一神教的なエネルギー。そういうものへの共感があったのかなという感じはいたします。

加藤　二〇〇六年の今年、安吾の生誕百年を迎え、たまたま宗教というテーマで、こうして話しているのですが、現代でもやはり宗教の問題は非常に大きくて、日本だけでなく、日本と世界の問題でもあると思います。本来なら、安吾を通じて、そういうところにも踏み込んでいかなければならないでしょう。

それでは石月さんにマイクを向けたいと思います。

絶対的なものと〈空〉の思想

石月 富岡さんのお話と少しかかわるのですが、私は以前、「安吾と食」というテーマで論文を書いたことがありました。しかし、「安吾と食」といってもあまりピンと来ない。安吾というと、皆さんはいかがでしょうか、例えば「食べ物」よりは「お酒」というイメージの方が強いと思うのですが。先ほど富岡さんのお話にあった「二合五勺に関する愛国的考察」という戦後に書かれたエッセイでは、食べること、〈食〉というものを通して、日本の歴史、思想、文化が読み解かれていきます。〈食〉を通して歴史のカラクリであるとか、あるいは私たちが求め、作りあげてしまう心のカラクリを暴いていく。そういうアプローチの仕方があるのかな、と考えたことがありました。身体的な実感、例えば食欲と切り離せない、人間が生きるということの根底にある身体感覚のようなもの、そこからまず考えていく。そこが安吾の独特なところだと考えました。

それから、先ほど話に出た『浦上切支丹史』という書物のエピソードで、残酷な拷問にもかかわらず、喜んで殉教していくキリシタンについてのこういう記述があります。これは安吾の言葉ですが、「身に加わる残虐痛苦にはその荘厳と栄光がかえって彼らを神に近づけてくれたが、無作意な、なんの強要もない食糧の配給に、そして、その量のたくまざる不足に、強要せられずして神からはなれてしまったのである」。さらにこう続きます。「現実はかくのごとく不安定ではあるが、また、不逞にして、ぐうたらで、健康なものだ」と言うわけです。つまり、一日たった三合の配給の少なさに耐えられずに、あれほど残虐な拷問に耐えていたキリシタンたちがあっさり棄教してしまった。

そうかと思えば、この戦争中、私たちはたった二合数勺の配給、しかも欠配が続くようななかで暴動すら起こさず、黙って国に殉じていた。そういうある種の落差、もちろん時代も状況も違いますけれど、人間が自らの現実であるとか生活の側から真に欲したのであれば、それがたとえ不逞であったり、ぐうたらであったりしても、それは真っ当であり、健康なものである。そもそも、何をしでかすかわからないところに人間の尊さみたいなものがあるのじゃないか、と安吾は言っていると思います。

例えば「二合五勺に関する愛国的考察」に出てくるのは、人間はそうやって軍神をでっち上げ、神話化――歴史化してしまうが、でも現実はそうじゃない。現実はもっと不安定で、人間は何をしでかすかわからない。そういうところに、生活とか現実といったものがあるのだということを言っているわけです。そう考えると、今日の「安吾と宗教」という話には、超越性あるいは絶対性という言葉が川村さんのお話に出てきましたけれど、あらかじめ定義された、どこかにある真理らしきもの、そういうものを素朴に盲信、追従したがる、誰のなかにもあるような心性を徹底的に相対化しようとするような、宗教だけの問題ではない、そういうまなざしが安吾にはあったと思うんです。

例えばそれは「真珠」に出てくる九軍神であったり、あるいは天皇制であったり、武士道という名の封建制であったり、あるいは戦前ですと安吾はマルクス主義にはほとんど興味がなかったということを言っていますが、社会主義・共産主義であったり、貞操観念であるとか道徳、あるいは伝統、そういうある種の超越性みたいなものを相対化しながら、「堕落論」では人間を救う便利な近道はないということを言っています。富岡さんのお話に「教祖の文学」も出てきましたが、安吾は歴史の鑑定人になってしまって、不動の場所から高みに立って対象を見下ろしている教祖としての小林秀雄にかみついている。そういうところともつながってくる気がするんですね。

さて、川村さんに質問があるのですが、先ほどのお話の弥勒信仰のところでしょうか、安吾の女性像とかかわるのかもしれませんが、手を触れてはいけない、絶対性の象徴であるような女性——夜長姫や、「桜の森の満開の下」のオニとなった女を安吾は書いているということですが、結局そういうものを抹殺しなければならない。例えば夜長姫は最後に耳男に殺されますね。そして好きなものは呪うか、殺すか、争うかしかしなければならないのだと言いますし、「桜の森の満開の下」の女も最後には首を絞められて殺されるわけです。矢田津世子に関しても、安吾は『吹雪物語』を書くことによって自分のなかの矢田津世子を抹殺しなければならなかったと言っていて、そういう意味で絶対的に手を触れ得ないもの、それは安吾が求めているものでありながら、どこかで徹底的に拒否しなければならない、と言っているのじゃないかと思うのですが、いかがでしょうか。

川村　そのとおりだと思います。今のことにも関係するので補足したいのですが、安吾における仏教というのは、東洋大学のときの印度哲学、仏教を研究したことと、その作品に見られる弥勒信仰。これは日本の伝統的な弥勒信仰とはちょっと違うと思うのですが、弥勒信仰のような形の仏教。

この二つを取り上げたのですが、もう一つは否定的な意味で仏教を否定している部分があるわけです。いわゆる従来の伝統的な葬式仏教というふうに悪口を言われるようなもの、これは「黒谷村」のなかで龍然というお坊さんが橄欖寺というお寺にいて、生臭坊主というか、めかけを抱えながら云々という堕落した仏教に関して安吾は、もちろん普通の意味で非常に否定的であると思います。もう一つは禅的なものに関してかなり揶揄的、否定的な観点を持っていたと思います。「閑山」という小説もそうですし、キリシタンのことを書いたなかにも、キリスト教が日本に入ってきたときに、真っ先に転んだというか、そうしたのは実は禅の坊さんである。つまり、禅の坊さんは「仏は何ぞや、くそかきべらである、くそかきべらは何だ、仏だ」という超越した論理をやっているうちに、まさに信仰の信仰たるものが禅のほうから失われて、それが一つの絶対的なキリスト教が入ってきたら、すぐさまそっちのほうにひっくり返ってしまったみたいなことが書いてあったと思います。

それはある意味では、安吾の時代と全くぴったりだとは思いませんが、例えば西田幾太郎の禅も含めている『善の研究』であるとか、あるいは鈴木大拙のような禅を世界に広めるということで英語で、アメリカのビートニク派が「ZEN」と書いたりして、そういういわゆる禅の思想的な流行に対して安吾は否定的であったのではないか。「禅僧」という小説もあったと思いますが、いわゆるそういう意味での通俗的な葬式仏教のようなもの、あるいは寺院生活についてという短い文章もありますが、そういうものに関して否定的であると同時に、禅的なもの、超越的な論理……「超越」と言っていいのかわかりませんが、超越した論理をもてあそぶことによって、あたかも自分が超越したような立場にいる。安吾には小林秀雄などがそういうふうに見えたのではないかとも思うのですが、そういうものに対する否定、反発は非常に強くあったと思います。

石月さんの質問に答えているかどうかわからないのですが、たしかに超越者、絶対者も最終的には否定しなければいけない。ですから否定の否定の否定なのだけれど、しかし超越的なものがあるというか、観念のなかにそういうものがあるという一点だけを安吾はずっと持ち続けていたのではないだろうか。「私は海を抱きしめてゐたい」という短い小説がありますが、そのなかに「私は神の国を求めながら地獄に堕ちるタイプの人間なのだ」みたいなことが書いてあって、これは矢田津世子と言ってもいいし弥勒と言ってもいいし、なにか絶対的なもの、〈ふるさと〉と言ってもいいかもしれないのですが、そういう一点のものを持っていて、しかし現実的なものを否定し抹殺しなければいけないと思いつつ、やっぱりそういう一点を持っているというところが安吾の核心ではないかと私は思っています。答えになっていないかもしれませんね。

石月 なるほど。ありがとうございました。

富岡 「私は海を抱きしめてゐたい」はいい作品だと思うんですね。冒頭に、「私はいつも神の国へ行かうとしながら地獄の門を潜ってしまふ人間だ」と。一方で、「悪魔の裏側に神様を忘れず、神様の陰で悪魔と住んでゐるのだから」と言っているわけですね。冒頭にそう言っていて最後に女が出てきて、海の場面で幻の波みたいなものが来るのですが、そういう神様と悪魔は、それこそイワン・カラーマーゾフが「人間の心は広過ぎる」と。つまり、本当に天使の純粋から悪魔の地獄まであって、自分は人間の心をもっと狭くしてもらわないというところがあるけれど、安吾はそういう人間の心、本当に広いというか深いというか、それをグワッと海を抱きしめるように抱きしめたいというところが非常におもしろいと思いますね。

先ほど、川村さんが言われたのも、禅の世界のことをヨーロッパ的性格と日本的性格というので、つまり禅の世界、禅問答というのは約束事でやっているのだと。仏とは何ぞや、無であるとか、そういう約束事のものを安吾は拒否するというか、だから日本的なものも約束事であることをぶち壊すというか、その先にもっと生の日本的なもので、その辺がおもしろいと思います。

加藤 これは私の感想になるのですが、今日の川村さんの仏教のお話のなかで、竜樹（ナーガルジュナ）の『中論』の話が出たと思います。あれは〈空〉の思想ですね。私は〈空〉の思想は安吾のなかでずっと晩年まで続いていたのではないかと考えているのですが、〈空〉というのはすべてをどんどん否定していくものだと思うんです。でも川村さんのお話では、安吾は最後の最後の最後の一点だけはそれを否定し切れなかった――そういう解釈でいいんでしょうか。それは仏教の発想と安吾の発想の決定的な差というふうに受けとめるべきでしょうか。それとも仏教とのつながりがあるのでしょうか。

川村 私も竜樹の『中論』を一度読もうと思って、全然わからないので投げ出してしまいましたが、まさに〈空〉の論理学というか、空も空である、その空も空である、その空も空であるという、これは禅問答の世界に近いようなのだけれど、禅問答は空の空は空であるというのを子どもの言い返しみたいなもので、その約束事のなかであるのですが、それも空であるというふうに横側というか、「横超」という言葉がありますけれど、そういう形で最後には桜の花びらがあって風が舞っているという、まさに絶対的な〈空〉。しかし、そんな絶対的な〈空〉もないのだという観点というか視点。ですから、これはある意味でたどり着けないところだと思うのですが、ただそういうたどり着けない場所があるのだということだけは最後に持っていたのではないか。それが五六億七千万年後に下生してくるはずの弥勒信仰とどこか重なっているのかなというのが今日の私の趣旨ですが、安吾は難しいですね。特に仏教は難しいので、誰か考えてください。

富岡　文学には、語れることを語っている文学と、語り得ぬものを語ろうとする文学がある。安吾は語り得ないもの、川村さんがおっしゃったように空の空はという、本来、言葉では語り得ないけれど、それをとにかく語ろうという文学者でしょう。安吾はそういう意味では語り得ぬものをあえて究極に据えて、それをとにかく語ろうとするから、作品が次々に崩壊したり未完の作品が増えたり、箱庭のようにきれいに語れるものだけを語っている文学に対しては否定的だし、そういう文化観に対しても否定的だと思います。でも、そういうところがずっと生き続ける魅力じゃないかという感じがします。

加藤　だんだん難しい話になってきました。今回のフォーラムには「捕まえろ！　飛翔する安吾を！」というサブタイトルがついていますが、本当に安吾はなかなかつかまえ切れない。ただそこまでいかないと本当の安吾は見えないのかなと思います。

カラクリの否定

葉名尻　富岡さんと川村さんのお話を聞いていて、無垢であるとか純粋であるとか、絶対性というので安吾は女性を書いたと。確かに「白痴」であるとか、「夜長姫と耳男」や「桜の森の満開の下」はそういう女性で、篠田監督の映画では岩下志麻さんが演じていて、冴えた冷たさを感じるのですが、監督のお話とつなげて聞くと、絶対的で純粋で無垢というのは帝を、天皇をどうしても考えてしまうんですね。富岡さんのお話で、キリスト教はローマ帝国の国教になったときに変わっていくということがあったと思うのですが、国をつくるのにキリスト教が大きく影響する。キリスト教とローマ帝国は密接な関係があった。仏教のほうでも、先ほど監督の、吉野のお話のところで大海人皇子があがっていましたが、壬申の乱のあたりで日本という国は律令制度が整備され、法によって国をまとめて、天皇が神格化していく。それには今までの神道と言われる基層信仰ではなくて普遍宗教である仏教が必要で、仏教の力がないと律令制度をつくっていくことができない。

そうだとすると、安吾が否定したのはそういうカラクリですね。キリスト教も仏教も、そんなのはカラクリじゃないかという感じです。「夜長姫と耳男」で扱われる弥勒菩薩は兜率天からやってくるのですが、結局、飛騨の匠の耳男が造ったのは弥勒にまったく似つかない化け物で、それが姫を虜にするのです。五六億年後に弥勒がやって来たとしても世の中はよくならない。先ほど「呪うか、殺すか、争うか」それしかないという箇所を石月さんが引用してくれましたが、「呪うか、殺すか、争うか」はまさに仏教が否定する煩悩ですね。つまり、その個人の問題を考えなければ、システムとかカラクリとしての仏教やキリスト教では救われないのだということが安吾のなかにあったのじゃないかと思います。

富岡 カラクリというのすごくおもしろいですね。コミンテルン的言い方ですが、いわゆる天皇制は壬申の乱以降ですね。

葉名尻 そうですね、システムとしての律令制。安吾の仏教やキリスト教を考える上では、仏教、キリスト教の色々な側面を分けて考えて、その何を攻撃したのだろうかということですね。安吾は、天皇に人間になりなさいと大胆なことを言うわけですが、我々がいま考えなければいけないこと、それも弥勒菩薩に頼ってはいけない……なんだか仏教否定のように聞こえるかもしれませんが、天皇も人間ならばあるであろう煩悩のところからスタートしなければいけない。そこに本当は仏教もキリスト教もあったのじゃないかという気がするんですね。

加藤 そう考えると、まさに現代こそ安吾の言葉に耳を傾けなければいけないというか、今の世の中の複雑なカラクリを安吾の言葉をもとに暴いていかなければいけないと思います。

安吾のトポス

加藤 そろそろ時間なのですが、最後に川村さんに質問というか追及しておかなければいけない課題が残っています。先ほどのお話では、先月、松之山温泉に行かれたということですが……（笑）。

非常におもしろいなと思ったのは、富岡さんも先月、『温泉小説』（アーツアンドクラフツ）という本を上梓されているんですね。温泉地をめぐる近・現代小説のアンソロジーで、ちゃんとそのなかに安吾の「逃げたい心」が入っています。これは松之山温泉が舞台の作品ですね。富岡さんも後ろの解説のところで安吾のこの小説は印象深いと書かれていたと思うので、最後に松之山というか温泉というか、そうした安吾のトポスを問題にしてみたい。

「逃げたい心」のなかにこういうセリフがあります。「私は、あの、うちへ帰りたくないのです。（中略）なぜ私達は愛する人達のところへ帰らなければならないのでせう?」。家族を愛しているけれども、帰りたくないという主人公蒲原龍彦のセリフです。続きはこうです。「私は怖ろしいのです。それに、それは、せつないのです。（中略）温いものの悲しさには、とてもとても、やりきれない……」。これは偶然にも温泉でつながるのですが、しかし今日の宗教とか安吾の〈ふるさと〉という境地ともかかわっていると思います。その辺でどうでしょうか。

富岡　実は「逃げたい心」は、川村さんからのこのお話の前だったので、たまたま……。『温泉小説』というアンソロジーで、全部で一九人の作家、夏目漱石から最近の田中康夫、佐藤洋二郎まで入れました。安吾は「逃げたい心」です。そうしたら川村さんが行ってきたというのでびっくりしたのですが、あの小説を読んで行ってみたいなと思っていたんですね。

私はこの小説は非常に不思議な作品だと思っていて、安吾のなかで有名な作品ではあるのでしょうか。実は私はアンソロジーのときに初めて読んでみたのですが、非常に不思議で、それは温泉が舞台というよりも、山の奥にずっと入っていって、それこそ何時間も放浪する。そんなに高い山ではないのですが歩き回って、上から岩が落ちてくるとか、荒々しい自然のある種の感触と、今おっしゃった自分は温かいところに帰りたいけれど帰れないという屈折した寂寥感、孤独感みたいなもの、「文学のふるさと」で言えば「絶対の孤独」みたいなものがまじり合った奇妙な作品だなと思って、しかも魅力的な小説で、安吾の小説っておもしろいんだなと改めて気がつきました。

川村　富岡さんがおっしゃったように、崖の上から石が落ちてくるというその崖を見てきました（笑）。そこには立て看板がありまして、文豪坂口安吾が石を投げられた場所みたいな説明書きがあって、石を投げられたのはともかくとして、そんなに高い崖ではないのですが、上から石を落とされたら、当たりどころが悪いと本当に死んじゃうなとは思ったのですが、「文豪坂口安吾」というのを見て、私は安吾を生きておりますから、文豪と言われるのはうれしいのですけれど、しかし私の使っていたワープロも「文豪ミニ」でしたけれど、「文豪」というふうに書かれるとちょっと安吾ではないような……。酒豪では困るけれど文豪もなあということで、しばしたたずんでしまいました（笑）。そこから何キロも歩くと先ほどの翠の湯という温泉があります。もちろん松之山の温泉もあって、町立というか共同浴場があって、朝九時からなので近所のおばあちゃんと一緒にお風呂屋さんの前で座って待って、開いたらすぐ入ってきましたが、別に安吾を感じ取るものは特にありませんでした。

実は私はいま「温泉文学論」というのを書いておりまして、その取材のために行きました。だから富岡さんの『温泉小説』を見てギクッとして、あっ先にやられたと思ったけれど、そちらはアンソロジーで、私は日本における温泉を主題とした文学を取り上げて論文を書こうということで湯沢温泉と松之山温泉に行ってきました。今度は白骨温泉と竜神温泉といろいろ計画しています。でも、早く入らないと書けないし、しかし入っても、湯沢温泉は一日に五回入るとグタッとしちゃうんですね。だから「温泉文学論」は本当に書き上げることができるだろうかとしみじみ考えています。

ですから、「逃げたい心」とか、今日お話しした「木々の精、谷の精」や「黒谷村」、「不連続殺人事件」を取り上げようと思うのですが、どうやって温泉と結びつければいいのかなと考えている最中なので……あまり結びつかないですよね。

加藤　「逃げたい心」という作品は有名ですが、研究はあまりなされていませんね。

川村　作品論として書かれたものはないのじゃないですか。

加藤　今回、私も読み返す機会ができて、改めておもしろい作品だなと感じました。川村さんの「温泉文学論」を期待して待つことにします。

そろそろ時間ですので、最後に何かありましたら……。

葉名尻　野田さんのお話をして、また最後に野田さんのことなのですが、ここに創作ノートのコピー（注：『定本・野田秀樹と夢の遊眠社』）がありまして、『贋作・桜の森の満開の下』は一九八九年二月に日本青年館で初演するのですが、一九八九年一月七日六時三三分、吹上御所にて昭和天皇が崩御される。そして七時半過ぎには野田さんのところへ共同通信社の方から電話がかかってきてコメントをしなさいと。ちょうど稽古をしている時期でしょうか、そういうメモが残っています。

もちろんフィクションですが、野田さんは安吾の生まれ変りだと言っていて、安吾だったらどんなふうにコメントしたのだろうかと、野田さんのメモの中に安吾の影を探しながら、そんなことが気になりました。

石月 安吾って一体何なのだろうかということを考えながら、今日は最初の綱男さんのお話（注：第一部講演、坂口綱男「安吾のいる風景」）から手塚さんや篠田さんのお話（注：第二部トークショー「映画になった安吾」）を聞いてきました。評論家の花田清輝が「安吾は大きなトラック」のような人物で、「たとえなんにも積んでいないばあいでも、威風あたりをはらうようなおもむきがあった」（注：『坂口安吾の死』）と言っているんですね。私が、安吾を研究しようと思ったきっかけのひとつはこの文章だったのですが、ものすごいスピードで走り抜ける、何でも詰め込んで、ともかく走り抜けていくトラックを追いかけるだけの力が果たしてこちらにあるかどうか、まだまだ心もとないのですが、これからもこのトラックを追いかけていこうという覚悟を決めました。

川村 私は「安吾を生きる」とカッコいいことを言ってしまったのですが、まだ安吾が行ったところ、住んだところを全部回ったわけではないので、これから死ぬまで安吾を生きようと思って回ろうと思います。桐生に行こうと思っているのですが、桐生というのはなんか足が向かない……桐生出身の方がいたら申しわけないのですが、でも今度行ってみようと思っています。まあ一度は通り過ぎたことはあるのですが、まだ安吾を〝生きて〟いますので。

富岡 今回、川村さんに誘っていただいて、いま新潟でこれだけ安吾が熱くなっていることに驚きとともに感心いたしました。個人的なことですが、家内が山形の鶴岡で、いまは飛行機で庄内空港ができましたが、昔は新潟を通過して鶴岡へ行っていました。向こうは森敦とか、最近は藤沢周平が熱くなっているのですが、今度は通過していた新潟にまた遊びに来て、じっくり安吾をいろいろめぐってみたいと思っています。

加藤 拙い司会でなかなかまとまらなかったのですが、今回、こういう立派な会場で貴重な時間と機会を与えていただき、私たちにとっても改めて安吾を考えるいいきっかけになったと思っています。実行委員会の方々には大変お世話になりまして、お礼申し上げたいと思います。

安吾研究会では、毎年九月と三月に研究集会を行っております。研究者だけでなく、多くの方にお越しいただいて、いろいろな角度から安吾について語っていただけるとありがたいと思っておりますので、もし機会がありましたら、ぜひ研究集会にもご参加下さい。

それでは時間になりましたので、この辺でシンポジウムを終えたいと思います。今日は長時間にわたりまして、どうも有難うございました。（了）

情報戦と「真珠」

宮澤隆義
Takayoshi Miyazawa

はじめに

坂口安吾において、「戦争」というものがどのような意義を持っていたかには未だ様々な議論がある。だが近年、例えば佐藤卓己が指摘するように、「思想戦」や「情報戦」は戦前戦後を通じて継続されており、その観点からすると「戦前／戦後」という区分けが困難だという問題（注1）など、「アジア・太平洋戦争」自体のとらえ方に新しい角度が現れつつある。そこで、安吾自身が「戦争」という環境に囲まれた「現実」をどのように描き出していたのかを問う際、「情報」という問題を交えて考察してみる試みを行なうと興味深いことが見えてくるのではないだろうか。

そのような試みとして、本論では特に近年の安吾研究においても言及が多く、また安吾における開戦時の経験を描いた文章として知られる小説、「真珠」をとりあげてみたい。

1　日付と情報

「真珠」は一九四二年六月発行の『文芸』に掲載された。真珠湾攻撃を行なったいわゆる「九軍神」を「あなた方」と呼び、それまでの経緯を「僕」の生活の記述と対比して叙述している小説である。「真珠」は構成上、行空きをはさんで四つの節に区切られているが、それぞれの冒頭の文は全て日付に言及することからはじまっている。「十二月八日以来の三ヶ月のあひだ、日本で最も話題となり、人々の知りたがってゐたことの一つは、あなた方のことであつた」（第一節）。「十二月六日の午後、大観堂から金を受取つて、僕は小田原へドテラを取りに行く筈であつた」（第二節）。「十二月八日午後四時三十一分。僕が二の宮の魚屋で焼酒を飲んでゐたとき、それが丁度、ハワイ時間月の出二分、午後九時一分であつた」（第三節）。「十二月八日に、覚悟してゐた空襲はなかつた」（第四節）。だが、一つ一つの挿話は時系列に沿って必ずしも並べられている訳ではないし、話はしばしば飛躍を起こしている。また、「僕」が語る事柄のほとんどは、報道や談話などの、伝聞による間接的な「情報」をもとにしていることがわかる。この小説の主題そのものからして、「特別攻撃隊」の存在についての「十二月八日以来の三ヶ月のあひだ」伏せられ、一九四二年三月六日に発表となった大本営発表に基づいた報道であるし、また、書き手の戦争に対する知識は、帰還兵たちからの体験談をもとにしている。

帰還した数名の職業も教養も違ふ人から、まつたく同じ体験をきかされたのだが、兵隊達は戦争よりも行軍の苦痛の方が骨身に徹してつらいといふ。［中略］敵が呆気なく退却すると、やれ〳〵、又、行軍か、と、ウンザリすると言ふのであつた。（傍点は筆者による。以下同。）

さらには、「僕」が「開戦」自体を知るのも「新聞社の速報」と、「ラヂオ」という媒体を通してのことである。「街角の電柱に新聞社の速報がはられ、明るい陽射しをいつぱいに受けて之も風もはたくと鳴り、米英に宣戦す――あたりには人影もなく、読む者は僕ひとりであつた」。

僕はラヂオのある床屋を探した。やがて、ニュースがある筈である。客は僕ひとり。頰ひげをあたつてゐると、大詔の奉読、つゞいて、東条首相の謹話があつた。涙が流れた。言葉のいらない時がきた。

「三月四日」から六日にかけては、「警戒警報」と「空襲警報」があり、その後でやはり「ラヂオ」から「あなた方の武勲」が伝えられる。

翌朝、最初の空襲警報が発せられたが、やつぱり敵機は現れなかつた。あなた方の武勲が公表されたのは、空襲警報の翌日、午後三時であつた。僕は七時のラヂオでそれをきいた。

つまり「僕」は、ここで「戦争」に関する記述を、現在起きていることの直接的な体験談というわけではなく、ほとんどを何がしかの間接的な「情報」として受け取ることで、そこから話が展開してゆく叙述を行っている。この点で、花田俊典が述べたように、安吾が「真珠」を書く際、この種の「氾濫していた」「情報」を取捨選択しつつ描いていたであろうという指摘は重要だ（注2）。「真珠」はそもそもこれらの「情報」に囲まれつつ、さらにそこに様々な挿話を繋いでゆくことで成り立っている小説であるとみなすこともできるのだ。また、大原祐治はそれと関連する問題意識から「歴史」というテーマへと論をつなぎ、「歴史」そのものの不可知性と、それに対する「語り」の「態度・構えの行為性」の表明として、「真珠」における「あなた方」への「呼びかけ」を重視している（注3）。説得力のある議論だが、これに対して本論では、安吾が「我々は歴史を知らぬかも知れぬが、同様に現代だつて知らない」（注4）と語っていることから、原理的に不可知なのは「歴史」のみではなく「現在」もそうである点に重点を置きつつ、「真珠」において様々な媒体を通じて伝達されている、「情報」という問題について追ってみたい。

この小説で描かれている挿話においては、それらの「情報」が「大本営発表」や新聞記事への参照だけではないことに、テクストに接する際は注目しなければならないだろう。宮内寒弥はこの小説を「十二月八日のことを書いた」小説として、他の「所謂「十二月八日」小説」と並列させて定義した（注5）。しかしこの評価は、早計に過ぎたと言えるのではないだろうか。「真珠」には、「十二月五日」から「十日」までと「三月四日」から六日までの「僕」の行動の他、帰還兵の話や「お花畑で白骨をまきちらしてくれと遺言した」富豪の話など、「十二月八日」に起こった出来事の他にも様々な出来事が記されているからである。「九軍神」の出来事だけではなく、様々な出来事が「真珠」という作品内には書き込まれていることを見落とすことはできない。

2　長距離飛行の果てに

そのような挿話の一つとして、「巴里・東京百時間飛行」でジヤピーが最初に失敗したあと、これも日本まで辿りつきながら、土佐の海岸へ不時着して恨みを呑んだ二人組」という話が描かれている。

話はすこし飛ぶけれども、巴里・東京間百時間飛行でジヤピーが最初に失敗したあと、これも日本まで辿りつきながら、土佐の海岸へ不時着して恨みを呑んだ二人組があつた。僕はもう名前を忘れてしまつたけれども、バルザツクに良く似た顔の精力的なふとつた男で、バルザツクと同じやうに珈琲が大好物で、飛行中も珈琲ばかりガブ〳〵呑んでゐたといふ人物である。

「飛行機」の描写に焦点を当ててみると、「真珠」はアメリカの「大型飛行機」や日本の「海軍機」など、多くの飛行機のイメージに充ちた小説だと見なすこともできるだろう。この「二人組」とはフランスの飛行家、ドレとミケレッチのことである（注6）。この不時着は一九三七年五月二六日のことであった。当時はリンドバーグの大西洋単独無着陸横断飛行の成功（一九二七年）をメルクマールに、各国が長距離航空の時間短縮の激しい競争にしのぎを削っていた時代であり、長距離飛行のスピード新記録の樹立が相つぎ、冒険飛行家が数多く長距離飛行への挑戦を行い、各航空会社が航空機の性能をアピールし合いはじめた時期であった。

当時のフランス航空省は、パリ—東京間を百時間以内で飛行して記録を樹立した者に対し懸賞金を出していた。そのため、多くのヨーロッパの航空人たちが長距離飛行に挑戦しており、「真珠」に書かれている飛行士たちも、その企画に乗った冒険航空家たちだった。アンドレ・ジャピーもその一人である。ジャピーの乗るコードロン・シムーン機は、一九三六年一一月九日に悪天候のため佐賀県背振山に不時着、当時の東京朝日新聞は号外を出すほど大きく報じている。そしてジャピーと同様、ドレとミケレッチの不時着でも東京朝日は号外を出した。一九三七年五月二七日のその号外には「世界の失望・猛鷲ドレ機挫折」という見出しで、高知県戸原海岸に転覆大破しながら飛行機が不時着、「中からでつぷり肥つたフランス人らしい紳士が海岸の砂つ原へ投げ出された」と報じ、次のように伝えている。

機体の中から投げ出された紳士はパリ東京間記録飛行を目指して二十六日上海の龍華飛行場を出没したドレ氏と判つたので二度吃驚し取り敢ず機体の中に居る今一人の搭乗者を救ひ出したが無論これは同乗者ミケレ

ッチ氏であつた

不時着現場の場所的な一致の他、「手厚い看護を受けたが両氏とも傷のことよりも東京のことが気にかかるらしく『こゝから東京へ何キロ、何キロ』と口走るのみで看護人の人々を暗然たらしめた」とあることも、「真珠」の記述と重なっていると言える。

この両機とも、パリ―東京間百時間飛行の出発から途中経過、不時着までを、東京朝日新聞が連続的に報道を行っていた。ジャピーの場合もドレらの場合も、飛行中の途中経過を新聞が連日中継し、飛行期間中、紙面に彼らの記事が載らない日はなかった。墜落後の病状の経過や回復後日本国内を巡行したニュースも、墜落後しばらくの間は連日紙面を賑わせていたのである。これには理由があった。当時は大阪朝日と大阪毎日が両社とも航空報道において競争を行なっており、それと連動して、航空に関する報道は東京朝日の紙面でも盛んになされていたのだ。

この両社の競争が生み出した特に大きなイベントは、朝日の「神風」号と、毎日の「ニッポン」号の長距離飛行であった。一九三七年、「亜欧記録大飛行」と宣伝された「神風」号は、五月にロンドンで予定されていたジョージ六世の戴冠式を表敬訪問し、その式を撮影した写真を持ち帰ることを目的として東京―ロンドン間の長距離飛行に挑戦。平均時速三〇〇キロで飛行し、結果は総所要時間九四時間一七分五六秒と日本最初の航空世界記録を樹立した。毎日はこれに刺激され、長距離輸送用に改造された三菱九六式中型攻撃機を軍部から借用し、公募で「ニッポン」号と命名。一九三九年八月二六日に出発、三二カ国を訪問した後に帰国している（注7）。もともとこれらの航空事業と報道機関の連携は「航空報国事業」であったのだが、これらの長距離飛行による飛行機の速力の向上と、軍における戦闘機の製作・開発は密接にリンクし展開されていたのであり、やがて「戦争が勃発し、自由に空を飛ぶことが許されなくなると［中略］勢い軍用機献納運動へと向かい、収斂してゆく」ことになる（注8）。

一九三七年五月六日のヒンデンブルク号炎上のショッキングな写真が世界中に速報されて以降、空輸手段は飛行船から飛行機へと移りつつあり、航空路線の所用時間短縮が各国で行われていた。ジャピーやドレの長距離航空もまたその流れの中で、新聞報道のスピード競争との強い結びつきにおいて行われた事業だった。速報の中継性と飛行時間の短縮への飽くなき挑戦は、その報道形態と航空事業の活発化の結びつきのなかで、長距離冒険飛行を盛んに行なわせることで「二〇世紀前半にスタートする定期旅客輸送と共に、時空間の距離の短縮を人々に実感させ」（注9）ていったのである。これらの技術開発と報道が相俟って、人々の間に交通における時空間の短縮と、速度化する世界のイメージを流布させていたのだ。

安吾もまた「日本文化私観」（注10）において「羽田飛行場へでかけて、分捕品のイ―十六型戦闘機を見た」ことに触れ、その「重力の加速度によつて風を切る速力的な美しさ」について述べており、「速力」に対する関心が小さくなかったことを伺わせている。「真珠」中においても、飛行機に対する関心の高さを感じさせる記述がある。開戦直後、ラジオで「戦況ニュース」を聞いた「僕」は、「ハワイ奇襲作戦を始めて聞いた」。その後、「僕」は国府津からの帰り道で次のように考えている。

必ず、空襲があると思つた。敵は世界に誇る大型飛行機の生産国である。四方に基地も持つてゐる。ハワイをやられて、引込んでゐる筈はない。多分、敵機の編隊は、今、太平洋上を飛んでゐる。果して東京へ帰ることができるであらうか。汽車はどの鉄橋のあたりで不通になるであらうか。

飛行機の中継報道合戦は、世界のどこかを飛んでいる飛行機の位置と速度を逐一報告しつつ、それらを遠隔地の人間にとって想像的な存在として想起させ続けていた。そして開戦後飛行機への想像力は、「敵機」がいつ来襲するか、どこでどのような空襲が行われるかを予期させる、人々の想像作用へも組み込まれた「情報」戦へと関わっていったのである。

当時の軍事技術では戦術的な情報における索敵には時間がかかり、敵どころか味方の部隊がどのように展開しているのかもリアルタイムには把握できていなかったとされる（注11）。「真珠」の記述を見ても、例えば「潜水艦が敵艦を発見して魚雷を発射したとき」、それを確認する方法はレーダーなどの確認によってではなく、音を聞くことによってしかできないとされる。「潜水艦乗りは、自分の発射した魚雷の結果を一秒でも長く確めたいという欲望に襲はれる」。だが、確認は「爆音」によってしかなされない。そこでは、経験から直接性や確実性といった性質が剥奪され、「戦況」は「情報」が想像を生み出し続ける中で進んでゆくことが示唆されている。「情報」は、その実体を現前性においてとらえさせるものとしてあるのではなく、伝達において受け手に未来における次の行為を予期させることで、そこから生み出される予示や推理や感情作用のもとに、身体なり心理なりを動員してゆくのである（注12）。

軍事史家ポール・ヴィリリオによると、飛行機の登場以降速度を基準とし、空間が抹消され時間が瞬間化した世界においては、諸現象は現前性を剥奪され、過去に関する一種の「情報」と化してゆくとされる（注13）。速度と速報に浸された世界においては、事象の現前性への信頼は消え失せてゆき、情報の速度とそれが伝える状況に対する予期において世界が構想されるようになる。そこでは「事実」性が後景に退いてゆき、あらわれるものは全て「想像的なもの」として出現することが避けられなくなってゆく、とヴィリリオは言う。「速度は事実状態にたいして挑まれる戦争状態であり、事実の敗退を誘発するものである。こうして世界が姿をかくす、まるでながい旅行のはてにわすれられてしまった大切な人のように。［中略］現前する世界そのものが純粋に想像的なものとなってしまったからである」（注14）。考えてみればそもそも小説「真珠」は、「我々が現に死に就て考へてはゐても、決して死に「直面」してはゐないこと」が浮き彫りになるところから語られていた。つまり、「僕」は「死」を、「直面」＝現前化の不可能性を前提とした「情報」として受け取る地点から叙述を行っていたと言えるのだ。種々の「情報」にあふれ、ラジオで聞いた「ハワイ奇襲作戦」や「太平洋上を飛んでゐる」と想像されるアメリカの編隊、あるいは「海軍機」の話や「空襲警報」といった飛行や死のイメージに充ちている「真珠」というテクストは、様々な「戦況」が情報として報道され、「想像的なもの」に浸された状態としての「戦争」の開戦状況が描き出されている小説だったのである。

3　「不時着」する情報

既に指摘されているように、「真珠」における「九軍神」に関する叙述はほぼ当時の大本営発表とメディアによって提供された「情報」がほぼ元のまま引用されたものである（注15）。ここで「真珠」が書かれるきっかけとなったのは、「僕」とは異なり、「あなた方」と呼びかけられる人たちが「死に直面した」とされていたことだったと言えるだろう。「あなた方」という存在は、「必ず死ぬ、ときまつた時にも進みうる人」として取り上げられていた。「あなた方は、たゞ、敵の主力艦に穴をあけるだけしか考へることがなくなつてゐた」。それに対して、「僕」は「あなた方」のような「意識下の確信から生還の二字が綺麗さつぱり消え失せてゐた」存在を、「我々には夢のやうに掴みどころのない不思議な事実」、すなわち「想像的なもの」の次元においてしか考えることができない。

「あなた方」が「必ず死ぬ」ということを人為的に目的化した人々として描かれているとすれば、それに対蹠的なのが、「僕」は失敗や偶発的な行動に満ちた人間として描かれていることだ。まず、「十二月六日の午後」は「大観堂から金を受取つて、僕は小田原へドテラを取りに行く筈であつた」。だがそれは成就せず、「十二月六日の晩は、大観堂の主人と酒をのみ、小田原へ行けなくなつて、誰かしら友人の家へ泊つてしまつた」。これ以降、あらかじめの目的や意図に反し、予定が狂った行動の話ばかりが積み重ねられてゆく。十二月五日は、大井広介や平野謙らと「探偵小説の犯人の当てつこ」をして「僕」は惨敗。翌日は「完璧の勝利」だったが、その日は結局「誰かしら友人の家へ泊まつてしま」う。結局小田原に着いたのは「十二月七日の夕刻」だったが、「ガランドウは国府津へ仕事に出掛けて、不在」。そこで「大井夫人」に頼まれていた魚を買おうとするが、小田原では手に入らない。「国府津か二の宮なら」と帰ってきたガランドウに言われ、結局「ガランドウは翌日の仕事を変更して、二の宮の医者の看板を塗ることゝなり、僕と同行して、魚を探してくれる」ことに決まり、「ドテラの方は、又、この次といふことにな」る。

その後も偶発性に従った、目的に添わない行動は続く。十二月八日は、ラジオで「大詔の奉読」を聞いた後、「僕」はガランドウに連れられ「土器」の発掘現場に行く。だが、土器は発掘された時点で既に破壊されてしまっていた。それらは「目的の違ふ発掘の鍬で突きくづされてゐるから、こまかな破片となり、四方に散乱し、こくめいに探しても、とても完全な形にはならない」。それから国府津に着くが、出発前にガランドウがあらかじめ「魚屋へ電話かけておいた」にもかかわらず、「地の魚は、遂に、一匹もなかつた」。「魚屋の親爺」に「こんな日に魚さがす奴もないだよ」と言われつつ、彼から鮪を買い、「労務者のみに特配の焼酒」で酔っぱらう。

ここからは、予定された目的に従って行動した「あなた方」に対して、「僕」は終始偶発性に従って新しい別の行為をし続ける存在として、対比的に描き出されている様子がわかるだろう。そもそも「大詔の奉読」や「東条首相の謹話」すらも、「昼間多くのラヂオが止まつてしまふ小田原では」、わざわざ「ラヂオのある床屋を探」さなければ聞けなかったのであり、開戦の布告すらも「僕」の生活に従ったかたちで描き出されているのである。「僕」は、自分の行き当たりばったりな行動パターンについて次のように書いている。「かういふ本末顛倒は僕の歩く先々にしよつ中有ることで、仕方がない」。「あなた方」が自身の「死」という予定を絶対的な目的とし、「必然的」なものとされる「死」を先駆的に「手足の一部分」にする存在として描かれているのに対し、「僕」の行動は、「偶発的」で「本末顛倒」的なモチーフに充ちているのである（注16）。そしてこの、「本末顛倒」を引き起こす「歩み」の中において様々な「情報」が受け取られている。飛行機にまつわる数々の錯誤的な事態は、他にも例えば「警戒警報」の後で「敵機」の来襲音と間違えられる、「モーターの音」についての描写にも表されている。

三月四日の夜になつて、警戒警報が発令された。その時もその前日の同人会から飲み始めて、僕はいくらか酔つてゐた。大井広介、三雲祥之助の三人で浅草を歩き、金龍館へ這入らうかなどゝその入口で相談してゐるところであつた。浅草の灯が消え、切符売場の窓口からも光が消えた。ぶらく歩きだすと、飛行機の音がきこえる。敵機かね？　立止つて空を仰いだ。すると街角にでゝ話してゐた三人のコックらしい人達が振向いて

「いや、あれはうちのモーターの音ですよ。あいつ、止めてしまはうぢやないか」

コック達は相談を始めてゐる。馬鹿々々しいほど明るい満月が上りかけてゐた。おあつらへむきの空襲日和である。

「情報」そのものの「不時着」。ここにこそ、テクスト内で数多くの飛行機や機雷が高速で飛び交い、想像的なものとしての「情報」が錯綜する「真珠」のモチーフが「小説」的に描かれた意義があるだろう。「あなた方」の生の目的＝終着点としての死は、このようなユーモラスな逸話や、ドレらが「不時着」を起こした話に差し挟まれることによって、いわば変形を被ることになる。これらの話は、「あなた方」の生の終末として構成された目的に対して、偶発性において次の展開が変化し続けてしまう世界を、「情報」に即しつつそれとは異質な文脈として新たにつくり出してしまっているのである。

これは報道機関が日本の連戦連勝を伝え、その中で「九軍神」の神話化が行なわれていったことと比して見ることができる。三月六日の「大本営発表」では、いわゆる「特別攻撃隊」に搭乗した人間を、「九軍神」として想像させることにその情報戦略は練られていた。だが小説「真珠」は、あくまでも「大本営発表」に沿い、あらかじめ意味の方向付けをされた情報に寄生しつつも、そのような解釈づけとは距離のあるところから記述をはじめている。小説の冒頭が「十二月八日以来の三ヶ月のあひだ、日本で最も話題となり、人々の知りたがつてゐたことの一つは、あなた方のことであつた」としつつ、それを「僕」の「歩み」において受け取られた「情報」として再構成してしまっているのである。つまり小説「真珠」は、「情報」の真偽を問いに付してはいないが、それに対して「僕」の行動における偶発性という文脈を構成し結びつけることで、「あなた方」の在りようは、「大本営」が人々に知らせたがっていた像からは奇妙に歪められてしまっている。のみならずここでは、「九軍神」の死が伝えられたことを参照しつつ、その「情報」を受け取る際に「僕」の偶発的な行動の側から書くことで、発表者側の意図した情報の受け取り方とは異なる方角へと「情報」が導かれているのである。この小説では、「人々の知りたがつてゐたこと」を「僕」の話とともにある「あなた方」の話とすることで、小説を読む者に対して、「情報」に対する文脈と、欲望の方向性を密かに変えてしまっていると言えるだろう。

4　真珠の粉

ところで、バラバラに散った「あなた方」の身体の「破片」を象徴的に統合するものが、一九四二年三月六日に大本営発表でなされた「九軍神」の事蹟の公表と、四月八日に執り行われた合同海軍葬だったと言えよう。同年四月九日の朝日新聞は「厳かに九軍神の合同海軍葬」の見出しで、「純朴の血肉を頒つた父母、同胞は栄光に溢れて伏し額いた、戦地とほく屍は還らずといへども、九軍神の英霊は天翔つてこの春光うららかな葬場に至り、かくて、大君の御盾、国の護りとして永へに神鎮まつたのであつた」と報道している。ここでは「屍」が「真珠湾」にあるにもかかわらず、祭儀においてその身体を「葬場」に象徴的に引き寄せることで「神鎮」めつつ、国家による喪の作業が執行され、死者の死に「意味」が見出されていると言えよう。だが「真珠」中で「僕」は、この儀式については一言も触れていない。

　むしろ「僕」は「あなた方」を神格化するより、「自分の持山の赤石岳のお花畑で白骨をまきちらしてくれと遺言した」、「裸一貫巨万の富を築いた富豪」の話と「あなた方」を小説の最後で並置させることで、奇妙な効果をもたらしている。「富豪」の話と「あなた方」の話は、「富豪」の残した「遺言」にあった「風のまに〳〵吹きちらされる白骨」のイメージと、「真珠湾海底に散つた筈」の「骨肉」のイメージにおいて重ねられている。

> こんな遺言を残す程の人だから、てんで死後に執着はなかつたのだ。お花畑で風のまに〳〵吹きちらされる白骨に就て考へ、これは却々小綺麗で、この世から姿を消すにしてはサッパリしてゐる、と考へる。この人は遺言を書き、生きてゐる暫しの期間、思ひつきに満足を覚えるだけで充分だつた筈である。実際死に、それから先のことなどは問題ではない自信満々たる生涯であつた。
> 　あなた方はまだ三十に充たない若さであつたが、やつぱり、自信満々たる一生だつた。あなたがたは、散つて真珠の玉と砕けんと歌つてゐるが、お花畑の白骨と違つて、実際、真珠の玉と砕けることが目に見えてゐるあなた方であつた。

　この「富豪」は、「まるで自分の生涯を常に切りひらいてきたやうな、自信満々たる人」として想像されており、この点に「あなた方」のイメージが重ねられる。「生きてゐるしばしの間、思ひつきに満足を覚えるだけで十分だつた筈」と描かれる「富豪」と重ねられることで、「実際死に、それから先のことなどは問題でない」生涯を送ったとされる「あなた方」の死は、「軍神九柱」としてその死を象徴化する儀礼の意味づけに対して、懸隔が生み出されてしまうだろう。さらに小説の末尾では「あなた方」自身は「死」を忘れてしまっていた、というモメントすら強調され、それが「遠足」として描き出されている（注17）。

> 老翁は、実現されなかつた死後に就て、お花畑にまきちらされた白骨に就て、時に詩的な愛情を覚えた幸福な時間があつた筈だが、あなた方は、汗じみた作業服で毎日毎晩鋼鉄の艇内にがんばり通して、真珠湾海底を散る肉片などに就ては、あまり心を患はさなかつた。生還の二字を忘れたとき、あなた方は死も忘れた。ま

つたく、あなた方は遠足に行つてしまつたのである。

「遠足」は「死」と「生」というカテゴリーを無効化してしまうように書き込まれ、あたかも彼らが「放送途絶」後も未だ世界のどこかを漂っているという想像を開いてしまう。死においては、それに対する統合的な意味付けがなされることによって喪の作業が行なわれないと死者たちを象徴化できないとすれば、「真珠」における「あなた方」は永遠に死ぬ事も生き返ることもない、奇妙な状態へと引き込まれていると言える。この意味で、「あなた方」に対する喪の作業は、決して終了することはない。ここにおいて「あなた方」の「情報」は、それ自体本質的に過剰である、すなわちいかなる時にも他のものとの接合を引き起こすことにおいて自らを指示する「情報」としてあり続ける可能性が引き出され、決してそれ自体葬り去れないものとなるのだ。

「特殊潜航艇」による真珠湾攻撃は、実際には生存者がいた。少尉として「特別攻撃隊」に参加した酒巻和男は生き残り、この戦争における日本軍初の捕虜となっている。彼は捕虜として捕えられたために「軍神」化されることもなく、情報漏洩させてはならない機密となっていた。「真珠」における「あなた方」が一連の訓練と計画に従事し、「真珠湾海底に散つた筈」の人々を指すとすれば、もしその中に捕虜となり生き延びた人が居る場合、「九軍神」ではない「あなた方」とは、一体誰になるのか（注18）。同時代評で、平野謙にせよ宮内寒弥にせよ、「あなた方」とは「九軍神」のことであると定義している（注19）が、「あなた方」は「九軍神」と呼称が異なる以上、完全に重なるわけではない。確かに作者である安吾は、生存者に関する事実など当時知り得なかった。だが、「九軍神」という固定された呼称を用いるのではなく、「あなた方」という呼称を用いる「真珠」の叙述方法そのものが、このような指示対象に関する看過できない問題を開いてしまっているのである。こういった発想は、例えばおよそ二年後に執筆された「歴史と現実」（注20）における「戦争といふ現実が如何程強烈であつても、それを知ることが文学ではなく、文学は個性的なものであり、常に現実の創造であることに変りはない」といった言葉とも響き合っていると言える。また、戦後に執筆した「二合五勺に関する愛国的考察」（注21）においては、安吾自身は戦時中きわめて「ぐうたら」な生活を過ごしていたが、「歴史上」においては、「カイビャク以来の戦争」を凌いだ「異常にして壮烈な歴史的人物」として見出される可能性について語っている。「文学」において、「歴史」と「現実」に対し常に新たな可能性を見出して行くという姿勢は、安吾の持っていた創作態度として一貫して重要であったと言えよう。このような汲み尽くせない可能性の問題は、「真珠」においては、「あなた方」と呼ばれる死者たちが「神話」（平野謙）に取り込むことはできず、「砕け」た「真珠の玉」、「肉片」の「粉」として海中を漂い続けることとして描き出されている。「真珠の玉と砕け」た「粉」として「あなた方」を小説に書くということは、そこに「粉」として飛散し、変質しつづける性質を付与された死者たちの欠片が常にありうる可能性を開いてしまうことに他ならない。このような観点からすると、あらゆる生者にとって、追悼は原理的に不可能な行為であるだろう。「真珠」に「粉」として書き込まれることにおいて、死者たちは自らを砕け散り続ける者として不断に回帰してくることになるのである。

　「真珠」に描き出されていた問題とは、時代に語の文脈を見出そうとすると必然的に総力戦的な「情報」においてしか解釈されない「あなた方」の行為に対し、むしろその文脈への構想力を座礁させ、「僕」の生活の偶発性を基調とする「情報」へと不時着させつつ、「情報」の喪が不可能であることをも示すことだったと言えよう。この意味で、いかなる「歴史」の叙述も「現実」の経験も、「情報」としてはその目的《テロス》とともに十全に構築されうることはなく、常にその構成の転覆可能性と共にしか届くことはない。このような状況において「真珠」という作品は、「情報」において付与されている目的に対して、それを「僕」の「生活」の記述という余計な文脈の付加における「情報」や、あるいは描かれる対象それ自体を過剰な「情報」として伝達してゆく記述と組み合わせることで、「本末顛倒」な想像を喚起してしまうように機能するのである。この意味において「真珠」は、「情報」に囲い込まれた世界においてその文脈を散乱させ換骨奪胎しつつ、異質な「情報」を形成してしまう、散文としての「小説」的な特徴が表現された作品であったとも言えるのではないだろうか。

（二〇〇六年五月）

注

（1）「連続する情報戦――「十五年戦争」を超える視点」（『岩波講座アジア・太平洋戦争3　動員・抵抗・翼賛』岩波書店　二〇〇六年一月）。また、佐藤は『メディア社会』（岩波書店　二〇〇六年六月）でも同種の見解を示している。「総力戦による社会全体の軍事化こそが information の「情報」化に対応しており、その意味で情報化社会は総力戦の所産なのである。」

（2）「超人と常人のあいだ――坂口安吾「真珠」攷」（『文學論輯』一九九一年）

（3）「「歴史」を書くこと――坂口安吾「真珠」の方法――」（『日本近代文学』二〇〇一年一〇月）。他に、先行論では細野律（「坂口安吾「真珠」論――所謂『十二月八日』小説」との関連から――」『近代文学研究』一九九五年三月）、菊地薫（「出来事の感触――坂口安吾「真珠」論――」『早稲田大学教育学部　学術研究（国語・国文学編）』一九九九年二月）、内倉尚嗣（「坂口安吾「真珠」の戦略」『日本文藝研究』一九九九年九月）らが、「僕」という個人的な視点を対置することによって「神話」を解体する契機を見出せることを論じており、参考になる。ただし本論では、「僕」の「語り」そのものが既に「情報」の流通の内において成立しているということを中心に論じるため、出来事に対して外部にいる観測者がいかなるポジションをとったかという意味での「語り」論の立場はとらない。

（4）「文芸時評」（『都新聞』一九四二年五月一〇〜一三日）

（5）宮内寒弥・平野謙・大井広介「文芸時評」（『現代文学』一九四二年七月）

（6）花田俊典による「真珠」校注（『交錯する軌跡』双文社　一九九一年三月）にこの指摘がある。当時の航空事情に関しては、日本航空協会編『日本航空史　昭和前期編』（日本航空協会　一九七五年九月）を参照。

（7）橋爪紳也『飛行機と想像力　翼へのパッション』（青土社　二〇〇四年三月）

（8）津金澤聰廣「『大阪朝日』『大阪毎日』による航空事業の競演」（『戦時期日本のメディア・イベント』世界思想社　一九九八年九月）。同『現代日本メディア史の研究』（ミネルヴァ書房　一九九八年六月）中、「第6章　戦時統制下における新聞広告」も参照。

（9）和田博文『飛行の夢一七八三―一九四五　熱気球から原爆投下まで』（藤原書店　二〇〇五年三月）

（10）『現代文学』一九四二年二月

（11）江畑謙介『情報と戦争』（NTT出版　二〇〇六年四月）

（12）この問題については永野宏志「砕け散る暗い部屋《カメラ・オブスキュラ》――小栗虫太郎『黒死館殺人事件』と電気メディア時代」（吉田司雄編『探偵小説と日本近代』青弓社　二〇〇四年三月）中、「3　情報の寓話《アレゴリー》」の項が参考になる。

（13）『ネガティヴ・ホライズン――速度と知覚の変容』（丸岡高弘訳、産業図書　二〇〇三年九月）

（14）同前

（15）前掲注（2）

（16）この「本末顛倒」性については、押野武志「坂口安吾「真珠」の同時代性――詩と散文のあいだ」（上）（下）（『文芸研究』二〇〇三年九月、二〇〇四年三月）において既に言及されている。本論と重なる指摘も多いが、押野氏が「詩」の美学化と「散文」の問題について述べているのに対し、ここでは「情報」と「散文」性との関連から論じたい。

（17）五味渕典嗣は「それぞれの遠足――坂口安吾『真珠』論」（『三田文学』二〇〇〇年一一月）において、この「遠足」のモチーフを取り上げている。

（18）小川徹は、「真珠」が「九軍神になれなかったひとりの若者、酒巻中尉のことを、無意識に書きしるしてしまっている」という可能性に触れつつ、「こういうことがあるからこそ、坂口安吾の文学は、今日なお未来に何かを予約していると思われるのである」と書いている（『堕落論の発展』三一書房　一九六九年一二月）。

（19）前掲注（5）

（20）『東京新聞』　一九四四年二月八日

（21）『女性改造』　一九四七年二月

※本稿は、第一〇回坂口安吾研究会（於昭和女子大学、二〇〇五年三月二六日）における研究発表「時間・歴史・自由――坂口安吾の戦後評論から」をもとに、ほぼ全面的に書き改めたものである。「真珠」の引用は筑摩書房版『坂口安吾全集第三巻』によった。

〈肉体〉の思考が撃つもの
——「戦争と一人の女」

天野知幸
Chisa Amano

1　はじめに

　第二次世界大戦直後、性愛や肉体をテーマとした作品が登場し、注目を集めた。「肉体文学」、「肉体の文学」と呼称されることになる一団である。これらは登場の時にこそ、戦後文学の新たな可能性を期待させるものとして評価されたが、カストリ雑誌などで亜流が氾濫したことや、田村泰次郎の「肉体の門」がメディア・ミックス的な現象を起こしながら急速に消費されたこともあり、「通俗性」の一点に批評の関心が集中し、否定的に裁断されることも少なくなかった。例えば、村松喬「肉体文学と社会」（『田園』一九四八・六）は、「終戦以来日本の小説界で極度に目立った現象は人間解放に伴う肉体の追求だ。いはゆる肉体文学で、坂口安吾や田村泰次郎、石川淳など、その三羽烏で、こゝ二年ばかりのうちにものすごい進出ぶりである」と、安吾を「肉体文学」作家の筆頭に挙げ、「たゞ情慾にのみ専念する好色一本槍の人間であるようだ。だから肉体文学というより好色文学である。」と、「肉体文学」の特色を「好色」と揶揄し、その流行を批判している。

　たしかにこの時期、安吾は、「私自身、肉体自体の思考、精神の思考を離れて肉体自体が何を語るか、その言葉で小説を書かねばならぬ。人間を見直すことが必要だと考へてゐた。」（「肉体自体が思考する」『読売新聞』一九四六・一一・一八）と発言するなど、〈肉体〉への関心を高めていたと思われる。ただ、ここでいわれる〈肉体〉と「情慾」とはむろん同じ意味ではなく、「情慾のみに専念する好色一本槍」へと作品が収斂していったわけではない。「精神の思考」に対立するものとして「肉体自体の思考」を捉え、その可能性を探ることで、既成の価値体系や従来の人間観の乗り越えが模索されていたのだろう。安吾以外にも、こうした模索を行う作家は存在したが、〈肉体〉という言葉の通俗化を経た後では、彼らの模索に対する好意的な視線は持たれにくかったようだ。

例えば、安吾の小説「戦争と一人の女」（『新生』一九四六・一〇、初出目次では「戦争と一人の婦人」。以下、『新生』版と略称。（注1））と、「姉妹作」と初出版で自注が付けられた「続戦争と一人の女」（『サロン』一九四六・一一。以下、『サロン』版と略称。）は、第二次世界大戦末期における一組の男女の性愛を中心とした「反道徳」的な生活を、前者は男の視点から、後者は女の視点から、敗戦直後を語りの現在として語ったものだが、男から〈肉体〉の象徴として意味づけられ、裁断される女の「物語」（『サロン』版）が、「理知」を志向する男の「物語」（『新生』版）を相対化するといった価値反転の試みが仕掛けられており、女性の一人称の語りを巧みに用いることで、〈肉体〉というテーマを掘り下げていたことを窺わせる。

こうした語りの手法については、花田俊典の「〈考える〉ことから〈感じる〉ことへの転回――。あるいは身体意識をとおした世界把握の展開。いずれにしろ、〈女語り〉の採用の最大の意義は、あくまでここに認めておくべきだろう。」（注2）という見解や、岩見照代の「この自己自身の実存的直観を語るために、ここで「戦争と一人の女」の「女」は、「私」となって語る必要があったのである。安吾が、女装のエクリチュールで合理性の枠を越える〈語り得ぬもの〉を語ろうとするこの作品は、思想的、文学的にひとつのアヴァンギャルドをなしている。」（注3）といった意見など、その達成が既に指摘されている。価値反転や相対化の試みが、セクシュアリティやジェンダーを媒介に、いかなる手法のもと、実践されているか。それを精緻に考察することが、安吾の作品の達成を考えるためだけでなく、性欲主義的と見なされることが少なくない「肉体文学」の新たな可能性を考える上でも重要だろう。

なお、このような理解は『新生』版、『サロン』版という二つの「戦争と一人の女」を相照らし合わせることで可能となるものだが、横手一彦「戦時期文学と敗戦期文学と――坂口安吾「戦争と一人の女」――」（注4）や、時野谷ゆり「坂口安吾と占領期のＳＣＡＰ検閲問題――「プランゲ文庫」に見られる坂口安吾の被検閲作品を中心に――」（注５）が論じてきたように、『新生』版はＧＨＱ／ＳＣＡＰの検閲による大幅な削除を強いられ、無削除版を読むことは横手一彦論文ほか『坂口安吾全集第16巻』（筑摩書房、二〇〇〇年）刊行まで不可能であった。本論では、無削除版に立ち返り、幾重にも張り巡らされた価値反転の図式を解きほぐすことで、「肉体自体の思考」がどのような形で作品上において展開されているのかを考えてみたい。

2 理知的思考／肉体的思考

あらかじめ『新生』版、『サロン』版の物語言説の構造的な差異について述べておこう。まず語り手だが、『新生』版がいわゆる「三人称」であるのに対し、『サロン』版は「一人称」となっている。なお、前者では野村に対し焦点化がなされ、しばしば彼の「視点」を通して語られている。そのため、二つの物語はいずれも全く同じ時期の同棲生活を語ってはいるものの、主に男性側の視点からの前者と女性側の視点からの後者とでは、その内容に隔たりのある部分も少なくない。まずは『新生』版の内容を追いながら、その差異を明らかにしてみたい。『新生』版の冒頭は、こう記されている。

野村は戦争中一人の女と住んでゐた。夫婦と同じ関係にあつたけれども女房ではない。なぜなら、始めからその約束で、どうせ戦争が負けに終つて全てが滅茶々々になるだらう。敗戦の滅茶々々が二人自体のつながりの姿で、家庭的な愛情などといふものは二人ながら持つてゐなかつた。

夫婦と同じ関係でありながら女房でなく、敗戦の「滅茶々々」そのままであること。野村と「女」との関係を説明するこの記述は、二人の関係性が不安定なものであり、〈肉体〉のみで繋がれたものであることを端的に説明する。しかし、実はそれも奇妙に屈折したものであるというのが、この二人の関係における重要な特徴だ。「女は遊女屋にゐたことがあるので、肉体には正規の愛情のよろこび、がなく、「男を迷はす最後のもの」がない。「不感症」と結びつけられる「女」の娼婦性は、「魂のぬけがら」、「正規な愛情のよろこび」を表さない原因と野村に思わせるものであり、二人を結びつける〈肉体〉は、極めて不完全なものなのだ。〈肉体〉だけで結ばれた二人の関係。しかもその唯一の媒介項である〈肉体〉が不全であるということ。このような屈折した男女の関係性が、野村と「女」との関係の形なのであり、ここで描かれる〈肉体〉の、また、野村がその眼差しを向け、表象する「女」の姿でもある。

「女」の姿と二人の同棲生活の様相は、野村の視点を通して描き出されてゆく。それゆえ、重要なファクターとなるのが、野村の〈肉体〉観、〈精神〉観だ。「女」が〈肉体〉によって特徴づけられるということ。それは「高められた何かが欲しい」と高い精神性を志向し、〈肉体〉を〈精神〉より劣位に置く野村にとって、否定的な眼差しを向けるに十分な理由となるだろう。しかも、彼女の行動や思考は、不全な〈肉体〉によって決定されるものである。そのため、「女」は、自らの行動の意味さえも悟ることのない、内面を欠いた「他者」として意味づけられる。〈精神〉と〈肉体〉という二項対立の図式。見る、見られるという視線の権力図式。男と女はこの二つの対立図式にそれぞれ配置され、その性愛を中心とした虚無的な生活が、戦時下から敗戦までの時代状況を遠景に、野村の「理知」というフィルターを通して語られ、意味づけられてゆくのだ。石月麻由子「身体表現から再考する坂口安吾「白痴」—肉体と精神の〈聯絡〉という視座に立って—」（注6）は、小説「白痴」（一九四六・六）の井沢と「白痴女」との関係について、「井沢が白痴女の「肉体」の醜悪さを「理知」の立場から徹底的に裁くのは、彼の凡俗な本質を暴き始めた彼女に対しての抗弁であると同時に、彼女を理解可能な認識の俎上にのせようとするためでもあるのだろう。」と指摘しているが、このジェンダーおよび視線の関係、「理知」と〈肉体〉という構図は、その直後に書かれた「戦争と一人の女」に確実に継承されていると思われる。

例えば、次に引用する爆撃の場面は、野村の視線が描き出す「女」の姿と、彼女を見る野村の視線のありようを端的に示していよう。

> 女は戦争が好きであつた。食物の不足や遊び場の欠乏で女は戦争を大いに呪つてゐたけれども、爆撃といふ人々の更に呪ふ一点に於て、女は大いに戦争を愛してゐたのである。さうだらう。さういふ気質なのだ。平凡なことには満足できないのである。爆撃が始まると慌てふためいて防空壕へ駆けこむけれども、ふるへながら、恐怖に満足してをり、その充足感に気質的な枯渇をみたしてゐる。恐らく女は生れて以来かほど枯渇

をみたす喜びを知らなかつたに相違ない。肉体に欠けてゐる快感をこつちで充足させてゐるやうなもので、そのせゐか女は浮気をしなくなつた。

（傍線部は検閲による削除部分、以下同じ。）

爆撃は「女」が激しい感動を示す対象であり、「肉体に欠けてゐる快感をこつちで充足させてゐるやうなもの」、つまり「女」の「快感」の「枯渇」を充足するものとして語られる。語り手は「女」の心理を見据えたように、こうも述べている。「女は空襲によつて浮気の虫まで満足されてゐる事の正体をさとらなかつた。そして野村と共に奥様らしく貞節に暮らしてゐる昨今が心たのしい様子であつた。」、「空襲国家の女であつた。女が野村を愛すのは、野村の中のものではなく、空襲の中にその愛情の正体があるのを、女だけが知らないだけだ。いつもこんな女だつたら、俺は幸福なんだがな。そして戦争がいつまでも続けばいゝと野村は思つた。」と。「女」に精神的な営為など存在するはずもないと見なす野村の視線は、「女」が欲しがる充足感を肉体的な問題としてしか捉えることがない。

一方、「女」が「私」として一人称で語る『サロン』版では、この夜間爆撃は肉体的枯渇の文脈で語られていない。それゆえ、『サロン』版と『新生』版の記述のすさまじいまでの断絶を見出すことができる。『サロン』版における夜間爆撃は、「全心的な満足」（傍点筆者）を女に与えるものであっても、性的、肉体的な充足を「女」に与えるものではなく、「女」（「私」）の心の奥底に秘められた「郷愁」と「孤独」とがせり上がってくる奇跡のような瞬間なのだ。「地上の広茫たる劫火」は「全心的な満足」を「私」に与え、炎の中に浮かぶ「女衒につれられて出た東北の町、小さな山にとりかこまれ、その山々にまだ雪のあつた汚らしいハゲチョロのふるさとの景色」が「郷愁」を喚起する。それにより「私」は、奥底に秘めている憎しみや哀しみと出会い、野村の愛撫により、カタルシスのような瞬間を得るのだ。また、「私」にとっての性愛は、「孤独」を埋めるためのものであると同時に、「わけの分らぬ私ひとりを抱きしめて泣きたいやうな気持」が突き上げる、「他者」との関係性などでは埋められぬ、「私」個人の深い「孤独」を思い知らされる一瞬である。性愛と爆撃とは、「私」の中に沈潜する絶望的な枯渇感や「孤独」と不可分なものであるが、「女」を〈肉体〉の象徴と見なす野村の視線はそれを映し出すことはない。この差異こそ、同じ題名が付けられた二つの作品をそれぞれ特徴付ける重要な要素となっているのだが、二作品の関係性については後で詳しく述べることにして、『新生』版の内容を二人の関係性に注目しながら最後まで確認しておこう。

物語の展開が進むにつれ、野村の「女」に対する眼差しは微妙に変化するが、両者の関係性が強固なものとなることはない。そのなかで、野村に影響を与える数少ないものの一つが、戦後に噴出すると野村が予見する女性のセクシュアリティと、それと不可分な関係にある占領軍の存在だ。野村は、敗戦を日前にして、「女」がその〈肉体〉を利用して戦後を行きぬくことを、「敵兵と恋を語る、結婚し、大事にされて、一気に豪華な生活をやることなどをあれこれと思ひ描いてゐるのではないか」と予感する。また、「近所のオカミサン連が五六人集つて」、「敵兵」に「強姦される話をしてゐる」のを見ることで、「その妖しさに何かの期待がある」、「女の肉体は怖しい。その肉体は国家などは考えず、たゞ男だけしか考へてゐない。」とも考える。こうした戦後のありようは、「敵が上陸してくるまでだよ。君も辛棒してくれないか。可哀さうな日本の男のために。」と、滅びゆく「国」と自らのジェンダーとを結び付ける野村には、もちろん思い描けないものだ。女性の〈肉体〉、そしてそのセクシュアリティは、野村にとって一方では脅威であり、しかも、敗戦という「現実」を極めてリアルなものとして実感させるメタファーでもあることを示している。

「女」の〈肉体〉が実感させる敗戦の予感に伴い、野村の破滅への欲望と戦争への執着――それは「女」への執着に等しいが――は高揚してゆくことになる。だが、戦争の終結も「女」との別れも不可避なものだ。結局、「女」と野村とは一回たりとも確かな関係性を結ぶことなく別れを迎えることになる。それを決定付ける重要な場面が、性愛の後に「白々とした無表情」をする「女」の内面を探る場面であろう。野村はそこで「女」の内面へとはじめて視線を向け、それを探ろうとする。しかし、「女」が「女は深刻なことなど考へてをりませんから」と彼の問いかけをかわし、「色餓鬼」のような野村の愛撫について、「でも、人間は、それだけのものよ。それだけで、いゝのよ。」と、「肉慾」を人間の本性と言い放つ「女」の言葉を聞くことで、「遊びがすべて。それがこの人の全身的な思想なのだ。そのくせ、この人の肉体は遊びの感覚に不具だつた。／この思想にはついて行けないと野村は思つた。高められた何かが欲しい。」（傍点筆者）と彼女の「他者」性を改めて認識するのだ。「女」の言葉には、一種の諦観が感じられるが、それを野村が受け止めることはない。野村はいつもどおり、〈肉体〉を劣位に位置づける思想によって、「女」を愚昧な「他者」として位置づけるだけだ。そして、物語の結末は、こう閉じられる。

野村はそのとき女の可愛いゝ肢体から、ふいに戦争を考へた。戦争なんて、オモチャぢやないか、と考へた。俺ばかりぢやないんだ、どの人間だつて、戦争をオモチャにしてゐたのさ、と考へた。その考へは変に真実がこもつて感じられた。／もつと戦争をしやぶつてやればよかつたな。もつとへとへとになるまで戦争にからみついてやればよかつたな。血へどを吐いて、くたばつてもよかつたんだ。もつと、しやぶつて、からみついて――すると、もう、戦争は、可愛いゝ小さな肢体になつてゐた。／戦争は終つたのか、と、野村は女の肢体をむさぼり眺めながら、ますますつめたく冴えわたるやうに考へつゞけた。

情欲を介し、「否応もない死との戯れ」に溺れていた野村が、その果てに獲得したものは、戦争と「女」とを「オモチャ」と見なす境地である。戦争はもはや彼を翻弄し、命を奪う存在ではなく、目の前にある「女」の「可愛いゝ小さな肢体」と同じ対象物に等しい。同様に「女」の身体も、性欲をかきたて、時に脅威と映る〈肉体〉ではなく、ただの「可愛いゝ小さな肢体」になったのだ。自らを翻弄してきたものたちは、みな「オモチャ」に過ぎない。「女」の〈肉体〉から戦後を予感したように、「理知」では理解できぬこれらの存在がその脅威を失ったのを実感することで、野村は戦後を実感したといえよう。「女」の〈肉体〉と戦争という抗いきれぬ対象へと自らを埋没させ、そこから自らを引き離しながら過去を相対化してゆく、そうした男の精神の行方が、『新生』版の結末では示されている。

以上のような野村の自己意識と「女」の表象を考える上で、安藤恭子の指摘は極めて重要だ。安藤は安吾の小説テクストにおける「女」の表象について、「「女」は〈霊肉葛藤〉という「男」の自我のドラマに奉仕する、装置としての〈謎〉の〈肉体〉である。」と述べ、「男」の自己形成のドラマにおける「女」について、「他者であることを仮構された〈他者〉であり、それはテクストの中で最も〈他者〉性を剥奪された記号であると言えるだろう。」（注7）と指摘している。『新生』版における「女」も、〈肉体〉の象徴として、空洞化、記号化された存在である。しかも、この「女」の場合、その身体性も抑圧的な眼差しを向けられた存在といえるだろう。

こうした「女」と野村の間に存在する視線の関係が、作品内部で逆転したり、変化することはない。しかし、野村の視点を通して表象された「女」の姿は、「女」自身の「声」によって別の姿を見せることになる。「私」の脳裏に秘められた誰も共有できない「記憶」。それが蘇生する夜間爆撃の瞬間は、先に指摘したように、野村にとって「不感症」の文脈でしか理解されてなかったが、「女」が自らの「声」で語る『サロン』版は、野村の理解の外に生きる「女」の「孤独」の所在を語り、野村の認識を密かに揺さぶっていたからだ。しかも、『新生』版では奥様然としている「女」は、野村の前での上品な語り口とは別の口調で自らのスキャンダルまでも語る。それは「〈他者〉性を剥奪された記号」(安藤恭子)が告発的に語る「物語」に他ならないだろう。敗戦により野村との同棲生活が終着を迎え、「女」を支配するものが消滅することで、沈黙していた「声」が噴出する。その「声」がいったい何を語るのか、次節において詳しく見てみたい。

3　国家総動員体制からの意識・身体の逸脱

最初に「私」が回想するのは、隣人である「カマキリ親爺」、「デブ親爺」がいかに自らの欲望に忠実に、自己犠牲や勤労精神などから程遠い戦時下の生活を送っていたかについてである。彼らは「サイレンの合間々々に集つてバクチ」をし、「日本が負けると信じ」て焼跡見物を楽しむという不謹慎さを持っており、しかも「生命の露骨な執着に溢れてゐる。そのくせ他人の破壊に対する好奇心は若者よりも旺盛」な利己主義者たちであった。「私」と彼らの住む地区が決定的な爆撃を受けたのが「四月十五日」だったという記述を参考にすれば、「私」が回想している過去は、東京大空襲の頃だと思われる。食料、労働力が底をついた絶望的抗戦の時期であり、彼らの不真面目さ、不謹慎さは、戦争完遂のために身体と精神が動員され、国民生活の統制が厳しさを極めていたこの時期においては、「国民」として期待される資質を決定的に欠いたメンタリティを示していよう。

このような戦時下における国民生活の組織化とそこからの逸脱については、林淑美「〈モラル〉と呼ぶ新しい概念の創造――「白痴」と安吾の戦後」(注8)が詳細に論じている。ここで林は、戦時下の町内会組織が持った国民教育機関としての機能を明らかにした上で、「白痴」の舞台である町内会のスキャンダルに注目し、「道徳的な意識の反映は不道徳的な行為によって活写されるのだという真理を小説「白痴」は浮き彫りにする。」と指摘している。『サロン』版を理解する上でも、この指摘は重要だろう。同論が既に詳しく述べているが、町のなかには「常会」と称する国民一人一人に「愛国精神」と「滅私奉公」といった道徳心を植え付け、かつ、監視する教育機関が存在した。例えば、桑原三郎『隣保制度概説　隣組共助読本』（二見書房、一九四二）では、「隣組」「常会」に関する文部省、内務省からの指導、整備要領が掲げられたあと、「常会は何故必要か」という一節が付されているが、その第一の項「日本精神の昂揚と一市町村一家の精神が涵養される」にはこう記されている。「忠君愛国は日本国民を一貫して居る特有の精神である。（中略）我々は国家や市町村の現状に鑑みて、今こそ、私利小感情を捨て従来の行懸かりを一掃して、一市町村一家の如き融和した精神を以て、協力勇往せなければならぬ重大なる時であることを自覚して、滅私奉公の心構を持つことが極めて肝要なのである。」、「毎月定期の常会を開いて打ち解けた懇談の裡に、倶に市町村を憂へ、肝胆相照す時、躍如として已むに已まれぬ国民感情が湧き出て、市町村の振興も国策への協力も期して待つべきものがあるのである。」と。「私利小感情」を捨て、「滅私奉公」の「精神」を涵養すること。そうした「国民感情」の育成のために、「常会」の機能は決して小さくない意義を持った。

このような監視の「制度」によって、「精神」の「規範」が戦争とファシズムの加速によってその過酷さを増す、そうした時代状況を背景に、「私」の語りは、あるべき「国民」の精神の形である「滅私奉公」を受け入れず、「私利小感情」に振り回される人物達を描き出してゆく。ただ、それを語る「私」もまた、「カマキリ親爺」、「デブ親爺」と一緒にバクチを打ち自転車乗りに興じる、「不道徳」な存在であるという点が重要だ。しかも、「私」の場合、戦時国家体制からの逸脱、勤労精神の欠如は、確信犯的なものといえる。「カマキリ親爺」と「デブ親爺」はその年齢ゆえに勤労奉仕を免れているようだが、「私」は、極めて苛烈な身体の統制下にありながら、意図的なサボタージュを行っているからだ。

戦争の長期化は軍需産業における労働力不足の深刻化を招き、その結果、若年層と女性、そして旧植民地を中心に労働統制の拡大が図られたのは周知のとおりである。これについては林が「逸脱する女の非労働――坂口安吾「青鬼の褌を洗ふ女」をめぐって」で触れているが（注9）、国家総動員法に基づく国民徴用令により、人々は強制的に軍需関連産業において労働させせられ、一九四一年一一月に公布された国民勤労報告協力令では、男子は一四歳から四〇歳まで、未婚女子は一四歳から二五歳まで勤労奉仕が義務づけられていた。その後、四三年に女子勤労報告隊が結成された後、四四年八月に女子勤労挺身隊が改組されると、一二歳から三九歳までの未婚女子が国から勤労奉仕を強制され、労働統制の拡大が図られてゆく（「女子勤労挺身令」）。戦争とファシズムの加速は、確実に身体の統制を加速させていたのである。

なお、女子の「徴用」は、「家族主義、「家」制度の伝統的考えに集約された結果」（注10）あくまで無職未婚女性に限定されていたという。「私」は、こうした「制度」を逆手にとることで、身体の統制から逃避する。「結婚などゝいふ人並の考へ」はなく、野村と同棲した理由も「徴用だの何だのとうるさくなつて名目的に結婚する必要があつた」からだと述べており、結婚という「制度」を「利用」することで、勤労動員という「制度」から意図的に逃れているのだ。日に日に枯渇する労働力の担い手となり、自らの身体を国家的な統制にゆだねることを拒否していることを、この「私」の語りは暗に明かしている。

このような「私」の意識・身体の不統制は、セクシュアリティに関わる部分にも表わされており、逸脱する身体というものが「私」の語りにおいて前景化されていることを窺わせている。「暑かつたので、短いスカートにノーストッキングで自転車にのつてカマキリを誘ひに行」く「私」は、モンペという労働着を付けずに非道徳な身体性を公然と露出しながら男性を誘惑する（注11）。その姿は衣服や労働といった身体に対する統制からの逸脱であると共に、性道徳という「制度」からの逸脱でもあるだろう。「私」は「淫奔だから、浮気をせずにゐられない女」であり、「私みたいな女は肉体の貞操などは考へてゐない。私の身体は私のオモチャで、私は私のオモチャで生涯遊ばずにゐられない」という。勤労動員から逃れて「遊び」に興じずにはいられなかったように、自分の身体を「オモチャ」にして男と遊ばずにはいられない「私」は、労働のみならず結婚、性道徳といったセクシュアリティを統制する「制度」からも常に逸脱し続ける存在なのだ。

なお、安吾作品における労働の問題に関しては、前出の林淑美「逸脱する女の非労働――坂口安吾「青鬼の褌を洗ふ女」をめぐって」が、「青鬼の褌を洗ふ女」と「堕落論」とを照らし合わせながら既に詳しく論じており、「青鬼の褌を洗ふ女」の語り手サチ子が「全然スローモーション」な労働能力しか持たない点について、「サチ子の非労働・非道徳は、誠実＝勤勉＝奉公の等式、言い換えて、日常道徳＝労働の価値性＝皇国勤労観という等式の最後の項目を無化するだけでなくすべての項目を相対化する。」と指摘している。この指摘を踏まえ、「私」の「非労働」・「非道徳」を改めて考えてみると、『サロン』版「戦争と一人の女」と「青鬼の褌を洗ふ女」とは、相似形をなしているといえるかもしれない。ただ、「青鬼の褌を洗ふ女」のサチ子が労働力として「低価値」（林前掲論）なのに対し、「戦争と一人の女」の「私」はその価値を十分に持っているにもかかわらず意識的にサボタージュする点、また、セクシュアリティが彼女の「非道徳」を示すもう一つの重要な指標となっている点で隔たりがあろう。「戦争と一人の女」（『サロン』版）では、いずれも「遊び」というキーワードを媒介し、身体と精神を縛り、絡めとるものから逃避もしくは逸脱する「女」の意識的なありようが鮮やかに描き出されてゆくのだ。

『新生』版の言葉が、「私」の固有性はもちろん、その身体性をも充分に形象化していなかったことを考えると、『サロン』版の言葉が主に彼女の身体性を露わにするというのは極めて理解しやすい。その身体とは、改めていえば、個の意識を抑圧しようとする「制度」から逸脱するそれであり、そのような身体によって語られる言葉が「私」の言葉なのだ。なお、こうした言葉は、絶望的ともいえる孤独と不可分なものとしてある。「私」が語る現在の状況は、例えばこう語られている。

　人間は何でも考へることができるといふけれども、然し、ずいぶん窮屈な考へしかできないものだと私は思つてゐる。なぜつて、戦争中、私は夢にもこんな昔の生活が終戦匆々訪れようとは考へることができなかつた。そして私は野村と二人、戦争といふ宿命に対して二人が一つのかたまりのやうな、そして必死に何かに立向つてゐるやうな、なつかしさ激しさいとしさを感じてゐた。私は遊びの枯渇に苛々し、身のまはりの退屈なあらゆる物、もとより野村もカマキリもみんな憎み、呪ひ、野村の愛撫も拒絶し、話しかけられても返事してやりたくなくなり、私はそんなとき自転車に乗つて焼跡を走るのであつた。若い職工や警防団がモンペをはかない私の素足をひやかしたり咎めたりするとムシャクシャして、ひつかけてやらうかと思ふのだつた。

戦争の終わりとともに訪れた「平和」は、「私」を楽しませてきた数々の「遊び」がスキャンダラスでも、「不道徳」でもなくなり、「退屈」以外のなにものでもなくなる時間の到来を意味していよう。野村との同棲も、戦争の終結によって失われた「遊び」に他ならず、それは「退屈」な風景の一つとして急速に意味を失ってゆくものなのだ。戦後の「私」の心境は、この「退屈」という言葉に代表される。それは野村が最後に辿りついた「冴えわたる」感覚で戦争を「オモチャ」と意味づける境地と通じているようにも一見思われるが、「全ては過ぎる。夢のやうに。何物をも捉へることはできないのだ。私自身も思へばたゞ私の影にすぎないのだと思つた。私達は早晩別れるであらう。私はそれを悲しいことゝも思はなかつた。私達が動くと、私達の影が動く。どうして、みんな陳腐なのだらう、この影のやうに！　私はなぜだかひどく影が憎くなつて、胸がはりさけるやうだつた。」と、全てを相対化しながら流転する時間の只中に身をおく「私」の境地は、野村が結末で見せていた冷ややかな認識に支配されたそれではなく、より深い虚無感に満ちた境地といえるだろう。「制度」から逸脱し、しかも、虚しさが充満した身体。それが「私」が語る「私」のありようなのだ。

4　〈肉体〉の思考・言葉が「撃つ」もの

このように、二つの「戦争と一人の女」とは、とくに「女」（「私」）の身体表象の部分において、異質さを際立たせている。『新生』版で語られる「私」のありようは、野村の視点からは表象されえない孤独と身体性の描出なのであり、それらが野村の固執する〈精神〉と〈肉体〉とのスタティックな対立図式や、見る、見られるという視線の権力図式を密かに揺るがしてゆくのだ。この図式が鮮やかに見えるとすれば、それは「他者」表象の暴力やその根本的な困難さを「他者」の側が鮮明に照らし出し、しかも、不完全な〈肉体〉の思考こそが「理知」の絶対性を瓦解させるという価値反転が行われているからに違いない。肉体を象徴する女とそれを見る男という図式は、「白痴」（一九四六・六）を始めとして様々な作品で応用されているが、「戦争と一人の女」では、肉体と精神との相克を男女の物語に重ね合わせるという枠組が踏襲されているだけでなく、眼差され、裁断されてきた女の側、すなわち〈肉体〉の論理から男の論理を逆照射し、その認識を揺るがすという試みが、作品のメタレベルで行われている点に特徴があろう。このとき野村の視点が相対化されるだけでなく、「女」の「声」は自らの身体性や多層性を露わにし、しかも、野村が「女」の内面を理解することができないのと対照的に、自身の浮気心や野村の心理を極めて冷静に分析しながら言い当てもする批評性を明らかにするのだ。

こうした相対化の図式は、野村の精神、理知への志向性、男性言説、三人称視点といった様々なレベルで試みられている。「女」の属性に注目するなら、一つ目については、理知的な思考が肉体的な思考によって相対化される図式と言い換えることができるだろう。発表媒体までも考え合わせるなら、相対化の図式はさらに拡がる。『新生』は周知のとおり戦後登場した記念すべき高級総合雑誌であり、「戦後民主主義の開幕をしるす重要な総合雑誌」（木本至（注12））であった。一方の『サロン』は大衆娯楽雑誌に分類されるような媒体である（注13）。安吾は「『いずこへ』あとがき」（一九四七・五）で、「私は雑誌の選り好みという ものを余りやらず、私の執筆能力に応じて、頼まれる雑誌へ引受けた順番に書いて行き、能力の限界以上はことわる」と、発表媒体について選択意識がなかったことを当時自ら述べてはいるが、大衆雑誌『サロン』の掲載作品が高級総合雑誌『新生』の掲載作品を相対化するという点で、両者の関係はここでもアイロニカルな価値反転の図式を描いている。ここで改めて、安吾がこの作品の発表直後に評論「肉体自体が思考する」で語っていたことを想起するなら、「肉体自体の思考」により「人間」を問い直すという文学的テーマは、「理知」や認識の枠組を相対化し、批評性を獲得する方途としての追及と言えるであろう。

ただ、〈精神〉を志向する野村の認識を相対化できるのは、二つを合わせ鏡のように読むことのできる読者だけだ。ここに「戦争と一人の女」と名付けられた二つの作品の前衛性があるが、見逃してはならないのは、野村の意識と「私」の意識とが交錯せず、どこまでいっても互いの意識が向き合わないことを、二つの作品が一方で示唆していることである。「私」の「声」が野村に届くことはない。そして、「私」の孤独は、誰かに共有されるものではなく、今までも、そして、この先もずっと「私」が一人で背負ってゆかねばならないものだろう。前掲、林淑美「〈モラル〉と呼ぶ新しい概念の創造」は、押入の中で「絶対の孤独の相のあさましさ」を見た伊澤の体験について、「ここで小説「白痴」が喝破しているのは、孤独とは対他的な自己意識の相であるということであった。伊澤が空襲下押入の中で経験したことは、他者を介在しない孤独を見てしまった者の孤独であった。言い換えれば、たった二人のもう一方の存在に対して他者になり得ない自身の孤独であった。」と指摘している。「対他的な自己意識の相」としての孤独というテーマは、「戦争と一人の女」にも姿を変えて貫流していよう。二で触れたように、野村の呼びかけに「私」は答えてはいなかった。他者との交流の一瞬を「私」はあえて手放していたのだ。それは肉体的な交渉の場面でも同じで、野村が「不感症」と見なしていた「女」の態度は、〈肉体〉の「思考」と見下ろされるものが持つ精神的な営他者との精神的な繋がりの拒絶でもあろう。「他者」から為は『サロン』版の「私」の語りで映し出されてはいるが、それは「他者」と共有されるものでは決してない。

〈肉体〉というテーマの抽象性は、作家が自らの主題に引き寄せながら展開することを容易にしたものと思われる。「肉体文学」、「肉体の文学」という呼称で一括される作品は、その強度のみならず、テーマもまた実際には実に多様なはずだ。例えば、「肉体文学」の代表者と目されることの多かった田村泰次郎の代表作「肉体の門」(『群像』一九四七・三)では、敗戦直後の東京有楽町に生きる「街娼」の「生存慾」が強い筆致で肯定的に描かれており、「道徳」や規制に対する批判を読むことができる。〈肉体〉とは、欲望や快楽など「理知」の言葉では語り尽くせないものを盛る器であろう。泰次郎の場合、男性言説による一方的な女性表象という点で問題が多いが、試みとしては権力や「制度」、「道徳」といった個人の身体を抑圧するものの相対化が企てられているように思われる。

「戦争と一人の女」では、さらにジェンダー間の権力関係や、セクシュアリティのありようが改めて問い直されているが、この作品の場合、「プレス・コード」違反として削除、もしくは掲載禁止を余儀なくされる危険性の高い表現が数多く選ばれている点も見逃せない。周知のとおり、一九四九年一〇月まで、出版されるもの全てはGHQ／SCAPによる事前検閲を必ず受けなければならず、民主主義など「戦後」の新しい思想や占領政策に反するものは、全てここで監視され、取り除かれていた。こうした言論環境に対し、「戦争と一人の女」における戦争表象は、GHQ／SCAPが定めた検閲の指針「プレス・コード」に抵触するという実に危険な橋を渡っているのだ。事実、『新生』版では、前節で引用した女の夜間爆撃に対する偏愛は、「Love of war propaganda」との理由で削除され、そのほか戦争と性愛とを結びつけて記述した箇所のいくつかが削除された。時野谷ゆり前掲論が、「検閲は、性愛が空襲から誘発されるという内容を問題視したというよりもむしろ、空襲を好ましいものして語ること自体を、「Love of war propaganda」を禁じるSCAP／CCDのコードに抵触すると判断したと考えられる。」と既に指摘しているように、女の夜間爆撃に対する偏愛の場面などは、敗戦前の軍国主義にも通じる思想と理解され、削除されたことが想像される。

こうした言論環境に対し、多くの作家や出版社は「自主規制」というかたちで違反を回避したが、これも時野谷前掲論が「小生はケンエツといふものを念頭にして小説を書くことは一切致しませぬので、お求めのやうな小説を書くために心を用ひる気持にもなりませぬ」と記された一九四五年三月二十二日付けの書簡（河原義雄宛）を引用して、この態度を「占領期の創作活動においても貫き通すことになったのではないかと考えられる。」と既に指摘しているように、安吾は「自主規制」を進んで行う態度からは距離を置いていたようだ。そして、「戦争と一人の女」と名付けられた二つの作品では、躊躇することなくエロスと戦争とが結び付けられたのだ。その結果、占領下の言語環境を逸脱する方法で〈肉体〉の表象が行われた。こうした特徴は、戦後における戦争表象、〈肉体〉表象の多様性と問題を考える上で、もっと注目されてよいだろう。

〈肉体〉というテーマが何を相対化し／相対化しえていないのか。また、それが何を形象化しているのか。一方、それが一種のブームとなることで、いかなる欲望が新たに作り出され、通俗化を余儀なくされていったのか。その限界と可能性を考察する余地は、まだ充分に残されているものと思われる。

注

1　削除を強いられた「戦争と一人の女」（『新生』版）は、安吾の生前、単行本に収録されることがなく、「続戦争と一人の女」（『サロン』版）が「戦争と一人の女」として流布した。『新生』版が流布しなかった理由について、注5で掲げる時野谷ゆり「坂口安吾と占領期のSCAP検閲問題―「プランゲ文庫」に見られる坂口安吾の被検閲作品を中心に―」が、検閲による内容の変更の分析を行いながら論じている。なお、時野谷氏が用いている『新生』版、『サロン』版という略称を、本論でも踏襲させて頂いた。

2　花田俊典「坂口安吾・〈女語り〉の採用―「戦争と一人の女」と「続戦争と一人の女」―」（無頼文学研究会編『仮面の異端者たち―無頼派の作家たち―』朝日書林出版部　一九九〇）

3　岩見照代「坂口安吾の女装のエクリチュール」（『国文学解釈と鑑賞別冊　坂口安吾と日本文化』一九九九・九）

4　横手一彦「戦時期文学と敗戦期文学と―坂口安吾「戦争と一人の女」―」（『昭和文学研究』一九九九・九）

5　時野谷ゆり「坂口安吾と占領期のSCAP検閲問題―「プランゲ文庫」に見られる坂口安吾の被検閲作品を中心に―」（『繍』二〇〇三・三）

6石月麻由子「身体表現から再考する坂口安吾「白痴」―肉体と精神の〈聯絡〉という視座に立って―」（早稲田大学国文学会『国文学研究』二〇〇三・三）

7　安藤恭子「坂口安吾の小説テクストにおける〈肉体〉と〈性〉―あるいは、エロスなき〈肉体〉の〈性〉―」（『国文学解釈と鑑賞別冊　坂口安吾と日本文化』前掲）

8　林淑美「〈モラル〉と呼ぶ新しい概念の創造――「白痴」と安吾の戦後」（初出、坂口安吾研究会編『越境する安吾』坂口安吾論集Ⅰ　ゆまに書房　二〇〇二。所収、林淑美『昭和イデオロギー　思想としての文学』平凡社　二〇〇五）

9　林淑美「逸脱する女の非労働――坂口安吾「青鬼の褌を洗ふ女」をめぐって」（初出、姫岡とし子・池内靖子・中川成美・岡野八代編『労働のジェンダー化――ゆらぐ労働とアイデンティティ』平凡社、二〇〇五。所収、前掲『昭和イデオロギー　思想としての文学』）。「私」の分析において、ここから多くの示唆を頂戴した。

10　金原左門・竹前栄治編『昭和史増補版』（雄斐閣選書　一九八九）

11　若桑みどり「総力戦体制下の私生活統制―婦人雑誌にみる「戦時衣服」記事の意味するもの―」（早川紀代編『戦争・暴力と女性2　軍国の女たち』吉川弘文館　二〇〇五）は、「日本の戦時下における衣服の統一は、公私一体、心性と身体の統御、戦時経済の私生活への浸透という全体主義的な戦争体制の物心両面における大政策であった」と述べている。ほかに、村上雅子「たかがモンペ、されどモンペ―戦時下服装の位置考察―」（近代女性文化研究会編『戦争と女性雑誌―一九三一年〜一九四五年―』ドメス出版　二〇〇一）を参照した。

12　木本至『雑誌で読む戦後史』（新潮選書　一九八五）

13　山本明「カストリ・大衆娯楽雑誌年表・解説」（『カストリ雑誌研究―シンボルにみる風俗史―』出版ニュース社、一九七六）に大衆娯楽雑誌として『サロン』が分類されていることを参考にした。この指摘は、時野谷ゆり前掲論が既に述べている。

作品の引用は、『坂口安吾全集』（筑摩書房　一九九八〜二〇〇〇年）から行った。

本研究は、科学研究費補助金（特別研究員奨励費、課題番号16・11827「GHQ占領期における日本文学・演劇の研究　近年のメディア研究の成果を踏まえて」）の助成を受けている。

『暁鐘』版「桜の森の満開の下」

黄益九
Ikkoo Hwang

1

「桜の森の満開の下」は、現在まで初出雑誌『肉体』よりも初収本『いづこへ』のほうで先に登場したかたちとなっている奇妙な作品として知られてきた。しかし占領期の雑誌記事が検索できる「占領期雑誌記事情報データベース」を活用して「桜の森の満開の下」を検索してみると、「桜の森の満開の下」は『肉体』版だけではなく、『暁鐘』版（第五号）の存在も確認される。しかも『暁鐘』版の発行年月は「一九四六、十一、十五」となっていて、『肉体』版よりも八ヶ月も以前のものであることが確認される。そこで国立国会図書館所蔵の『プランゲ文庫マイクロフィッシュ』資料（注1）を調べてみると、『暁鐘』第五号の「桜の森の満開の下」の存在が明らかになる（図1）。しかし残念ながら、諸機関にて確認することのできる『暁鐘』の発刊号は昭和二一（一九四六）年十月十五日発行の第四号が最後である。つまり『暁鐘』第五号は世には出ないまま、いわゆる「幻」としてその存在が不明となっていた。まさに「「桜の森の満開の下」の謎」とも言える執筆と発表の問題を再考させる資料ということになる。

「プランゲ文庫」にみる『暁鐘』第五号は、編集部の編集筆跡とGHQ／SCAPの事前検閲の痕跡が混じり合っている、いわゆるゲラ刷りとして存在する。表紙には、第四号まで冠されていた「総合雑誌」に「トル」と校正され

図１「桜の森の満開の下」の『暁鐘』版（右）と『肉体』版（左）

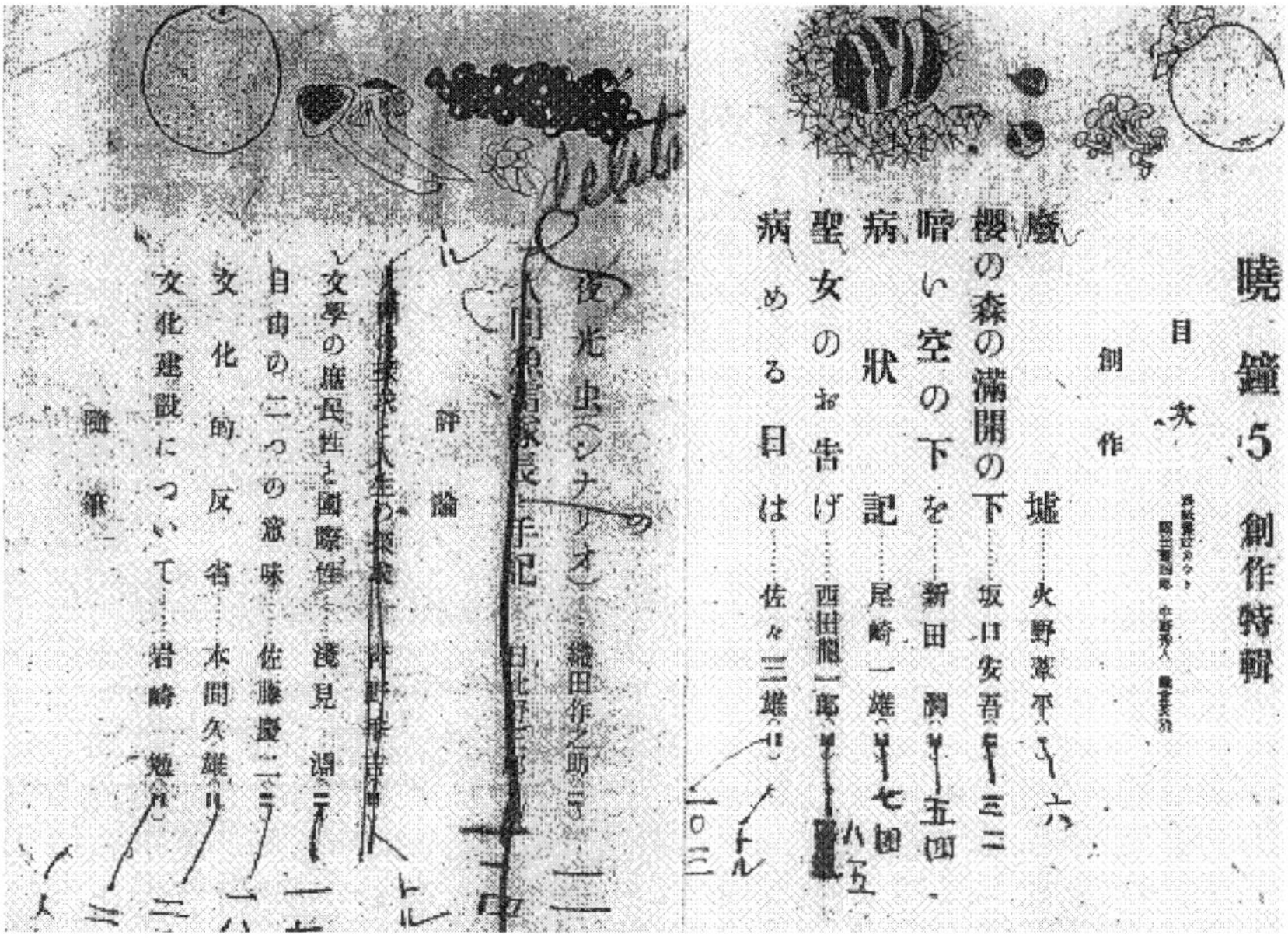

図２『暁鐘』第五号の目次の一部

ていたり、号数を示す「十一月号」が「5-赤」とされていたりする編集の手入れが確認できる。そこから編集面に眼を移すと、編輯部の「応募原稿について」がGHQ／SCAPの検閲によって一部削除されてしまっている。さらに目次を見ると、「暁鐘5創作特輯」という表題とともに四つの領域、「創作」、「評論」、「随筆」、「詩」で区別されて載せられている。その「創作」欄には、火野葦平の「廃墟」、坂口安吾の「桜の森の満開の下」、尾崎一雄の「病状記」、佐々三雄の「病める日は」、織田作之助の「夜光虫（シナリオ）」などが収録されている。外にも応募原稿であった日比野三郎の「人間魚雷隊長の手記」がGHQ／SCAPの検閲により「delete（Hold Suppress）」という全文削除（掲載禁止）の痕跡のままに載せられていることが確認できる（図2、注2）。その他の領域には、検閲の痕跡は見当たらないものの数多くの文芸作品、それも応募原稿から採用していることが見てわかる。ここから判断されることは『暁鐘』第五号は「総合雑誌」としての編集よりも「文芸雑誌」としての編集方針の刷新が試みられていたと思われることである。

ここで「桜の森の満開の下」の執筆に関わる問題をとりあげてみよう。『暁鐘』第五号の奥付に記載されている最初の印刷日付は、「昭和二十一年十一月十日」となっている。それに関連して「桜の森の満開の下」の初収本『いづこへ』の「あとがき」をみると、最後の日付には「一九四六・一一・三〇」と記している。つまりこの二つの日付を考え合わせてみると、坂口安吾の「桜の森の満開の下」の執筆は、少なくとも昭和二一年十一月以前であることが推測できる。ところで、昭和二一年十一月以前であるなら、さらに正確な日付の特定は可能であろう。その手掛かりとなるのが作者自身の「戯作者文学論」である。

「戯作者文学論」は昭和二二（一九四七）年一月『近代文学』に発表された作品であるが、その内容は小説「女体」に関する執筆日録を含め、特に昭和二一年七月の坂口安吾の日常を日記形式に書き綴ったものである。この「戯作者文学論」には当時執筆依頼のため訪れる雑誌社の人と坂口安吾との交渉内容も描かれている。その中、「七月二十二日」の冒頭部分を見てみよう。

七月二十二日（晴）
猛暑。暁鐘の沖塩徹也君来訪。会ったのは始めてだが、私の親しい友人達の同人雑誌にいた人で、名前はよく知っている人。支那で八年も兵隊生活させられたという運の悪い人で、その生活を二時間ばかり語って帰る。
九月一杯だったら短編書く約束する。

ここには「暁鐘の沖塩徹也」という雑誌名と訪れた人の名前が明記されている。「沖塩徹也」は『暁鐘』第四号の編輯人の一人である。『暁鐘』第四号の編集後記「編輯室」に沖塩徹也は「私は十月号の編輯に中途から参加した」と書き記している。これによると第四号の発行月日（昭和二一年十月十五日）から逆算してみると『暁鐘』の編集は発行から考えて約二ヶ月前から行われていたことになる。ちなみに『暁鐘』第四号まで坂口安吾の作品が載せられたことはない。つまり『暁鐘』の発行所である暁社は昭和二一年七月二十二日、沖塩徹也を通して坂口安吾に小説の執筆を依頼し、それが後に『暁鐘』第五号で発表されるはずだった坂口安吾の「桜の森の満開の下」なのである。

この段階で「戯作者文学論」に書かれてある他の雑誌社との交渉内容を簡単にまとめてみると、次のようになる。

・七月九日―新生社の福島氏来訪。小説三十枚、ひきうける。

・七月十日―ホープから随想十枚。すでに書いたのがあるから承諾。

・七月十五日―サロンという雑誌に三十枚の小説を書けという。私は全く面白くなって原稿を承諾した。

これらの内容を実際に書かれた坂口安吾の作品と結び合わせて推定してみよう。七月九日の新生社からの依頼は昭和二一年十月『新生』に発表された小説「戦争と一人の女」となり、七月十日のホープから依頼された随想は昭和二二年二月の『ホープ』に発表される予定だったが、実際はＧＨＱ／ＳＣＡＰの検閲の際、全文削除の処分を受けて発表されなかった作品「特攻隊に捧ぐ」であろう。また、七月十五日に承諾した小説は昭和二一年十一月『サロン』に発表された「続戦争と一人の女」であると判断される。

ここで坂口安吾の語る「頼まれる雑誌へ引受けた順番に書いて行」くという〈執筆原則〉にもとづくなら、七月二十二日に引き受けた「桜の森の満開の下」は順番として七月十五日に承諾して書かれた「続戦争と一人の女」の後に完成されたことになる。もちろんその他に小説だけでも昭和二一年十月に発表された「いづこへ」（『新小説』）、「魔の退屈」（『太平』）、十一月に発表された「石の思い」（『光』）などがあるが、しかし「桜の森の満開の下」の完成時期は、坂口安吾自身の〈執筆原則〉と「九月一杯だったら短編書く」という約束、そして何よりも『暁鐘』第五号の編集期間を発行月日（十一月十五日）から遡及して考えると昭和二一年九月頃になると推定できるのではないだろうか。

2

次に考えねばならないことは、編集を済まして、GHQ／SCAPの事前検閲のため納本までしていた『暁鐘』第五号がなぜ発刊できぬままその姿を消してしまったのだろうかということである。

まず、推測できる『暁鐘』第五号の停刊事由としては、GHQ／SCAPの事前検閲と編集の問題が考えられる。『暁鐘』第五号にはGHQ／SCAPの事前検閲の際、編輯部の「応募原稿について」と日比野三郎の「人間魚雷隊長の手記」がそれぞれ「Delete」と「Hold Suppress」という一部削除と全文削除（掲載禁止）の処分を受けている。当然なことにこのような検閲結果は編輯部にとって大きなショックであったに違いない。もちろん一作品の全文削除が雑誌の停刊に至る決定的理由であるとは考えにくい。しかし『暁鐘』の編輯部の立場からみると、可能性としては極めて低いにしても、確かに排除できない一つの理由としては想定できる。

第二に推測される『暁鐘』第五号の停刊事由としては、敗戦直後の用紙割当の問題が挙げられる。このように考えられる根拠には、『暁鐘』と同じ発行所である暁社が翌年昭和二二年六月に創刊している『肉体』を検証してみるとわかる。『肉体』の編集は『暁鐘』の編集にも携わっていた柳澤賢三が編集人としてかかわっている。その柳澤賢三が『肉体』第一巻第一号に「編集者の立場」という記事のなかで「紙がない〳〵の聲にも係はらず、また昨年十一月から紙の御役所からは一連の配給もない」と記している。つまり柳澤賢三は昨年十一月、『暁鐘』第五号が発行される予定だった昭和二一年十一月から雑誌の出版用紙不足が問題化されていたことを示唆している。

当時の出版用紙事情を概観すると、一九四六年末頃から紙の生産資源の決定的な不足、割当業務の内閣移管にともなう停滞、そして一九四七年から始まる新学制向けの教科書の出版のために割当自体が極めて困難な状況にあった。そしてその苦難の嵐の中で休刊や停刊の選択を強いられていた出版社の中に、『暁鐘』の暁社も巻き込まれたと推定される。しかも『暁鐘』は第一号から第四号までの各号の頁数は九六頁であったが、第五号はその二倍以上にもなる二二一頁で編集されている。つまり『暁鐘』第五号の大胆ともいえる編集企画は当然、時代の壁にぶちあたっていたと思われる。

3

暁社は『暁鐘』を停刊して約八ヶ月後、前述の『肉体』という雑誌を創刊した。柳澤賢三と同じく『暁鐘』第五号の編集者の一人であり『肉体』の編集にも助力していた渭原功の『肉体』第一号の「編集後記」をみると、「肉体は「暁鐘」の改題したものでありますが内容、性格ともに全く新たなものです」と記している。ところが、『肉体』第一号に載せられている作品をみると、全部で十二編の作品のうち、八編の作品が『暁鐘』第五号に収録されていた作品と重なっている。これは何を意味するのだろうか。渭原功の「編集後記」はその最後で「この雑誌を出すに當たり、編輯部としては二割の損失を覺悟し營利を度外視して出したのである。この第一號は未だわれ〳〵の意圖する内容に遠いが一歩〳〵目標に努力しようと思ふ。」と記し、読者に支持を呼びかけている。しかしそうすると、『肉体』の編集部が今度の雑誌が『暁鐘』とは内容も性格も異なることを標榜しながら、なぜ停刊された『暁鐘』第五号からまるで引き写したかのように、多数の作品を採り入れたのか、さらにいえば、編集方向がかけ離れている雑誌に移行させる必要性があったのかという疑問がわいてくる。これは坂口安吾の「桜の森の満開の下」はもちろん『暁鐘』第五号に一度収録されていた他の作品の発表経緯にも関わる問題である。ここで『肉体』が創刊される同時代の雑誌の出版事情に戻ってみよう。

昭和二二年五月一日発行の『出版文化』は、昭和二二年四月一七日の新聞及出版用紙割当委員会出版部会が発表した「聲明」を掲載している。その一節には「一、四月以降の新しい雑誌及長期にわたる出版（全集、講義録の如き企画劃）は用紙事情の好轉するまで原則として認めない」と記している。この声明のとおりであると、昭和二二年六月に創刊された『肉体』は雑誌創刊が極めて困難な時期に創刊されたことになる。その当時の雑誌出版の様子を記録するもう一つの言説（『新聞出版用紙割当制度の概要とその業務実績』第三出版編、昭和二六年六月）を見てみよう。（注3）

昭和二二年四月一七日の出版部会の声明により、新規雑誌の用紙割当は中止となったが、その後戦時中から

> 諸種の事情により休刊していたもので復刊するもの、中でも特に内容の優秀なもの及び現物が四月より以前に発行されていてただ手続上不備があったに過ぎなかったものには特に用紙を割当てることとした（後略）

『肉体』を創刊するためには、この措置によって、「休刊」されていた雑誌から「復刊」するというかたちを取らざるを得なかったのではないだろうか。この点を調べるためには、もう一度『プランゲ文庫マイクロフィッシュ』資料から『暁鐘』の各号を確認する必要がある。その前に「プランゲ文庫」の性格上、ＧＨＱ／ＳＣＡＰの事前検閲のため納本されたゲラ刷りに英文の筆跡を残せる人物は当該機関の検閲官しかいないということを確認しておきたい。

『プランゲ文庫マイクロフィッシュ』資料の『暁鐘』によると、四箇所にわたって不思議な検閲の痕跡が見られる。その四箇所というのは、『暁鐘』の第二号の表紙と第四号の表紙、それから第五号の表紙と英文調書である。それを具体的に説明すると、第二号と第四号の表紙には「changed to NIKUTAI」という英文が書き込まれている。そして第五号の表紙には「article suppressed １－６－47」という書き込みが、また英文調書には「Title change to NIKUTAI」が書かれている（図３）。これより推測すると、どうやら『暁鐘』は『肉体』に〈改題された〉ということになるようである。したがって第五号の表紙の英文は〈一九四七年六月一日に記事削除が行われた〉ということを示す。ところで、すでに一九四六年に発行されたり、停刊されたりした『暁鐘』の納本ゲラ刷りになぜ一九四七年六月発行の『肉体』の存在が書き加えられたのか、そしてなぜ停刊されていた『暁鐘』第五号を一九四七年六月一日の時点であらためて検閲する必要性があったのか、これらを総合的に推察してみると、一九四七年六月の時点で雑誌の創刊が不可能になった『肉体』の編集部は、昨年まで発行していた『暁鐘』の存在を検閲官に想起させるかたちで、上記の雑誌復刊による用紙割当の措置の特恵を受けようとしたのではないだろうか。

ともかく「意圖する内容に遠い」作品群であったかもしれないが、『肉体』が『暁鐘』第五号から多くの作品を引き継いだことで、「桜の森の満開の下」をはじめとする多数の作品は、〈占領〉の嵐の中に巻き込まれ、その存在が永遠に見送られていたかもしれない運命をまぬがれて、八ヶ月という時間を経てようやく公表の運びとなったのである。

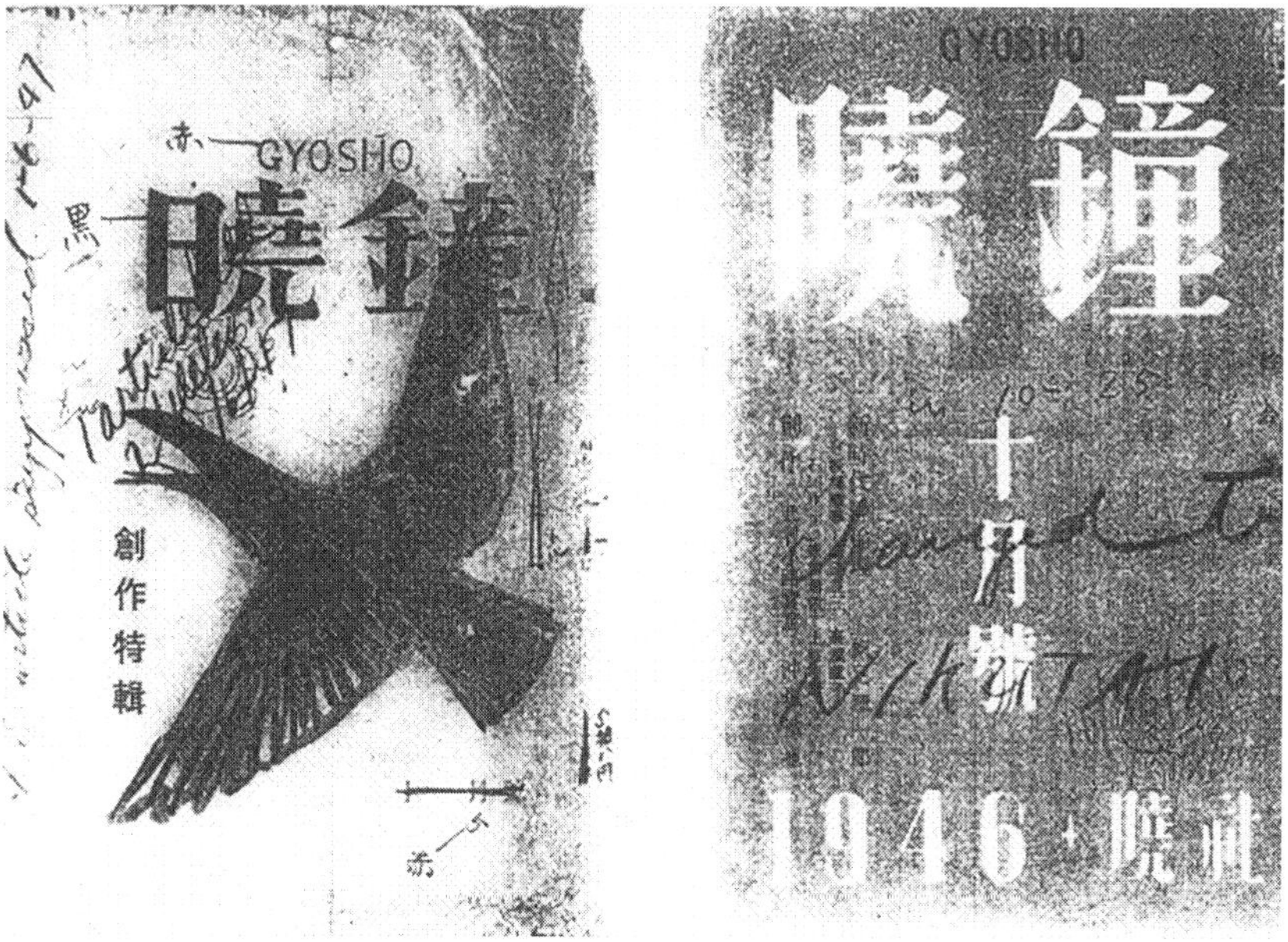

図３「プランゲ文庫」にみる『暁鐘』第四号（右）と第五号（左）の表紙

注

（１）プランゲ文庫と占領期雑誌記事目次データベースに関しては、川崎賢子（「GHQ占領期の出版と文学―田村泰次郎「春婦伝」の周辺―」『昭和文学研究』二〇〇六、三、第五二集）の説明を引用する。
「占領期に検閲のために提出され当局に残された雑誌・新聞・図書などの資料のうち、占領終了後に廃棄をまぬかれたものは、当時GHQの歴史部長だった故ゴードン・プランゲ博士が米国に持ち帰り、メリーランド大に寄贈した。いわゆるプランゲ文庫である。同大学と国立国会図書館が協力してこれらのマイクロ化事業をおこない、タイトル数一三、七八七、マイクロフィッシュ数六三、一二一、推定ページ数六一〇万のマイクロフィッシュが公開されている。占領期雑誌記事情報データベース化プロジェクト委員会（代表・山本武利）では、日本学術振興会の平成一二年度科学研究費補助金（研究成果公開促進費）を得て、このプランゲ文庫コレクションの全雑誌、全号の表紙・目次等から著者名、記事・論文タイトル名、本文小見出し、分類記号、分類項目、検閲に関する情報、巻号、発行所（出版社）、発行年月日、発行地などの情報を入力して、Web上で公開している。件名検索では、記事・論文タイトル名のほか本文小見出しまでがヒット対象となっている。http://www.prangedb.kicx.jp/」

（２）『暁鐘』第五号の検閲日は、「英文調書」に書きのこされている「28/Dec」の日付からおそらく一九四六年一二月二八日前であると推測できる。

（３）この措置によって創刊あるいは復刊した雑誌に関する詳細は確認されていない。しかし、同書には「これを一つの権利として売買する者が相当多くなり、その上、その雑誌名を改題して全く新規雑誌を作る者が多くなった。よって委員会は、十月十七日遂に復刊も禁ずる声明書を発表したのであった。」と記されている。つまりこの措置による創刊あるいは復刊した雑誌が相当存在したことを示唆する。

未発表原稿・新資料紹介

未発表原稿

〔田舎老人のトランク〕

坂口安吾

大学生の中島がある晩おそく帰つてくると、自分の部屋に電燈がついてゐて、五十ぐらゐの見知らない男が一人座布団を一枚腹の上へ乗つけたゞけで眠つてゐる。中島の帰つて来た物音に眼をさます気配もなく、暑い季節でもないのに身体に何もかけず昏々と熟睡してゐるのは、余程疲れてゐるせゐに違ひないし、他人の家ならとてもかうは出来まいといふ様子でもある。下のをばさんを叩き起して訊いてみると、へい、知らない方ですか、といふ恐入つた挨拶で、人の寝顔といふものは若しかすると非常に人相が違ふもので、この見知らない田舎爺を叩き起すと俺の親父になるのぢやないか、等と馬鹿々々しいことを思ひついた程であつた。

田舎爺は眼をさましても彼の親父にはならなかつたが、然し、依然として彼の知らない顔なのである。そのくせ、眼を覚して中島を見ても一向に慌てず、非常に懐しさうな笑顔で、なんとも訳の分らない方言で長々と挨拶する。いつたい知つてゐる人なのか知らない人なのか、十分間ぐらゐはどうしても見当がつかなかつた。

「娘が一緒にくる筈だつたが、多分羞しいのであらう、どうしても行かないと言ふので……」

娘が――娘といふ言葉が頻りに出て、色々と話をしてゐるのだが、ひどい方言の上に話の筋が呑み込めないから、支那語のやうにチンプンカンプンであつたが、どこかの親戚のその又遠い縁戚か何かの爺さんかと考へてみると、それにしては方言が自分の地方のものではない。どうも、娘とは穏かならぬ話だと思つて、ぬらりくらりと手応へのない爺さんの言葉を一途に問ひつめて行くと、つまり、娘が一緒にくる筈だつたが、羞しがつて行くと言はないので、といふ意味なので〔ある〕あつた。

「娘さんのお名前は何と仰有るのですか」

「ワタスがサツ子のツツでがす」

「タツ子？」

　爺さんは〔気の毒さうな眼付をして暫く中島を視つめてゐたが、やがて〕トランクをあけて〔(それは爺さんにふさはしからぬ堂々たる大型トランクであつた)〕、一枚の写真をとりだしてきた。見覚えのない顔である。然し、暫く見てゐるうちに、やうやく思ひだすことが出来たのである。

　喫茶店で働いてゐた娘であつた。然し、中島とは何の関係もない。中島の友達に伊東といふ男があつて、この男と別れると喫茶店もやめて姿を消した。さういふ娘であつた。喫茶店にゐる頃は中島もよくお茶のみに出かけて、名刺を渡した覚えもあるけれども、そのほかに一切因縁はないのである。

　爺さんの話をきいてみると、娘は妊娠してゐるのであつた。娘は伊東の名が言へずに、中島の名を言つたらしい。どういふ風に話したのだか分らないが、中島はまだ学生で子供がゐると勉強の邪魔だから、然し、卒業すると一緒になるのだ、といふやうな話であるらしい。娘がどんなに言葉巧みに親父をごまかしたのか知らないが、この親父が言語同断なお人好しでもあることは確かであつた。娘の話を全然疑つてゐないのである。娘が親の知らない子供の親になる、さういふことに一切こだはる様子が見えぬ。安心しきつてゐる。中島といふ見知らぬ男に向つても、信じきつて、いさゝかも疑るといふ様子がない。お人好しと言ふだけではすまないやうな薄気味の悪さでもあつた。

　爺さんは娘の外に色々の写真をだしてみせた。中位の百姓であるらしい。さういふ百姓家があり、庭に沢山子供が遊んでゐる。小学校の写真があるし、村役場も、農業組合試験所といふやうなペンキのはげたバラック小屋の写真もある。爺さんの村を紹介するつもりで持つてきたのに相違ない。

　友達の恋人で自分には関係がないと云ふことを、中島は言ひそびれてしまつた。然し、そんなことはどうでもいゝ、

とやがて彼はさう心をきめた。サチ子――多分サチ子とい
ふ名前であらうが、本当のことを隠したがつて嘘をついた
のだし、自分がこゝでサチ子の嘘をあばいてみても、爺さ
んを困らすだけで、自分の立場にしても寝ざめのいゝこと
ではない。いゝ加減に相槌打つて田舎へ帰してしまへば、
あとの始末は娘がなんとかするだらう。娘自身が承知して
ゐる嘘だから、さういふ風にしても、あとの始末が自分の
方へ廻つて来ることは有り得ない。三四日我慢するだけで
大した苦労ぢやないから我慢してやれ、と思つた。

あくる日、目を覚して爺さんと顔を合せると、厭な気分は何もなかつた。自分に全然関係のないことを行つてゐるといふこと、赤の他人に親密であるといふこと、馬鹿のやうにのんびりしてゐて、不愉快ではない、といふことを彼は感じた。尤も時間的に長く続いては助からぬ。彼は上野の動物園とか高輪の泉岳寺といふ名所旧蹟へ爺さんを案内して歩いた。さうして、〔爺さんが東京を去るまで、伊東には何も話さなかつた。この出来事の原因などにはこだはる気持がなくなつてゐた。原因ぬきに、たゞ、爺さんといふ人を〕この出来事を伊東に報告するやうな気持にすらならなかつた。この出来事の原因などにこだはる気持がなくなつてゐたのである。たゞ、爺さんの訪れを雨降りの雨のやうに呑みこんで、そんな空虚な阿呆らしさにいくらか新鮮な生活を見出すだけで良かつたのである。爺さんは五日間滞在して、帰つた。帰るとき、五十円置いて行つた。いくら断つても、きかないのである。一日十円の宿泊代は安くはないが、伊東、サチ子、爺さんといふ三人の平和に就て考へれば、当然の報酬かも知れぬ。彼は遠慮なく貰ふことにした。さうして、労働賃銀のやうな充実したものを感じ、親から貰つた小遣よりも、使ひ道に慎重な考慮を覚えた程である。

解題（七北数人）

〔田舎老人のトランク〕は、坂口安吾が一九四二（昭和一七）年七月頃から九月頃まで、新潟の長兄・献吉の家に帰省していた折に書き遺した未発表の小説。原稿用紙六枚に書かれている。書き損じも二枚あるので、リライト前の文章は〔 〕内に示した。遺された部分だけでもユニークなシチュエーションの掌篇として成り立つが、文末表現にあまり帰結感が感じられない。その後もある程度の長さで続ける予定だったとすれば、伊東、サチ子を交えた展開に

は波乱が予感される。

この時期、安吾が発表した文章は非常に少なく、特に小説は長篇「島原の乱」に取り組んでいたため、一九四一〜四二年の二年間に、「波子」（一九四一・九）、「古都」（一九四二・一）、「孤独閑談」（四二年初め頃執筆）、「真珠」（四二・六）の四短篇しか書いていない（エッセイとの区別が曖昧な短文は除く）。客観小説は「波子」以来の作となるが、作風は打って変わってのびやかで肩の力が抜けており、晩年のかろみと苦みをあわせもった小品群に通じるものがある。

以下九点の資料も同じ時期の書きさし、もしくは書き損じ原稿で、献吉の縁者宅に保管されていたもの。すべて未発表原稿で、全集収録作品のいずれとも一致する部分はない。どれも四〇〇字詰原稿用紙に旧字旧かなで書かれ、タイトルは付いていないが、ここに掲出するにあたっては便宜上仮題を付した。

〔木暮村にて〕

坂口安吾

一

もう数年間K君にも会はないけれども、K君の紹介で木暮村を訪ねたのは三十の年であつた。K君の伯父に当る浅間休太郎といふ人の伝記を書くためであつた。半年か一年間、木暮村に閉ぢこもつて、書き上げる予定であつた。別段そのやうに命令を受けたわけではないのだが、僕がかう極めてしまつたのである。

あの時から足かけ八年の歳月が流れてゐる。思へば、当時はまだ青年の僕であつたが、どういふわけだか、僕はもうかなり老人のつもりでゐた。いはゞ、僕の青春はもう終つた、といふ風に考へてゐたのである。そのくせ、まだ独身であつたけれども、都会の女達に、いや、女といふものに余り未練がなかつたのだ。しばらく山奥の村落へもぐりこんで、どう筆を揮つてみてもウダツのあがりさうもない田舎紳士の伝記を書いてくる。ちよつと精進料理でも食べてこようといふ軽い気持でもあつたが、いはゞ青春の休息であつた。青春の僕であればこそ、そのやうな気持にもなつたのであらう。

解題（七北数人）

〔木暮村にて〕は、原稿用紙二枚の書きさし小説。

同時期のエッセイ「作家論について」（一九四一・六）のなかで、安吾は次のように述べている。

「他人の伝記を書きたいといふ気持があり、無論それは小説としての意味で、全然架空の人物の伝記かも知れないけれども、さういふ伝記なら、現に今も、時にやりかけてゐる」

田舎紳士の伝記執筆のモチーフは長篇「吹雪物語」（一九三八・七）にもエピソードとして出てくるが、よりストレートな形で戦後発表の短篇「露の答」に結実している。初めから「一」と章立てを考えて書き出している点など、本作と「露の答」とは似たところがあり、同種の趣向をこの時点で持っていたかとも考えられる。

また、短篇「木々の精、谷の精」（一九三九・三）は、舞台が同名の「木暮村」で、新潟の松之山とその地の親戚たちがモデルになっていた。つながりがあるとすれば、伝記の主「浅間休太郎」には松之山の義兄・村山真雄の面影もいくらか混じっていただろう。

「浅間」という姓からは、幻の中篇「浅間雪子」が思い起こされる。一九三三年一〇月、『文學界』に送ったが、発表予定の三四年二月号で組み置きとなったまま掲載されずに終わった小説である。

同じ浅間雪子が登場する未完の戯曲「麓」（一九三四・九）には浅間休太郎の名は出てこないが、五四、五歳の政治家である雪子の「伯父」というのが出てくる。戯曲の舞台ははっきり描かれていないが、原型の小説「麓」（一九三三・五～七）では「黒谷村」と書かれており、この安吾の出世作の表題と同じ村名にもやはり松之山がイメージされていた。

安吾が実際に数え年三〇だった一九三五年には、若園清太郎と新鹿沢温泉、奈良原鉱泉に長逗留した。新鹿沢は葛巻義敏の紹介によったので、創作であるにしても「K君」があてはまる。群馬、長野と境を接する両温泉からは浅間山が望めた。「浅間雪子」が書かれたのはこの逗留の二年前のことなので浅間の命名は偶然の一致だが、この書きさし稿では浅間山を望む温泉逗留時の印象もとりこむつもりがあったかもしれない。

〔「島原の乱」断片〕

つくつた木刀を摑むと山の中へ駈けこんで、あの木に飛びかゝり、この木に飛びかゝり、無我夢中に木刀を揮つて山中を狂ひ廻つた。大木に絡みつき、頭をその幹に押しつけて、角をかざして突きかゝる牛の姿勢で頭をガン〱叩きつけてゐた。ひそかに玄察の医薬を受取つてきた娘達は刃の下に追ひ廻されて、薬は投げすてられてしまつた。けれども、五日たち、六日たち、妻の病状が悪化を辿る一方であることを知ると、流石に九藤次も元気を失つた。〔さうして、医者を呼ぶなら、玄察だけは承知しないぞといふことを暗にもらして、外へでゝしまつたのである。〕

彼は船頭の与吉をやとつて、千束島へ渡つた。さうして、医者の宗意に往診を頼んだ。

解題（七北数人）

〔「島原の乱」断片〕は、ノンブル「5」と振られた原稿用紙一枚に書かれた小説の断片。この原稿の前にノンブル「1」から「4」まで少なくとも四枚以上は書かれていたはずだが、書き損じの一枚だけがたまたま遺されたものとみられる。〔　〕内は著者が消し線を引いて削除した部分。

幻に終わった長篇「島原の乱」の一部とみられるが、島原の乱に関連する安吾のエッセイ、小説、ノートなどに全く出てこないエピソードが描かれている。「医者の宗意」のみは、戦後の短篇「わが血を追ふ人々」に妖術使いの神父・金鍔次兵衛の配下の一人として名前が出てくる。この宗意と玄察とは実在の人物で、天草四郎の奇跡を人々に吹聴するのに一役買った者たちだった。

〔「燃ゆる大空」について〕

坂口安吾

いつ頃の話だか、もう、忘れてしまつた。僕は「燃ゆる大空」といふ活動写真を見物にでかけた。僕は日本の活動写真を見るのは、どうも、大変、苦痛だ。一番苦痛なのは俳優達の表情で、あの不自然な、板につかない表情から表情への移行を見ると、同民族の自卑にかられて切ないのである。

我々の文学は、とにかく伝統もあり、日本的な文学とかモラルの確立といふことが、大東亜戦争の始る遥か以前から重大な問題になつてゐた。日本の音楽にしてもさうで、新日本音楽といふ琴と三味線でピアノの真似をする言語同断な代物は論外として、とにかく、日本の新らしい作曲家はピアノだの西洋楽器の形式の上に日本的性格を与へようとして、大きな低迷の底へ落込んでゐる。このやうな意慾や努力の結果としてもたらされたものが、日本的性格の確立といふことではなく、むしろ混乱と低迷であつたにしても、一国の光輝ある文化の伝統といふものは、この一向にウダツのあがりさうもない自覚と努力の後にのみ、もたらされるものに相違ない。

ところが、僕は日本の活動写真を見てゐると、この人達は、あんな国籍の分らない表情をして、そのことに就いて、不安とか不自然といふものに一向に悩む様子がなく、日本性の欠如といふこの驚くべき弱点の上で平然としてゐられるのが、馬鹿々々しくて仕方がない。

日本人の「間の悪さうな」笑顔だの、おくやみに笑顔で応対するやうな特性すら、てんで画面に現れず、筋の構成から一切のシステムが、つまり、全然西洋風に一貫してゐるのである。日本の活動写真が真に日本の物となるためには、先づ、現在ある一切の表情を破壊する必要がある。さうして、日本的表情を確立し、この表情を主として、逆に筋を作る方がいゝと思ふ。つまり、筋を作つて、それに表情を合せるから無理ができる。表情は活動写真の言葉のやうなものだから、表情の確立を先にして、それに筋を合せ、或ひは、それに沿ふて筋が自然に発展する方がいゝやうだ。

泣き顔から笑ひ顔に移る変化を長々と映したりしてゐるけれども、西洋の名優でも、こんな動きの大きな変化になると、却々もつて自然には行かないのに、表情のない日本人に同じことをやらせるのは無茶な話である。尤も、かう表情が実際存在する以上は、これを画面に映す必要もあるであらうが、さういふ時には不自然な中間をカットし、色々とうまくツギハギ編輯の妙を示すのが演出者の手腕であらう。舞台の上の俳優は泣き顔から笑ひ顔に変る刻々をカットするわけには行かないが、活動写真はいくらでもツギハギの魔法ができるのである。

話がそれてしまつたが、さて、僕は「燃ゆる大空」を見て、その侘びしさはいさゝか堪へがたいものがあつた。この活動写真の芸術性の低調さ。内容が日本の光輝ある荒鷲魂といふ重大なものであるのに、

解題（七北数人）

〔「燃ゆる大空」について〕は、原稿用紙四枚の書きさしエッセイ。「燃ゆる大空」は、一九四〇年九月二五日公開の国策映画で、実戦機を使用した空中戦の迫力が人気を呼んだ。円谷英二が特撮に加わったことでも知られる。

文中の日本人特有の表情については、エッセイ「日本人に就て」（一九三五・七）などと比較して読まれたい。

〔平野謙について〕

坂口安吾

平野君の批評文は一見したところ「穏当」と「危なげがない」といふ二つの特長が誰の目にもつくものらしい。けれども、危なげがないといふことに就て、僕には異論がある。

まつたく、平野君の批評は穏当である。観察が万べんなく行きわたつてゐて、よく思考の釣整がとれてゐる。僕のやうな独断家はとてもかういふ□《ママ》整の仕方が出来ない。だいたい僕は文学のかういふ□《ママ》整が嫌ひなのである。公平なる批評、だの、公平の美徳、などゝいふものが文学の値打のひとつにならうとは考へることが出来ないのだ。

いつたい批評家といふものが月々の小説をとりあげて、これは佳作だとか悪作だとか言つてゐる。小説家をヤッツケて威張つてゐて、それがどういふことになるのだらう。実にどうも下らぬ話だと僕は思ふ。

ひとつの文学の原理といふものをハッキリ持つてゐて、一国の文学がその原理に近づくやうに必死の論陣を張る。或ひはひとつのモラルを持つてゐて、一国の文化が文学を通してそのモラルに近づくやうに必死の論陣を張る。——かういふ批評態度なら僕はよく飲みこめるし、かういふ批評の値打といふものも充分に分るのである。けれども、日本の批評家の大多数は単に月々の小説に依存してゐる寄生虫的存在にすぎない、と僕は思ふがどうだらうか。

解題（七北数人）

〔平野謙について〕は、原稿用紙二枚の書きさしエッセイ。「現代文学」一九四二年八月号の特集「作家からみた新鋭批評家」の一篇として、安吾は「大井広介といふ男」を寄稿したが、大井広介論を手がける前に平野謙論を書く予定になっていた可能性も考えられる。ただし、平野謙の紹介という体裁で始まりながら、たった二枚なのに後半が文芸時評無用論にすりかわっており、平野謙論からは逸脱している。

安吾が生涯にわたって新聞等に発表した文芸時評は少なくないが、この時評無用論を書いたのと同時期の「文芸時評」（「都新聞」一九四二・五・一〇〜一三）は、時評とは名ばかりで、最後の一行に初めて今月の作品名が現れるという型破りの文学論であった。

なお、「現代文学」同号では宮内寒弥が平野謙論を執筆した。

この原稿に関連すると思われる数行の書きさし稿が三枚ある。いずれもタイトルにあたる部分をあけて書き出されたもので、一枚は著者名もノンブルも記されていない。文面は以下のとおりである。

> 平野謙は探偵小説犯人当て競争の好敵手だから専らその方を論じたいのだけれども、これに就ては協定があつて、無断戦績を発表するべからず、といふ項目があるから、残念乍ら

他の二枚はともに著者名が書かれ、ノンブル「1」と明記して、次のように書き出されている。

> 「現代文学」の同人は半数酒を飲まないといふ

> 僕は昔から純文学の純の字が大嫌ひで、純文学を書かうなどゝ考へたためしが一度もないのに、

〔書簡1〕

御手紙拝受。いつも御迷惑おかけ申訳ない次第です。先日、現代文学の連中に、今度かういふ小説書いたよと「孤独閑談」の内容話したら、そんなも《ママ》載せられるものかと笑はれましたので、そのときから載せられぬこと知つてゐました。相済まぬ次第です。

題名「真珠」感心しました。皮肉で言つてゐるのではありません。本当に、僕のつけた題よりも勝れてゐます。

解題（七北数人）

〔書簡1〕は原稿用紙一枚。一九四二年六月二三日付尾崎一雄宛書簡に「砂子屋にお願ひする筈の『古都』といふ長篇、とても発表のできない内容ださうで、小生目下甚だくさつてをります。その内容の一部分を某誌に送つたところ、とてもケンエツが通らぬ由でありました。少し遅れますが、別のものを書くことに致します」とあるのが、この書簡と関連する内容で、他の書きさし原稿の執筆時期ともほぼ重なり合う。

短篇「真珠」（一九四二・六）のタイトルを案出した人に宛てた書簡と読みとれるので、宛先は「真珠」を掲載した雑誌「文芸」の編集者かと推測される。そうであれば、短篇集『真珠』に書きおろしで収録された「孤独閑談」も、当初は「文芸」に発表する予定であったことになる。

〔書簡2〕

御葉書ありがたう厶いました。あの小説、二三の友達にすぐ悪作だと言はれて、くさつてゐましたのに、御葉書で、本当に嬉しく、元気になることができました。

〔書簡3〕

御葉書ありがたう厶いました。

あの小説、二三の友人に悪作と言はれて、さうかな、と思つてくさつてをりましたところで、御葉書で、元気をとりもどすことが出来ました。近頃外に二つ書いたのですけど、どちらも、ケンエツが通りませんでした。呆れてをります。

解題（七北数人）

〔書簡2〕〔書簡3〕も原稿用紙各一枚。二通が別々のものか同じ相手への第一稿第二稿であるのかは定かでない。「ケンエツ」が通らなかった小説の一つはやはり「孤独閑談」であろうが、もう一つ掲載不可となった作品があったことがわかる。

「二三の友人に悪作と言はれ」た作品は、一九三八年刊行の長篇『吹雪物語』のこととみるのも不可能ではないが、それだと四年間ずっと「くさつて」いたということになってしまう。先の「真珠」発表直前とみられる書簡とほぼ同時期とすれば、「波子」か「古都」のどちらかであろう。

〔書簡4〕

お便り拝受。入隊以来どうされたかと思つてゐましたが、比島よりのお便りに接し、まことに嬉しく、友人に一人の皇軍勇士を出したことをこの上もなく力強く存じてゐます。

比島には尾崎士郎が行つてゐる筈、お会になりませんか。報道班の入れ換へも近々のことゝ存ぜられ、小生の出馬も近いことでせう。戦地で会へたら、こんな嬉しいことはなく、共々、濠州あたりへ攻め込みたいものです。

解題（七北数人）

〔書簡4〕も原稿用紙一枚。隠岐和一宛書簡かと思われる。隠岐は同人誌「紀元」の編集兼発行人で、安吾と親しかった作家。一九四二年二月頃、二度めの召集をうけて出征、四五年七月頃フィリピンで戦死した。全集第一六巻に隠岐宛の書簡が二五通収録されているが、一九四〇年までの書簡しかなかった。フィリピンに向けて発信された書簡は、隠岐の戦死もあって日本に帰ってくることはなかったのだろう。

ちなみに、オーストラリアのことを「濠州」と表記するのは安吾の慣例で、「日本の水を濁らすな」（一九五一・三・一二）などでも同様の表記がみられる。

当時の戦況は、一九四二年一月二日、日本軍がフィリピン・マニラ占領、二月一九日、日本軍がオーストラリア・ポートダーウィンに爆撃開始、四月一一日、日本軍がフィリピン・バターン半島を占領、という経過をたどった。

尾崎士郎は、一九四一年秋、石坂洋次郎、今日出海らとともに陸軍報道班員として徴用され、開戦と同時にフィリピン戦線へ赴き、四二年末頃まで一年間ほどフィリピンにいたようだ。

〔書簡5〕

三日ばかり家にゐず、速達知らずにゐて失礼しました。二十七行はそちらで勝手に直して下さい。僕は下書をなくしたので、うまく三行けづれません。どこでもいゝから三行けづればいゝです。大した原稿でないから構ひません。

帝国海軍は却々立派なことをやりますな。

解題（七北数人）

〔書簡5〕も原稿用紙一枚。最後の一文の皮肉が宛先と関係あるものかどうか、この「原稿」が何であったかなど一切不明。一九四二年当時、海軍報道部の編纂により『大東亜戦争と帝国海軍』『海軍戦記』（興亜日本社）、『大東亜戦史海戦史』（東京日日新聞社）、『珊瑚海海戦』『ハワイ・マレー沖海戦』（文藝春秋社）などが刊行されている。あるいは、そうした機関のもとめに応じて書かれた原稿があったものか。

「どこでもいゝから三行けづればいゝです」と書いているので、特に表現が検閲に引っかかったということではないらしい。日本文学報国会の発案による「辻小説」の一篇として書かれた「伝統の無産者」（「知性」一九四三・五）のように、四〇〇字という枠があった依頼原稿だった可能性もある。一行一五字詰の原稿用紙ならば「二七行」で四〇〇字になる。三〇行書かれていたので、枠内に納まるよう「三行」削れとの指示が来たと考えれば計算は合う。この時期ですでに「伝統の無産者」が日本文学報国会に送られていたと考えることも不可能ではない。

今回見つかった未発表原稿は、右の一〇点の他に、「甘口辛口」（「現代文学」一九四二・七）、「外来語是非」（「都新聞」一九四二・四・一二）、「大井広介といふ男」（「現代文学」一九四二・一・八）、「孤独閑談」（書き下ろし、一九四二初め頃執筆）の書き損じ稿なども数枚あるが、中間部のわずかな断片にすぎず、定稿と大きく変わった箇所もないので割愛した。

これらの書き損じ稿があることによって、一九四二年の比較的早い時期から九月頃まで、執筆期間にはやや幅があることがわかる。全集収録の書簡資料などから同年六月下旬までは蒲田の自宅にいたことがわかっているので、蒲田で書かれた原稿も少なくないと思われる。特に、書簡の書きさし五点は、自宅に届いた手紙への返事として書き出されたものであろうから、蒲田で書かれた可能性が高い。

（資料提供・協力――新潟市文化政策課・山口穣）

新資料

書についての話題〔アンケート回答〕

左記の項につき諸氏に御訊ねいたしましたところ興趣ある御返事を頂きました。厚く御礼申上げます。

一、どういう書風又は法帖古筆類がお好きですか
二、あなたがお書きになる御自身の書についての感想
三、色紙・短冊・額・条幅類をお書きになりますか
四、書についての話題をおきかせ下さい

（小説家）坂口安吾

一、楷書。
二、私の字は正確に意味を読みとつて貰ふことを目的とします。
三、書きません。
四、支那の名家の書は半分位楷書ですから読めますが、日本の名家の書は私には読めません。

解題（七北数人）

「書についての話題」は一九四九（昭和二四）年五月発行の『書道文化』第九・一〇合併号に発表された（発行日および巻数の記載なし）。この号は日書展の特集号で、同展展示作品の写真を中心に編集されている。目次には「書道についての話題」として「武田祐吉・坂口安吾氏外諸家」と記されているが、武田祐吉の回答は掲載されていない。掲載されているのは角田喜久雄、式場隆三郎、澤潟久孝、金原省吾、佐藤春夫、中村直勝、高村光太郎、佐佐木信綱、飯田蛇笏、相馬御風、寿岳文章、金田一京助、坂口安吾、新居格の一四名。この号はアンケートの「（1）」で、末尾に「次号続く」とある。

色紙類は「書きません」と安吾は回答しているが、前年の一九四八年秋頃、『日本小説』の編集者だった渡辺彰を冨士見のサナトリウムに見舞った折、渡辺の友人らに数枚の色紙を書いて贈っていた。五〇年以降は数多くの色紙を残している。

編集後記には本アンケートについて次のように書かれている。

「正確に見ることの出来るため楷書を支持された坂口安吾氏は御返事も楷書で書いてあり、友人から君の字は個性的だよ、と云はれたといふ新井格《ママ》氏の御返事は、字体が難解で、我々が三四人かかつてやうやく判読したりなか〳〵皆さんの個性が出てゐて、書といふものは誰れのを見ても面白いと思つた」

『書道文化』は、書道文化院から一九四六年に創刊された不定期刊行の書道雑誌。編輯兼発行人は町和子。町は町春草の名で書家として著名であり、彼女の師、飯島春敬は戦後すぐに日本書道美術院を興した書道界の重鎮であった。本誌の編集後記は飯島春敬が執筆しており、町とともに編輯・発行にもかかわっていたようすが窺われる。

本資料は「占領期雑誌記事情報データベース」の検索結果を基に調査したもので、国会図書館憲政資料室収蔵のマイクロフィッシュによって確認した。

同データベースの検索結果から、これまで初出誌未詳であった以下の三篇の書誌情報が確定できたことも収穫であった。

「エゴイズム小論」

一九四六年一二月一日発行の『民主文化』第一巻第一二・一三号（一二・一月号　新年特輯号）発表。岡田三郎「美しい男女愛こそ」とともに「女への提言」欄に書かれたもので、「男への提言」欄には、平林たい子「白紙にかへって女を見なほせ」、三岸節子「愛の協力者として」が掲載されている。この号には、ほかに中島健蔵「回顧と展望」、芳賀檀「文明の良心」、今日出海「フランス人とその社会」、菱山修三「冬の日に（詩）」、シュテファン・ツヴアイク「レマン湖の一挿話」などが載っている。本作は『欲望について』に収録される際、数カ所の脱字があった。

「文人囲碁会」

一九四七年一月一日発行の『ユーモア』第一一巻第一号（新春読物号）発表。この号には、ほかに西村孝次「ユーモア文学論」、渋沢秀雄「帝劇昔噺」、伊馬春部「お座敷列車」、長谷川幸延「女弟子」などが掲載されている。

「男女の交際は自然に――私は若い人たちが好きだ――」

一九四七年一一月一日発行の『婦人雑誌』第二巻第七号（一一月号　新時代の男女関係特集号）発表。この号には、ほかに岡一男「新しい時代の男女関係」、豊田三郎「花信風（６）」、北村小松「寝台の秘密」、山野愛子「流行の髪四種」、松本礼子「秋の夜長をたのしむ手芸」などが掲載されている。本作は『教祖の文学』に収録される際「男女の交際について」と改題された。

以上二篇は『教祖の文学』所収本文と大きな異同はなく、句読点の位置などが多少異なる程度である。

検索結果の中には、ほかにも「『生きること』の真相――いつも幼稚でばかばかしい」（『文化新報』一九四八年一月）、「肉体文学」（『火床』一九四九年八月）などがあったが、それらは他雑誌発表のエッセイを抄出したものにすぎなかった。

新資料

〔下山事件最終報告書――安吾巷談の四百十三――〕

坂田安吾

下山さんの三十七回忌をまえにして、私が殺したという男が自首して出た。事件以来、朝晩お経をあげ故人の霊にマゴコロをヒレキしてとむらつたが下山さんは許してくれなかつたという。亡霊にとりつかれ、これ以上隠していたゝまれなかつたための自首だそうだから、話は大分怪談めいてくる。

もつともオバケにとりつかれるような男でなければあれほど陰惨なコロシはできない。警察では捨てゝもおけず、男の言葉にもとづいて五反野現場の捜査をはじめた。上野、松戸間の常磐線は数年前から地下鉄になつたので、現場はレールの跡もない草つパラである。そこを掘り返すのだ。まことに御苦労さんな話である。そこで、私は考えた。しかしもう古い過ぎた事件だ。今さらそんなにして掘り返さないでもいゝじやないか、犯人もマゴコロをもつて自白しているのじやないか、極刑にしたつて始まるまい、と。警

察の人にきいてみると、私の考えた通りで、

「もち論今さらあいつを死刑にしようてんではないですよ。時効にかゝつてますからナ。どんなにしたつて罪にはなりません。だが彼は猛然と主張するのです」

無知蒙昧、オバケにとりつかれた奴という者は仕様のないものだ。私は警官に言つた。

「バカバカしい話ですな。しかし考えてみれば犯人も哀れですな」

と。警官はキッとなつて反対したのである。

「何が哀れです。犯人がですつて……。冗談じやない。彼奴は厚かましくも主張してるのですゾ。我々はお蔭で仕方なく真実かどうか調べているんだ。政府が当時、真犯人を知らせた者に百万円出すと声明したあの賞金をよこせと彼奴は主張しているのですぞ。

解題（原卓史）

坂田安吾「下山事件最終報告書―安吾巷談の四百十三―」は、一九五〇（昭和二五）年六月二五日発行、『文藝春秋　夏の増刊涼風読本』（第二八巻第九号）所収の「文藝春秋一九八四年版　三四年後の雑誌を空想してみよう」に発表された。同記事にはほかに、英頴永「随筆　訪米中の奇遇」、大掃寺励行「御巡幸と国民の赤誠」、辻惣吉「太平洋戦争秘史（禁転載竝に翻訳）」、福原麟太郎・小泉信三・メリー松原・今日出海・泉山三六・阿部真之助・秩父宮雍仁・清水幾太郎・片山哲「新形式　つぎはぎ座談会」、吉田戊「自由党百年回顧―その五―」、徳田球三「共産党との訣別―俺はなぜ共産党と闘争するか―」などが載っている。

著者名は「坂口安吾」ではなく、「坂田安吾」である。「文藝春秋一九八四年版　三四年後の雑誌を空想してみよう」の他の著者名を見てみると、「吉田戊」や「徳田球三」を確認できる。これらは実在の「吉田茂」や「徳田球一」を一字変えたものであることは察しがつく。それゆえ、「坂田安吾」も「坂口安吾」の一字変換したものであるといえるだろう。

では、「下山事件最終報告―安吾巷談の四百十三―」は坂口安吾によって書かれたものなのだろうか。坂口安吾の作品だと確定するためには、当該作品の原稿の発見を待たねばなるまい。ここでは、坂口安吾の作品である蓋然性について、考察していく。

「下山事件最終報告―安吾巷談の四百十三―」は、一九

八四年時に下山事件がどのような解決を迎えるのかを予想し執筆されたものである。犯人が自首し百万円の懸賞金を着服せしめんとすることを推理し、かかる形で事件が一九八四年に決着することを推論している。

まず、重要なことは、「安吾巷談」の連載中に「下山事件最終報告―安吾巷談の四百十三―」が発表されたことである。副題にある「四百十三」という数字について注目してみよう。これは、どのような計算に基づいて付けられているのだろうか。ここで、当該作品を含め、『文藝春秋』に掲載された「安吾巷談」を表に纏めておく。

下の表から、当該作品が発表されるまでに、「安吾巷談」は⑥の「東京ジャングル探検―安吾巷談の六―」（一九五〇年六月）までが発表されていたことが窺える。「安吾巷談」の発表順では、第七番目に発表されたことになる。一九五〇年から一九八四年までの三四年間に、一年当たり一二回巷談が描き継がれたと想定すると、

七（番目）＋三四（年後）×一二（回）＝四一五

となる。計算に較べて、副題の回数が「四百十三」と二回分少ない。意図的な計算間違いなのか、当該作品が安吾巷

番号	表題	巻号	発表年月
①	麻薬・自殺・宗教	第二十八巻第一号	一九五〇年一月一日
②	天光光女子の場合―安吾巷談の二―	第二十八巻第二号	一九五〇年二月一日
③	野坂中尉と中西伍長―安吾巷談の三	第二十八巻第三号	一九五〇年三月一日
④	今日われ競輪す―安吾巷談の四	第二十八巻第四号	一九五〇年四月一日
⑤	湯の町エレジー―安吾巷談の五	第二十八巻第五号	一九五〇年五月一日
⑥	東京ジャングル体験―安吾巷談の六	第二十八巻第六号	一九五〇年六月一日
★	「下山事件最終報告書―安吾巷談の四百十三	第二十八巻第九号	一九五〇年六月二五日
⑦	熱海復興―安吾巷談の七	第二十八巻第八号	一九五〇年七月一日
⑧	ストリップ罵倒―安吾巷談の八	第二十八巻第十号	一九五〇年八月一日
⑨	田園ハレム―安吾巷談の九	第二十八巻第十二号	一九五〇年九月一日
⑩	世界新記録病―安吾巷談その十	第二十八巻第十三号	一九五〇年十月一日
⑪	教祖展覧会―安吾巷談その十一	第二十八巻第十五号	一九五〇年十一月一日
⑫	巷談師退場―安吾巷談その十二	第二十八巻第十六号	一九五〇年十二月一日

談の④の「今日われ競輪す─安吾巷談の四─」（一九五〇年四月）よりも後、⑤の「湯の町エレジー─安吾巷談の五─」（一九五〇年五月）よりも前に、当該作品を『文藝春秋』に入稿したかは判然としない。いずれにせよ、坂口安吾が「安吾巷談」を連載している最中に、「坂田安吾」の名で「下山事件最終報告─安吾巷談の四百十三─」を発表したのだとすれば、多くの読者は「坂口安吾」の作品として当該作品を読んだのではなかろうか。

次に、文体について、見てみよう。この文章で特徴的なのは、片仮名が多用されていることである。安吾は「新カナヅカイの問題」（『風刺文学』一九四七年一一月）の中で、「私らのように文士たち」は、「読みやすいように色々と考え」て原稿を書くのであり、「なるべく難しい漢字は使わぬ方法をめぐらし、できるだけカナで書くようにつとめる」のだ、と記している。当該作品の文体は、「カナ」を、すなわち片仮名を多用する安吾の文体的特徴と合致するのである。

そして、下山事件に対する安吾の考え方についても考察しておきたい。

下山事件とは、一九四九（昭和二四）年七月六日、国鉄総裁の下山定則の死体が常磐線綾瀬駅の近くで発見された事件である。当時国鉄は、職員整理を行おうとしていた最中で、他殺説と自殺説が対立、結論の出ないまま時効となった。

安吾は下山事件にとても関心を抱いていた。三好達治「若き日の安吾君」（『文學界』一九五五年四月）によれば、安吾は「下山氏の自殺説の支持者というよりは主唱者」であったという。なるほど、安吾の発言を確認してみると、「自殺説」を採用していることもあった。だが、どちらかといえば、他殺説を採るときの方が多かった。では、安吾は下山事件について、どのように考えていたのだろうか。

安吾が初めてこの事件に言及したのは「復員殺人事件」（『座談』一九四九年八月〜一九五〇年三月）であった。その後、「スポーツ・文学・政治」（『近代文学』一九四九年一一月）で、下山事件はバルザック『暗黒事件』を想い出させると指摘、「便乗型の暴力」（『読売新聞』一九五〇年二月二〇日）で「左翼」も「右翼」も「自分の言い分を応酬」しているだけで「物的証拠」を提出しておらず、それは「便乗型暴力」だとする。ここまでの安吾は下山事件が他殺によるものか、下山総裁の自殺なのかについては言及していない。

安吾が他殺か自殺か下山事件を本格的に論評するように

なるのは、「我が人生観（四）孤独と好色」（『新潮』一九五〇年九月）からである。ここでは、「他殺か自殺か我々には分らない」としつつ「一応他殺としておくことに異論はない」と記している。また、江戸川乱歩・坂口安吾・中館久平による鼎談「下山事件推理漫歩」（『夕刊新大阪』一九四九年七月一六日）でも、安吾は「睾丸をけられている ところを見ると他殺だね」と発言している。ところが、坂口安吾・宮田重雄・市川紅梅・小野佐世男・久米正雄・堀崎繁喜による座談会「世相放談」（『モダンロマンス』一九五一年三月）では、「自殺であることは、はっきりしているね。他殺ということも否定できないよ」と言っている。

このように、安吾は下山事件に就いて、他殺説を採るときもあれば、自殺説を主張することもあり、しかもいずれの説を採るにせよ断定的な物言いはしなかったのである。ただし当該作品では、他殺説に基づいて犯人が自首してきた設定になっているように、安吾の立場は他殺説に傾いていたといえよう。安吾にとって重要なのは、下山定則が自殺したにせよ殺されたにせよ、物的証拠の存在だった。事件がどのように決着するのかが社会的な関心事であるばかりでなく、安吾も事件のゆくえに注目し、三十四年後にいかなる決着を見るのか推理したのである。

このように、安吾の他の作品で記した下山事件について検討してみる限り、どちらかといえば他殺説を採用しており、「下山事件最終報告―安吾巷談の四百十三―」の記述と一致していたのである。

〔〝美人のいない街〟　安吾の『仙台地図』第一頁〕

〝安吾巷談〟で縦横の才筆をふるつている作家坂口安吾氏は某誌連載の〝安吾の日本地図、みちのく篇〟で東北へ〝飛び〟三日間にわたり仙台市内、松島、石巻から牡鹿半島をめぐり十七日午後一時二十七分仙台発で帰京した、離仙を前に坂口氏は青木ホテルで「仙台の街は今後きれいに発展していくだろうが、美人のいないのが残念だ」とズバリ前置きして、次のように語つた

東北の印象を今すぐまとめることは無理だ、戦災都市で計画性をもつて復興している街は仙台以外になく今後はきれいに発展していくと思う、だが〝さんさ時雨〟をはじめ他からとり入れたものばかりであるのは面白くないし、それに美人がさつぱりいないのにあきれた模倣文化が東北だ、

しかし松島は人がいうほど悪くなく、いゝ感じを受けた、景色だけでは観光地にはなれない、その地に客を遊ばせるものを設ける考えをしなければのびない、その点牡鹿半島はちよつとおちる、仙台市付近には伊達政宗の欠点ばかり伝えている、政宗という男は実は三流人物だ、東北におれば一流人物だと自認し今にも天下をとるようなうぬぼれをもつていた、模倣文化も平泉ぐらいならまだしも、松島の瑞巌寺ほどで満足するのは愚の骨頂である

でも仙台市には昔の臭みがぬけつゝある、これがどこまで抜けきるかに今後の発展の期待がかけられるだろう

解題（原卓史）

「〝美人のいない街〟　安吾の『仙台地図』第一頁」は、一九五一（昭和二六）年三月一九日、『河北新報』第一九五三五号第二面に発表された。安吾の近影も掲載されている。国立国会図書館蔵『河北新報』のマイクロフィルムを閲覧して発見したもの。

「安吾の新日本地理―伊達政宗の城へ乗込む」（『文藝春秋』一九五一年五月）の執筆のため東北を訪れた坂口安吾は、三月一五日から一七日―次に紹介する「月の浦を書きたい　支倉六右衛門偲ぶ安吾」（『夕刊とうほく』一九五一年三月二一日）には一八日とある―にかけて、仙台、塩釜、松島、石巻、月の浦、鮎川を訪れた。『文藝春秋』の編集者井上良が随行。この間、仙台の青木旅館（現在のプラザ仙台ホテル）と、石巻の旅館―「安吾の新日本地理―伊達政宗の城へ乗込む」に「旅館から駅まで七百メートル」とあることから、石巻市仲町あたりの旅館かと推定―に宿泊した。

「安吾の新日本地理」はほとんど同時代評が見当たらないのだが、なぜか「安吾の新日本地理―伊達政宗の城へ乗込む」の回だけ反響が起っていた。例えば、坂口安吾「負ケラレマセン勝ツマデハ」（『中央公論』一九五一年六月）には、

先々月伊達政宗を批評して、田舎豪傑にすぎないことをルル証明に及んだ。すると藩祖公を侮辱したというので仙台で大騒ぎになり、坂口安吾を再び仙台へ入れるな、来たらブン殴れ、ということになり、雑誌社へも拙者の家へも妙テコレンな手紙が相当来ましたよ。

とある。「安吾の新日本地理―伊達政宗の城へ乗込む」は伊達政宗を徹底的に酷評しており、このエッセーだけでも

充分に仙台市民の感情を逆なでするものであった。そのこと以上に仙台市民の感情を害させたのは、今回発見された『河北新報』に答えた伊達政宗を「三流人物」だとするものだったのではなかろうか。というのも、周知のように『河北新報』は地元最大の発行部数を誇る地方新聞であり、安吾の発言を広く地元民に伝えるには格好のメディアだったからである。

　実際、『河北新報』には様々な投書が送られてきたようだ。「青葉抄」（『河北新報』一九五一年四月一八日）によれば、「藩祖政宗公を悪しざまに呼ばわる文士坂口安吾を二度と再び仙台の地に足ぶみさせるな」との投書があったという。続けて、「今日の仙台人はなおさらのこと政宗の悪口（仮に安吾的評価が当つているとしても）をいわれたからとて眼の色変えて怒りもしない」と記している。それゆえ、「負ケラレマセン勝ツマデハ」の内容ほどには、地元の反響はヒステリックなものではなかったのだろう。

　このように、安吾は「安吾の新日本地理―伊達政宗の城へ乗込む」に先立って、地元紙のインタビューで伊達政宗批判をし、読者から反響があるようなメディア戦略を用いたのである。安吾は地元紙のインタビューに答えたことを一度も記したことがなかったため、「安吾の新日本地理―伊達政宗の城へ乗込む」の内容が批判の対象になったと思われてきた。だが、反響が起ったのは、安吾がメディア戦略を利用したためであることを踏まえて読み直さなければなるまい。

〈月の浦を書きたい　支倉六右衛門偲ぶ安吾〉

特異な大衆作家として戦後売出した坂口安吾氏はさる十五日から仙台、塩釜、松島、牡鹿半島、鮎川、石巻などを取材して十八日帰京したが、支倉六右衛門常長がローマに船出した牡鹿半島月の浦を調査後つぎのように語つた

　支倉常長がローマに渡つた前後のことは相当知られているが、その後帰つてきてからの行動が全然はつきりしていない、支倉常長の存在はいま考えても大きなことであり、その後の事実を調査して書いたら面白いものができるのでなかろうか、機会があつたら書いてみたい、同時に観光宮城を考える場合牡鹿半島の景色にはこの船出の地月の浦を重点に織込む必要があるだろう、月の浦にきてみると支倉常長がどうしてどんなようにこゝから船出したかなどのこ

とがさつぱりわからずさびしい限りである、景勝地を生かすことに貴重な郷土の歴史を忘れてはいけない、鯨の港鮎川、月の浦、鹿の住む金華山、河口港石巻と都会人にとつては魅力あるものでこれを生かすことが地元の人たちの力である

解題（原卓史）

「月の浦を書きたい　支倉六右衛門偲ぶ安吾」は、一九五一（昭和二六）年三月二一日、新聞『夕刊とうほく』第一六二四号に発表された。安吾の近影も掲載されている。『夕刊とうほく』の発行所は河北新報社。「美人のいない街」と同様、当該資料は、「安吾の新日本地理―伊達政宗の城へ乗込む」（『文藝春秋』一九五一年五月）の取材のため、仙台、塩釜、松島、石巻、鮎川などを旅行し、月の浦を訪れた際に地元の記者からインタビューされてそれに答えたものである。同資料は宮城県図書館蔵マイクロフィルム版『夕刊とうほく』にて発見したものである。

　安吾の支倉常長への興味が最大に現れるのはこのときの旅行に於てであるが、それ以外にも支倉への言及を試みている。はじめて記したのは「イノチガケ」（『文学界』一九四〇年七月）。しかし、このとき、支倉常長に興味を持っていたわけではない。というのも、「一六二二年。嘗て支倉六右衛門をローマへ伴ふた伴天連ソテロは日本人入満ルイス笹田を随へて潜入、直ちに捕へられて、二人共に火あぶり。」とあるように、このときの安吾の記述対象はソテロだったからだ。支倉の海外での活動よりも、切支丹たちがどのように日本に潜入し、そして殺されていったのかに安吾は興味を示していたのである。

　安吾が支倉に興味を示したのは、「安吾の新日本地理―伊達政宗の城へ乗込む」のときからである。安吾によれば、伊達政宗の「支倉六右衛門の海外派遣も見透しの大失敗であった」という。なぜなら、徳川家康が「切支丹を禁教しても新教国のオランダと宗教ぬきで貿易できる見究めがハッキリしてのち切支丹を国禁」したように海外事情について「研究」しているのに対して、政宗はそのような「研究」をしたことがなかったからである。政宗の本心は「ヤソ教ではなくて、通商」であった。だが、政宗は海外に於ける「家康の怒りをかって政宗は滅亡するだろう」という評価や、家康の「強力な海外文明を諸候に利用」されないようにすることが「頭痛のタネ」だったことを見通せなか

った。それゆえ、政宗は「田舎豪傑」にすぎないのだと指摘する。

また、支倉常長が「また輪をかけた能なしで、アチラの事情に即応して主人の手落ちを自分の一存で修正し主人の熱望する通商条約をまとめるだけのユーズーがきかなかった」とし、支倉常長についても酷評している。「支倉一行が向うへ到着してのちに、家康の宣教師追放、ヤソ教迫害」がはじめられ、「一行が政宗のいい加減な信書を国王や教皇に奉呈しても相手にされなくなったのは仕方がなかったのだ」とし、「支倉には日本のことがてんで分らないのだから、外国側をだませる筈はなかった」と結論付けた。

このように、「月の浦を書きたい　支倉六右衛門偲ぶ安吾」において、支倉常長を大きな存在だと答えた安吾は、政宗・支倉の酷評というかたちでそれぞれの人物観を提示したのである。

なお、現地取材を行ったことについては、「安吾の新日本地理―伊達政宗の城へ乗込む」で次のように記している。

支倉一行が船出したという月の浦は牡鹿半島の西海岸にあるね。ちょうど自動車がその上の山道を走っているとき故障を起して四十分もうごかなくなったので、自然に舟出の跡を見物しましたよ。ひどくヘンピなところだが、ここから舟出したということは、要するに、貿易をはじめたらここを長崎式の指定港にするツモリだったのだろうね。ヘンピな半島を選んだのは、やっぱり彼の本心が切支丹を好んでおらず、それが都に近づくことを敬遠したせいではないかね。

月の浦に行って「舟出の跡を見物」したという言葉は、当該資料の写真により裏付けられたことになる。安吾はこの場所の見学を通じて、「切支丹」を仙台城下から遠ざける方策をとったと推察する。このような考えは、「安吾下田外史」（『歌劇・黒船』一九五四年五月）にも、

仙台の伊達政宗の支倉を船出させた牡鹿半島の月ノ浦というところは他日通商を開く場合にここを港と政宗が予定したところで、仙台と月ノ浦ではちょうど江戸と下田のような距離の不便さがあるのである。通商はしたいが、外蛮の風を膝元に近づけたくないという神経は鎖国日本の特色で、下田選定はその神経のタマモノであった。

と記されており、政宗の切支丹政策を安吾がどのように考えていたのか、その一端を示すものであろう。

〔大好物⑩〕

坂口安吾

チャプスイなり（アメリカ製のシナ料理のうま煮）ただし胃が悪いため、肉は食わず、もつぱら野菜を食う、家にいるときは一週二回は食べます。

解題（原卓史）

「大好物⑩」は、一九五一（昭和二六年）年一〇月二七日、地方新聞『新大阪』（第二〇七九号）の第二面に発表された。当該記事は、安吾の他、日本画家の向井久万が答えている。同資料は国立国会図書館蔵マイクロフィルム版『新大阪』にて発見したものである。

「大好物」欄は一九回にわたって連載——通し番号は⑳まであるが、⑲は掲載されていない——され、一覧表にすると下記のようになる。

回数	肩書き	氏名	年月日
①	作家	宇井無愁	一九五一年一〇月一六日
②	陶芸家	河井寛次郎	一九五一年一〇月一七日
	大阪市大教授	滝沢真弓	
③	詩人	小野十三郎	一九五一年一〇月一八日
	関学大教授	寿岳文章	
④	新制作会員	小松益喜	一九五一年一〇月一九日
	阪大病院	藤本秋雄	
⑤	大阪女子大教授	堀越フサエ	一九五一年一〇月二〇日
	日本画家	上村松篁	
⑥	作家	藤沢桓夫	一九五一年一〇月二一日
	洋画家	伊藤継郎	
⑦	作家	石川達三	一九五一年一〇月二三日
	洋画家	小磯良平	
	三越大阪支店宣伝部主任	向田夏彦	
⑧	漫画家	横山泰三	一九五一年一〇月二四日
	漫画家	那須良輔	
⑨	音楽家	長門美保	一九五一年一〇月二五日
	評論家	大宅壮一	
	日本画家	広田多津	
⑩	作家	坂口安吾	一九五一年一〇月二六日
	日本画家	向井万久	
⑪	デザイナー	小出善子	一九五一年一〇月二八日
	日本画家	沢宏靭	
⑫	作家	高見順	一九五一年一〇月三〇日
	大阪市衛生局医務課長	広島秀雄	
⑬	テルミー美容院院長	山本鈴子	一九五一年一〇月三一日
⑭	詩人	安西冬衛	一九五一年一一月一日
⑮	日本画家	生田花朝	一九五一年一一月二日
	詩人	竹中郁	

⑯	詩人	サトー・ハチロー	一九五一年一一月三日
	画家	木村荘八	
⑰	京大教授	上野照夫	一九五一年一一月四日
⑱	作家	大佛次郎	一九五一年一一月六日
	デザイナー	上田安子	
	三越大阪支店次長	北原由三郎	
⑳	阪急宣伝課長	土岐国彦	一九五一年一一月八日
	作家	檀一雄	

作家をはじめ、詩人、画家、評論家、音楽家、会社員、デザイナー、大学教授など、インタビューした人材は多岐に渡っており、小記事ながらバラエティにとんだ人選の企画だったといえるだろう。

ここでは坂口安吾の新資料として紹介しているが、藤沢桓夫、石川達三、高見順、安西冬衛、サトー・ハチロー、大佛次郎、檀一雄らの年譜や伝記を参照してみると、やはり当該記事が埋れていることが確認できた。それゆえ、当該資料はこれらの作家の年譜・伝記をも書き換えるものとなる。

さて、内容に就いてであるが、チャプスイとはアメリカ風の中華料理のことで中国の広東風の五目うま煮のようなものである。一般的には豚肉、鶏肉などと、シイタケ、タマネギ、モヤシなどの野菜をせんぎりにしたものを炒めた後、スープを加えて、最後に片栗粉でトロミをつけた料理を指す。

安吾がこうした料理を食すようになったことに就いては、「わが工夫せるオジヤ」(『美しい暮しの手帳』一九五一年二月)が詳しい。安吾は一九五〇年一一月頃、胃から血を吐いた。それは、元々胃弱だった上に、その年の夏頃から「ウイスキーをストレートで飲む習慣」がついたから、「胃袋は、益々弱化しつつある」と自己分析している。そして、肉を食べなくなり、鍋の「汁だけでオジヤをつくって、それだけを愛用するようになった」のだという。「雞骨、雞肉、ジャガイモ、人参、キャベツ、豆類などを入れて、野菜の原形がとけてなくなる」まで「三日以上煮」たスープに御飯を入れて食べるようになったのだ(雞骨、雞肉は食べない)。「わが工夫せるオジヤ」で記しているオジヤ、「大好物⑩」のチャプスイなど、安吾は胃に負担をかけないように気を使っていたのである。

〔〝秋田犬を見に〟坂口安吾氏、ヒョッコリ現れる〕

「新日本地理」「安吾巷談」の作家坂口安吾氏が十一日ヒ

ヨッコリ秋田に現れ栄太郎旅館におちついた
〝何しろ上野を発つ迄ぶっつゞけで仕事なもんだから……すっかり疲れちまってネ……〟

浴衣に包んだ逞しいからだを仰向けに両手で支えあの太々しいまゆ毛がピクリ動いてジロリと記者を正視する
〝秋田は全然初めてだよ……何かこう……われわれ焼けた町ばかり見て来たせいか異様な感じだねえ〟

皮肉と諷刺をズバリくと殴り書きする安吾先生の筆跡から記者は相当なムズカシ屋だという印象をこくしていたがどうして至極柔和な穏かな感じだ、そこで記者にいたずら気が起きた――秋田出身の矢田津世子さんと相当お親しかった様ですが……

安吾先生ギロリとした眼を向けて〝えゝ、それだけは知ってましたがネ、東京では秋田出身の作家と殆ど没交渉でネ、だけど僕は新潟の産なんで…似てますねえ、タイプが…どこが…〟

――今度は文春の御依頼で？

〝えゝ、秋田犬ネ、あれを詳しく見て行こうと思ってネ……、どの辺です？　この附近には正統の秋田犬は見えませんか〟

ヘタなこと云ったら突っ込まれちまいそうなんで話題をソラす
――秋田美人、どうです何かピンと来るものありましたか？

〝そお、君達解らんかなあ、頬っぺたがこゝ……（手真似して見せて）垂れた感じだネ……、それからまゆ毛が上につり上って眼が下っている、横手あたりに非常によく見られたねえ、秋田美人てどんなの？〟

いわゆる白痴美人っていうンじゃないですかと答えたら
〝そンなことないよ、知的なのも随分いるじゃないか〟

秋田市あたりにはいるが県全体から見ると極く一部分ですよ。

〝あ、それから秋田には部落結婚というのが未だあるそうだが照国なンかそうだって聞いたが僕はそういう処に伝統的な秋田美人が残ってると思うンだがなあ……〟

記者が否定すると黙って庭を向いてしまった。

――秋田のお酒は？

〝そお、東京でよく飲むけど甘口だねえ、キリタンポ、塩汁―あれはいゝねえ、郷土料理のあるのは秋田と長崎だけだからなあキリタンポなんか面白い味だネ中々……、いいよ、あれは…〟

駅から旅館へ来る迄城下町という感じが強くよい所だよと

盛んに繰り返す。

解題（原卓史）

「〝秋田犬を見に〟坂口安吾氏、ヒョッコリ現れる」は、一九五一年九月一二日、『秋田魁新報』第二一七六三号の第二面「文化」欄に、「写真は浴衣で大いに語る安吾氏」というキャプションの付いた写真一葉とともに掲載された。この欄には、ほかに、国東「ベンチ『アンナ・カレニナ』」、鎌田喜一郎「県内の諸新聞　上」、執筆者未詳「映画紹介『日本海軍の終末』貴重な実践記録」が掲載されている。同資料は国立国会図書館蔵マイクロフィルム版『秋田魁新報』にて確認した。

さて、「〝秋田犬を見に〟坂口安吾氏、ヒョッコリ現れる」の発掘により、まず指摘しなければならないことは、若月忠信『坂口安吾の旅』（春秋社　一九八四年七月）が栄太郎旅館を取材し、一九五一年九月一一日に秋田入りしたという事実を発見したことが裏付けられたことである（滞在日数に就いては不明）。

次に指摘すべきことは、当該資料が「安吾の新日本地理――秋田犬訪問記」（『文藝春秋』一九五一年一一月）の記述と対応することである。安吾が秋田を訪れたのは、資料中の記者の質問にもあるように、「秋田犬訪問記」執筆のためである。安吾が秋田へ到着早々新聞記者の質問を受けたことは、「秋田犬訪問記」のなかで記されている。しかし、どのような質問がなされたのかに就いては、全貌が明らかにされていなかった。それゆえ、「〝秋田犬を見に〟坂口安吾氏、ヒョッコリ現れる」の発見は大きな意味を持つ。以下、両者を比較検討していきたい。

そもそも、なぜ安吾が秋田を訪れたことが新聞記事になったのだろうか。「安吾の新日本地理」の中で、次のように記されている。

私の旅行はその土地の人には分らぬようにいつも秘密にでかけているのに、風土的に鈍重の性能充分の感ある秋田記者の何たる敏感さよ。ところがアニはからんや私の泊った栄太楼旅館の息子が、新聞記者だったのさ。

安吾が「秘密」の旅行をしているのに気付かれたのは、「栄太郎旅館の息子」が「新聞記者」だったからだ。ここで言う新聞記者とは、若槻忠信『坂口安吾の旅』によれば、日本経済新聞社の記者小国敬二郎（一九一七〜一九九一）

だという。なぜ当該インタビューが『日本経済新聞』ではなく、『秋田魁新報』に掲載されたのかは判然としないが、名の通った作家が秋田へ旅行していること自体が、県下ではニュースとして価値のあるものと判断されたため、『秋田魁新報』への掲載となったのではなかろうか。このように、秘密の旅行をしている安吾に気付き、質問することで当該インタビューが実現したのである。

小国が最初に質問したことは、「秋田市の印象はいかがですか」であった（「秋田犬訪問記」）。この問いに、「焼けた町ばかり見て来たせいか異様な感じだ」としつつも、「城下町という感じが強くよい所だよ」と繰り返している。それに対して、「秋田犬訪問記」で安吾は、「秋田はいい町だよ。美しいや」と「ウソ」つく。戦災を受けなかった秋田市街を見て、「焼け残った都市が焼跡のバラック都市よりも汚く暗く侘しい」と感じたからだ。「安吾の新日本地理」のテーマの一つは、戦災を受けた街と受けなかった街の比較をすることにあったが、そうした関心から答えを導き出したのである。

この質問に続いて小国が問うたのは、「矢田津世子」のことであった。安吾はこの問いに対して、二人の関係そのものを答えるのではなく、秋田県出身の作家たちとの交流に就いて論点をずらしながら答えている。また、当該インタビューでは矢田津世子の名が挙がっていたのに対して、「秋田犬訪問記」では名が伏せられて「あの人」と記されている。しかも、矢田の出身地は秋田県の五城目町であるにもかかわらず、「『あゝ。あの人なら、知ってるよ。たぶん、横手のあたりに生れた人だろう』／私は何食わぬ顔で、そう云ってやった。」とここでもウソを付いている。このように、安吾は「〝秋田犬を見に〟坂口安吾氏、ヒョッコリ現れる」でも「秋田犬訪問記」でも、真正面から矢田津世子に就いて語ろうとはしなかったのである。

その他、秋田美人、秋田の「部落結婚」、秋田の郷土料理などに就いても話が及んだ。とりわけ、注目されるのは、秋田の「部落結婚」に就いてで、秋田県雄勝郡雄勝町出身の第三八代横綱照国万蔵（一九一九〜一九七七年）を例にして、安吾が語っているところである。照国万蔵の結婚についてては、当時の相撲雑誌や事典類を確認する限り記されていない。

秋田では、通常「周辺農村から嫁をもらう」（『秋田市史』第一六巻　民族編　秋田市　二〇〇三年三月）、「田畑・山林の大きさなど家柄がつりあうか、そして肺病など病気のマキ（血筋）ではないか」（『鹿角市史』第四巻　鹿

角市　一九九六年三月）、「一段家格の低い家」（『本庄市史　文化・民俗編』本庄市　二〇〇〇年三月）から嫁をもらうことなどが慣例であったことがこれらの資料から窺える。また、結婚式当日にはじめて配偶者となる人の顔を見ることになったという。照国万蔵の結婚の形態については詳かではないが、かかる慣習に興味を持ち、安吾は逆に小国に質問をしたのである。だが、満足のいく返答ではなかったため、「秋田犬訪問記」に活かされることはなかった。

【不記】これらの本文には今日の人権意識に照らして不適当と思われる表現があるが、作品発表時の時代背景を考慮し、改変は行わなかった。

一、わが愛読の書
二、青年に読ませたい本（葉書回答）

作家　坂口安吾

日本の本では小林秀雄の評論。獅子文六と徳川夢声の作品を愛読いたしてをります。青年諸君はモリエールやボンマルシェやマルセル・アシャアルなどのファルス、ボルテールのカンジタやザジッグなど、特に日本に欠けている故におすゝめしたい。そして私の「日本文化私観」をおすゝめします。

解題（大原祐治）

〔一、わが愛読の書　二、青年に読ませたい本（葉書回答）〕は、一九四七年三月一日発行の『青年文化』第二巻第二号（二月・三月合併号）に掲載された。これは、同誌第二巻第一号（一九四七・一）に「模範少年に疑義あり」が掲載された直後にあたる。

『青年文化』は、一九四六年五月一日に創生社（大森区

南千束町一〇）から創刊された月刊誌で、編集兼発行人は宮西豊逸。のち、発行者は簇豊栄となる。なお、印刷・発送等の事務は新潟支社（新潟市本町通三番町二九一）で行われていた。

「創刊の言葉」には、「刻下の暗澹たる崩壊混沌のどん底から起ち上り、新しき真の日本創造建設のために、政治・経済・文化等、あらゆる分野における厳密適正なる言論を結集すると共に、新しく蹶起しつゝある真摯熱誠なる青年たちの生新厳正なる言論を広く結集展開し、真の意味における自由平等なる言論機関として、新日本青年文化運動の原動力として、正しく強く伸長発展せしめんことを、その根本目的とする」といった文言があり、全国各地に「青年文化の会」支部が組織され、誌面にも支部結成の報告等が掲載された。

この葉書回答は、見開き二頁に掲載された一七名からの回答のうちの一つで、安吾の他には河盛好蔵、丸山眞男、菱山修三、徳永直、渡邊一夫らの名前が見られる。そのうち安吾の回答のみ、「一、」「二、」という質問に分けた回答ではなく、短文の体裁となっている。この回答が書かれた時期は、安吾が「通俗と変貌と」（『書評』一九四七・一）、「教祖の文学―小林秀雄論―」（『新潮』一九四七・五）といった小林秀雄論を執筆している時期と重なっているが、冒頭でまず小林の名を挙げていることは、安吾の小林への評価のあり方を示すものと言える。獅子文六については「スポーツ・文学・政治」（『近代文学』一九四九・一一）に、徳川夢声については「小説と批評について　文学座談会」（『新文化』一九四七・一二）にそれぞれ、好意的な文脈での言及が見られる。安吾がここで「ファルス」として括る諸作品への言及は、作家としての出発期以来、一貫しているものであろう。なお、この時期において「日本文化私観」（『現代文学』一九四二・二）が収められた刊本としては、『日本文化私観』（一九四三・一二、文体社）があるのみである。

書評

相馬正一『坂口安吾　戦後を駆け抜けた男』

浅子逸男

前著『若き日の坂口安吾』（一九九二年一〇月、洋々社）では戦中戦時下までの安吾を対象にしたが、本書はその続編とも言うべく、戦後に安吾がどのように出発していったかというところからはじめる。

第一章の「倫理として「堕落論」」は、「堕落論」が書かれた当時の世相を紹介し、元特攻隊員による強盗に関する記事を紹介する。つづけて安吾による天皇についてどのような言説があったかを点検し、安吾の言う〈堕落〉の意味を問うていく。「羅生門」ではないが、そうしなければ生きていけなかった人々の姿を浮き彫りにすることで、「堕落論」の位置を明らかにしようとする試みである。

つづく第二章の「小説の神様・志賀直哉批判」と、第七章「盟友・太宰治への鎮魂歌」は、太宰治研究の第一人者である相馬氏ならではの章である。第二章では、太宰、安吾、織田作の三人による座談会（ひとつは平野謙が司会を担当）から話をはじめる。志賀を正統だとする平野謙に対し、太宰と安吾とは自己の文学論を展開しているが、相馬氏はそれぞれの批評からエッセンスを抽出し、それを補っている。第四章でも、この座談会から読み取れる平野謙と太宰・安吾・織田作の文学観の違いから、安吾が目指していた文学の解明をこころざし、戦後になってから（すなわち矢田津世子の死後に）矢田をモデルにして自伝的小説を書いた意味をさぐろうとする。章題を「自伝的小説という名の虚構」とするのはそのためであろう。ただ、戦後の自伝的小説に触れるとなると、『吹雪物語』について避けるわけにはいかないのではないだろうか。たしかに昭和十三年に刊行された作品ではあるけれども、竹村坦宛の書簡と戦後版の『吹雪物語』のあとがきの落差が大きいからである。『吹雪物語』の評価は安吾によるあとがきによってつくられたと言っても過言ではあるまい。〈坂口安吾〉という虚構は、みずからつくりあげた〈吹雪物語伝説〉と〈矢田津世子物語〉が大きな要素になっているというのが評者の私見なのだが、作家自身による虚像については、ぜひとも相馬氏に読み解いてもらいたいのである。

第六章「「桜の森の満開の下」の手法」の末尾で「ファルスに関する安吾のエッセーが西脇の『超現実主義詩論』の論旨に極めて似ていることを考えると、安吾のシュール・レアリスム受容は一つの現実性を帯びてくるのである」と記されると、そのことについての論考がつづけられることを期待してしまう。初期安吾ということで、このあともつづけて相馬氏は安吾論を書き続けてくれるだろうか。このことも今後の相馬氏に期待したいところである。

さて、昨今は、安吾の評価は高まったと言ってもいい状況だが、『安吾捕物』『安吾史譚』『安吾新日本地理』などはまだまだ十分な検討がなされたわけではない。第十章では『安吾史譚』のなかでもほとんど言及されたことがない「柿本人麿」について論じている。それを本書では珍しく取りあげ、「歴史探偵方法論」を援用しつつ戦中に書かれた「イノチガケ」から「梟雄」に触れ、さらに次の章の「信長」に繋いでいく。

第十四章「未完の長篇「火」の破綻」は、章題どおり「火」についてである。安吾の作品の中には取りあげられないものも多いのだが、「火」も語られてこなかった作品なのではないだろうか。第十三章では、安吾の精神病的兆候について述べた相馬氏は、「火」が執筆されたころの精神状態から新潮社との行き違いがおこり、当初のもくろみどおりの作品に仕上がらなかったところから作品の再検討をこころみる。だが、「信長」では、

桶狭間の合戦で中絶したとしても、長篇「信長」は決して未完の作品ではない。戦国乱世を生き抜く若き信長の緻密に計算された奇策を通して、歴史小説の面白さを充分堪能させてくれるサスペンス・ドラマの傑作である。

と高く評価していたが、「火」については、

いかにもお粗末で短絡的な結末である。ここまでを未完のまま長篇『火』と改題して刊行しては見たものの、当初の「作者の言葉」とは裏腹に自ら失敗作と認めざるを得なかった安吾は、以後この作品を書き継ぐ意欲を全く喪ってしまうのである。

という文章でこの章を閉じるのである。相馬氏にして、やはり、そう言わざるを得なかったのであろうか。安吾ファンとしてもこの時期の検討は辛いであろうか。

第十五章は作品としては「負ケラレマセン勝ツマデハ」であるが、言うまでもなく税金闘争のことが取りあげられている。十三章以降はまさに振幅の大きな作家としての安吾の実像に迫っている。十六章は「無頼派作家の変貌と凋落」というタイトルだが、「狂人遺書」を読み解き、「桐生に安吾を訪れた笹原金

次郎氏に語ったという、「誰にも解って貰えなかった秀吉の哀しさ、バカバカしいほどの野心」とは、当時の安吾自身の心境だったのではないのか」と、安吾の姿と重ね合わせる。

「あとがき」にも見えるとおり、

　こうして見ると、戦前・戦中・戦後を通じて安吾には時流に迎合した形跡は全く見られず、最後まで独自の反俗精神を貫き通して生きた作家であることが判る

と記されていて、著者のスタンスの置き方もよく理解できるのである。さらに、作品を紹介する役割も果たそうと丁寧に読みどころを引用していているため、安吾を理解することにも役立つ一書である。（人文書館　三九〇〇円）

出口裕弘『坂口安吾　百歳の異端児』

山根龍一

エドガー・アラン・ポオの短篇小説「タール博士とフェザー教授の療法」の梗概で始まる本書の主要モチーフの一端は、「『安吾と西洋』の問題」（一二頁）の洗いなおしにある。

　その意味でボードレール訳『エドガー・アラン・ポオ散文作品集』（プレイヤード叢書、ガリマール社）と安吾の自伝小説（「二十七歳」ほか）の記述との比較を試みたプロローグ「正体、いまだ知れず」は、仏語教師の経験もある著者ならではの章として、本書の見所の一つである。そして如上の試みから導出される著

者の見解——デビュー作の「風博士」よりも、昭和十四、五年頃の「勉強記」「総理大臣が貰つた手紙の話」「盗まれた手紙の話」などを「成熟したファルス」（一五頁）として高く評価する——は、一貫して本書の論旨の核になっている。これは、同時期に安吾がレオポルド・ショヴォー作の絵入り奇譚『年を歴た鰐の話』（山本夏彦訳、昭和十六年）を読んでいた可能性の指摘（一四〇—一四一頁）とあわせ、「ファルス」をめぐる従来の研究史に一石を投じるものと言えよう。

さて、小説も含めた安吾の文章を自在に引用して論述するスタイルで、「可能なかぎり視角を変えなが」（一八頁）ら、最終的に「安吾とは何者か、何者だったのか」（三五頁）を見定めようとするのが本書の目的である以上、章ごとに要約を行うのは容易ではない。だが、そうした比較的自由なスタイルでありながら本書が拡散した印象を与えないのは、全体をゆるやかに統括する次のような方法論的視座があるためである。すなわち、「それという代名詞は生硬でいただけない」（傍点原文、二五頁）、「かなり以前から、安吾の文章に『どうせ』という副詞が頻出するのに気付いていた」（二八頁）、「インチキ、という救いのない否定の言葉が、この短文で前後十六回も使われている」（三九頁）というような、著者独自の言語感覚に基づく対象への距離の取り方（アプローチ法）がそれである。

たとえばⅡ章「地獄極楽小路」では、「安吾の論法は目が粗《あら》く飛躍が激しい。『必要』の連呼に耳を奪われていると安吾の本心が見えなくなる」（五〇頁）という問題意識のもと、「日本文化私観」で多用される「郷愁」という言葉に着目している。その上で安吾の生家付近に実際に足を運び、小菅刑務所とドライアイスの工場に惹かれるという文脈の背景に、安吾の幼少年期の「原風景」が関係している可能性を示唆するくだり（五一—五三頁）は興味深い。これは、「タウトをだしにして、日本文化の雑種性を過度に肯定してみせた一代の奇文というあたりが正体ではあるまいか」（傍点原文、一〇六頁）というⅤ章「ハイブリッド」の提言と共に、「日本文化私観」で使われている鍵語をいったん相対化し、その論旨を多角的に検討していくとば口となりうる視点であろう。

また、戦後の小説（「女体」「恋をしに行く」ほか）を取り上げたⅣ章「『危険な関係』」、Ⅶ章「ふたたび、無常の風」、Ⅷ章「遊びと死と」では、各章ごとに「徹底したフランス語仕込みの、透明な論理とでもいうべきもの」（一七二頁）を小説の具体的表現に即して指摘しており、安吾の中に「ヨーロッパが生《なま》な形で生きていた」（一五二頁）ことをあらためて啓発された。

さらには先述のアプローチ法が、一貫して戦後の安吾の「極論」や「放言、暴言」を相対化する基点になっている点も、本書の際立った特徴の一つであろう。Ⅰ章「青い眼」では「安吾の日本文学総否定」（二五頁）に対して、Ⅳ章では安吾のスタンダール否定に対して、Ⅵ章「無常の風」とⅦ章では安吾の「特攻隊効率論」（一二七頁）に対して、著者はそれぞれ「〝唖然〟

という言葉を差し向けて」（一二二頁）いる。とりわけＧＨＱの検閲により全文削除となったいわくつきのエッセイ「特攻隊に捧ぐ」に言及したⅥ、Ⅶ章において、「安吾がなぜああいう文章を書き、編集者に公表を委ねたのか、いまなお推量しがたい」（一六一頁）と困惑の思いを率直に述べつつも、エッセイそのものの文体的特質や同時期の志賀直哉の文章との関連性の指摘を忘れない（一二二―一二七頁）のはさすがである。

最後に、あくまで対象となる具体的な表現（言葉）に密着して論を進める本書の姿勢におおいに刺激を受けたこと、ここで紹介したほかにも読み手ごとに多くの貴重な示唆が得られるであろうことなどを付言して、結びとしたい。

（新潮社　一五〇〇円）

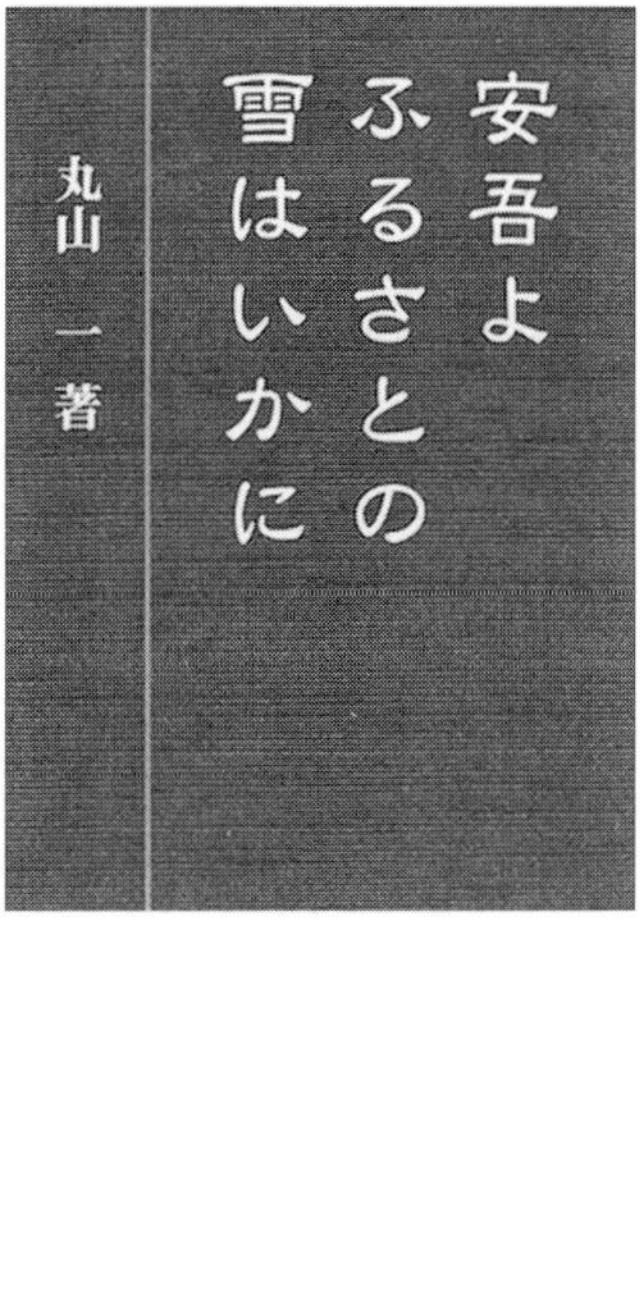

丸山一『安吾よ　ふるさとの雪はいかに』

石月麻由子

安吾碑をたずねて寄居浜に赴いたのは、大学を卒業した年の盛夏、せっかくもぐりこんだ職場に早々と退職願を提出し、文学研究を志して大学院進学を決めた頃だった。新潟の海に行かなくては、と漠然と思っていた。砂丘の松林から吹きくる風、単調な波音、身体を射しぬく眩しい光――「ふるさとに寄する讃歌」（昭和六年）に描かれた風景は、おぞましさとなつかしさを抱き合わせた特別な場所として、私の心象にも強烈に焼きついていた。

目の前に現れた灰白色の巨大な花崗岩は、真夏の直射日光を浴びて、まともに見あげることもできなかった。抱きしめてみようと思ったけれど、抱きしめたらこっちが火傷してしまいそうだった。見つめることも抱きしめることも拒むようなその存在は、それゆえに、今なおお私をとらえて離さない。――沈黙の巨石に逢いにいった記憶が凄烈に甦る一冊であった。

著者の丸山一氏は全国十八番目の民間ラジオ放送局・ラジオ新潟（現・新潟放送）で長年敏腕をふるい、新潟日報社およびラジオ新潟社長にして安吾の長兄、坂口献吉の傍らにいた人物である。昭和二十九年の秋、安吾が帰潟した際のエピソードを含む交遊録風の回想は、寡聞にして知らないことも多く、たいへん興味深く感じられた。考えてみれば、これまで研究者の多くは安吾のテクストから見えてくる「新潟」しか取りあげてこなかったのではないだろうか。このような表現が正しいかどうかは分からないが、新潟の目に映る「安吾」だって当然あったはずだ。本書では、「在所」としての新潟（の素封家・坂口家）が、中央文壇において公私ともに様々な話題を振りまいていた流行作家・坂口安吾をどのようにまなざしていたか、をいささかゴシップ的な生々しさの匂う証言や記憶の断片を挟みつつ描いている。それは、家系図や資料からでは見えてこない〝実感的文学誌〟と言えるであろう。

昭和二十九年十月二日、坂口家の法要のために帰潟した安吾は、著者が担当するラジオ新潟のトーク番組「朝の応接室」に出演する。そこでのインタビューをきっかけに親交を得た筆者は、翌月、文藝講演会のために再び帰潟した安吾とともに夜の巷を彷徨い、晩秋の日本海に叫んだという秀逸なエピソードを披露する。そうした交歓の記念として色紙への揮毫を安吾に依頼したことから、本書は単なる交遊録とは異なる趣を呈してくる。安吾から著者のもとに三枚の色紙が届けられたのは、安吾急逝の約一ヶ月前、昭和三十年一月十四日のことであった。そのうちの一枚が後年、碑文となる「ふるさとは語ることなし」なのだが、著者はほか二枚の色紙に書かれた文言と併せ、そこに安吾の新潟に対する「嫌悪感」を読みとる。その解釈の過程が安吾の遺した言葉や遺族との関係を複雑に絡めながら、やや謎解きめいた筆致で描かれ、読みものとしても充分に楽しめる構成になっている。

「嫌悪感」にもかかわらず――あるいは「嫌悪感」ゆえに――安吾の「新潟」および「家」をめぐる言辞は小説・エッセイに限らず少なくない。言うまでもなく、故郷を離れた作家が家郷を呪詛するにせよ言祝ぐにせよ、その行為を単純な二分法で考えるべきではないだろう。かといって、愛憎ないまぜになった屈折した心理に帰してしまうのも退屈な気がする。作家のエクリチュールというものが往々にしてフィクションであるとするならば、事の真相をあれこれ考えても真実に辿りつけないことを前提に、想像を駆け巡らせるのも悪くない。

たとえば、「石の思い」（昭和二十一年）には、雪に閉じこめられた新潟や「自由の発散をふさがれ」たような家屋敷の情景が記されている。その陰鬱な時空間から抜け出し、広漠とした「青空の下」「自分一人の天地」を希求したところで、自らを育み、身にしみついたその場所や時間を拭い去ることなど容易にできるはずもない。であれば、「石の思い」の末尾に登場する「白痴」のように、家を捨て、陋巷を棲家としながらも、ある日突然「風」になり、家中の戸という戸を蹴倒して帰還することが、安吾の家郷に対するねじれた思いとして受け取れるのではないか。

生者は死者に問いかける。答えが返ってくるはずもないことを重々承知しながら、それでもなお問いかけずにはいられない。「安吾よ ふるさとの雪はいかに」という著者の呼びかけも、終章に登場するギターを持った放浪青年の即興曲もまた。

御年八十八歳。著者の問いかけは今なお続く。二作目『安吾碑を彫る』（二〇〇六・考古堂書店）では、山間から数十トンの巨石を運び出す算段から除幕式を迎えるまでの難事業がドキュメンタリータッチで描かれている。作家の〝死後の生〟を支え、担った人々の思いが胸に迫る。現在、三作目を執筆中であるという。

（考古堂書店　一六二〇円）

坂口安吾研究動向
（二〇〇四年一〇月～二〇〇六年一一月）

原　卓史

二〇〇五年に没後五十年、二〇〇六年に生誕百年を迎えたのをきっかけに、新潟では坂口安吾賞が制定された。坂口安吾を顕彰する動きが活発化しているようだ。研究面においても、陸続と坂口安吾特集が組まれるなど、活況を呈しているといえるだろう。本稿では大原祐治「坂口安吾・研究動向――二〇〇〇年～二〇〇四年――」（『坂口安吾論集Ⅱ　安吾からの挑戦状』ゆまに書房　二〇〇四年一一月）を受け、その後の研究動向について記すこととしたい。

　まずは**単行本**を見てみよう。最初に取り上げるべき成果は、花田俊典『坂口安吾生成　笑劇・悲願・脱構築』（白地社　二〇〇五年六月）である。すでに、小林真二、関谷一郎、山内祥史らによる書評があり、詳細に就いてはこれら書評に委ねるが、何といっても圧巻なのは、「ファルスの登場」である。まず、様々な辞書を引き語義の確認を行い、そして洋の東西を問わず先行する時代や同時代の言説を提示し、安吾はそれらからファルスの発想を入手したという。このような実証を踏まえた上での大胆な仮説が、以下全編にわたって貫かれていく。語り手の「僕」と蛸博士とを同一視した「『風博士』の解読、あるいは蛸博士の奸計」、村山正雄をはじめとする松之山の人々と安吾との交流を論じた「安吾・銘・松之山」、矢田津世子との出会いからわかれまでを考察した「安吾文学と矢田津世子（続、続々を含む）」、「真珠」において安吾が描いたのは「超人と常人のあいだ」だとする同名論、「安吾の新日本地理――伊勢神宮」を手がかりに安吾の古代史が目指したのは、支配的権威的なものを解体―再構築しようとしたのだとする「坂口安吾のディコンストラクション」等々。安吾研究者にとって目標となる一冊である。

　次に紹介するのは、丸山一『安吾よ　ふるさとの雪はいかに』（考古堂書店　二〇〇五年二月）。丸山は、安吾から色紙に揮毫してもらった経験を持つ。貰った言葉は「ふるさとは語ることなし」。当該書では、この言葉が故郷を誉めたものなのか貶したものかを縦軸に、安吾の兄献吉と会津八一の関係、坂口安吾夫妻と兄献吉夫妻の関係、筆者と安吾や石川淳との交流、などを横軸にして物語が展開していく。なお、丸山には『安吾碑を彫る』（考古堂書店　二〇〇六年一一月）もある。

　出口裕弘『坂口安吾　百歳の異端児』（新潮社　二〇〇六年七月）は安吾と西洋の問題を問い直す。「精神病覚え書」とポーを比較し、笑いと恐怖を綯い交ぜにしつつ一気に読ませる人間劇であるところに共通項を見出し、矢田津世子との苦しい恋が安吾をラクロ『危険な関係』の耽読者にさせたとし、さらには「恋をしに行く」の伸子のモデル坂本睦子をマノン・レスコーに重ねてみせるなど、安吾と西洋の問題を追及した。「総理大臣がもらった手紙の話」をファルスの傑作だとしたところに独自性を感じさせる。

かつて、『若き日の坂口安吾』（洋々社　一九九二年一〇月）を出版した相馬正一は、その続編ともいうべき『坂口安吾　戦後を駆け抜けた男』（人文書館　二〇〇六年一一月）を発表した。当該書は安吾の「廃墟からの出発」を皇国史観批判という観点から考察し、「戦前・戦中・戦後を通じて安吾には時流に迎合した形跡は全く見られ」ないという。特徴的なのは、研究史的にはほとんど等閑に付されてきた「火」を取り上げたところだろう。

単行本所収論文についても見ておこう。まず、野口存彌『文学の遠近法』（武蔵野書房　二〇〇四年一一月）は、坂口安吾に関連する問題として、ふるさと、「白痴」、「いずこへ」などを論じた。中でも注目すべきは「葛巻義敏と坂口安吾」で、芥川龍之介の甥である葛巻義敏が堀辰雄と交友関係にあったことを指摘した上で、かかるモダニズム文化を享受した人々との関わりの中で安吾は「作家的主体」を「確立」させたとする見解である。林淑美『昭和イデオロギー　思想としての文学』（平凡社　二〇〇五年八月）は、中野重治、小林秀雄、堀辰雄、戸坂潤、坂口安吾らの言説からイデオロギーの諸形態を読み解く。モラルの追求という観点から、社会制度を再生産する意識の制度に逆らうことを論じたとする「堕落論」、主人公井沢に不道徳よりも恐ろしい背徳の道を歩ませたとする「白痴」、そして「堕落論」の実践者としてサチ子を造型したとする「青鬼の褌を洗う女」を論じる。大原祐治『文学的記憶・一九四〇年前後　昭和期文学と戦争の記憶』（翰林書房　二〇〇六年一一月）は、一九三〇〜一九四〇年代の〈歴史〉が〈文学〉とどのように交わったのか、また記憶／物語を「文学」はどう扱ったのかを考察する。対象となるのは三木清、西田幾多郎、小林秀雄、坂口安吾、柳田國男、川端康成、竹内好、武田泰淳、大江健三郎など。安吾に関して言えば、同時代言説の中に安吾の〈歴史小説〉を位置づけた上で、安吾の〈歴史〉の独自性を析出していく。かかる位置取りを前提として、「イノチガケ」、「真珠」、「白痴」、小林秀雄との関係などが考察される。

さて、単行本・単行本所収論文以外で注目すべきものを取り上げていこう。この期間で特徴的なのは、**新資料**が陸続と発見されたことである。まず注目すべき成果は『坂口安吾論集Ⅱ』（ゆまに書房　二〇〇四年一一月）に収録された十三編の新資料である。新しい音楽が流入してきた時代にフランス音楽の伝統を取り戻そうとしたエリック・サティを評価した「現代仏蘭西音楽の話」は曽根博義による紹介。「レスプリ・ヌーボー第七号の行方　上・下」（『日本古書通信』二〇〇四年一〜二月）の続稿。好きな政治家を聞く「『文芸冊子』アンケート」は七北数人によって見出され、安吾と当該雑誌の発起人小田嶽夫との関係が綴られる。「座談会　千一夜」と「三〇分会見記　坂口安吾氏の巻」を発掘したのは小林真二。阿部定や「不連続殺人事件」などが話題となった。「貞操について」、「名人戦を観て」、「日本野球はプロに非ず」、「女優」、「わが待望する宗教（葉書回答）」、「小説と批評について　文学座談会」は、時野谷ゆりがプランゲ文庫を調査し発見したもの。槍田良枝によって掘り起こされたのは獅子文六との対談「エロ裁き」と「福田恆存の芸術」。原卓史が紹介したのは、近江絹糸、萩原朔太郎、伊香保分湯などについて語ったインタビュー「伊香保で聞く安吾の自負」である。なお、雑誌『國文學』（二〇〇五年一二月）で関井光男「解題」が「想ひ出の町々——京都」を、雑誌『解釈と鑑賞』（二〇〇六年一一月）で原卓史「坂口安吾文学踏査」が肝臓先生記念館蔵「結成書」を紹介。

　坂口安吾と**歴史**の関わりについては、近年研究が急速に進んできている。まず、坂口安吾研究会では「坂口安吾と歴史」（二〇〇二年一二月六日、於九州大学）と題した特集を組んだ。そのときの成果を活字化したものが成田龍一「一九四〇年代の歴史意識と坂口安吾」（『坂口安吾論集Ⅱ　安吾からの挑戦状』前掲）、奥山文幸「坂口安吾の歴史観・序説—パラタクシスという方法」（『解釈と鑑賞』前掲）、原卓史「坂口安吾『二流の人』論——思索社版の典拠をめぐって——」（『中央大学大学院論究』二〇〇五年三月）である。成田は、一九四〇年代の歴史学の動向を補助線として安吾の歴史小説を検討し、多用な歴史叙述の中の「証拠」という『徴候』からしか出来事には接近＝遡及できない」というのが安吾の「歴史認識と歴史作法」であったとする。一方、奥山は、安吾の歴史観＝史眼の特徴を並列を意味する「パラタクシス」という概念で捉えてみせ、「イノチガケ」はそれによる「パッチワークの独自性」を表した作品と評した。原は「二流の人」が金子堅太郎『黒田如水伝』、徳富蘇峰『近世日本国民史』、山路愛山『豊臣秀吉』『徳川家康』をはじめ、多くの歴史書、講談、実録を典拠としていることを明らかにした。

　また、雑誌『國文学』（前掲）でも、「歴史家・坂口安吾——世界システムとアジア」という特集を組んだ。野村幸一郎「古代朝鮮と日本—坂口安吾の日鮮同祖論」は、安吾の古代史観と喜田貞吉や西田幾多郎の学説を重ね、安吾が目指したのは「朝鮮半島と古代日本の交通」を視座として歴史を検討し、「日本」や「日本文化」を失効させることであった、と説く。松本常彦「安吾の歴史小説の書法について」は、安吾の歴史小説の特徴は「個々には完結している」けれども「潜在的には中絶している」ところだとし、徳富蘇峰の『近世日本国民史』の歴史記述との同質性を読み取れるという。しかし、典拠を調べて小説の意義を示すことよりも重要なのは、信長が受け入れた「鉄砲」と「切支丹」に「近代」を見る徳富蘇峰の史観に対して、安吾は「鉄砲」や「切支丹」の終焉に「近代」の終わりを見た点であるとする。十重田裕一「坂口安吾とGHQ／SCAPの検閲——刻印された占領期の痕跡」は、戦中・戦後を通じて坂口安吾の「検閲」に対する創作態度が変わらないことを明らかにする。以下、年代ごとに主要論文を紹介したい。

【昭和初年代】関井光男「アテネ・フランセと安吾」（『文學界』二〇〇五年一〇月）は、アテネ・フランセに於ける「自由な教育の環境」のありようを明らかにし、校内での安吾の思想の基盤がどのように形成されていったのかを論じている。山根龍一「坂口安吾『木枯の酒倉から』論――安吾文学と仏教のかかわりについて――」（『国語と国文学』二〇〇六年一〇月）は、安吾の出発期に西洋哲学と仏教を「小説の領域でダイナミックに統合」せんとしていたことを読み取った上で、「木枯の酒倉から」は木村泰賢『印度六派哲学』、松浦一『文学の本質』などを引用し「仏教」を基底しつつもそうした枠組を解体――無化するテクストとする。宮澤隆義「ファルスの詩学――坂口安吾と『観念』の問題」（『坂口安吾論集Ⅱ　安吾からの挑戦状』前掲）は、一九三〇年代の言説空間を視野に入れつつ「FARCEに就て」の「観念」に注目し、「観念」とは「既存の認識から逃れ出て、「実在」の新たな質を見出すための「反逆」的な方法」であったという。

「風博士」についても注目すべき論考がある。「笑いを得ようとすれば謎に阻まれて〈コメディ〉としてしか読」めなかたったり、「謎を解決しようとすれば推理小説としてしか読」めなかった従来の研究史を相対化し、「〈噴飯すべき行動〉のおかしみを〈笑ひのまま芸術として〉愉しむ」こと、すなわち「ファルス」として捉えなおそうとしたのは、小林真二「ファルスとしての『風博士』――〈莫迦々々しさ〉を歌ひ初めてもいい時期だ〉――」（『国語と国文学』二〇〇五年一〇月）。一方、山下真史「「風博士」―安吾にとってのファルス」（『解釈と鑑賞』前掲）は、龍樹の「中論」や同時代の表現主義を重ね「風博士」を「〈現実〉や〈人間〉のあり方をめぐるファルス」と捉えた。

【昭和十年代】、まず注目すべきは**「吹雪物語」**について論じたものであろう。加瀬健治「坂口安吾『吹雪物語』の方法――「分裂」と、「説明」の欠如」（『武蔵大学人文学会雑誌』二〇〇五年一月）は、「吹雪物語」の文体が統一されていないのは、〈意識の流れ〉や安吾のファルス作品を援用した「戦略」だとする。また、時間構造についても「老人グループ」と「青年グループ」の間で分裂しており、安吾はこれまで「試みてきた実験的手法の数々」を「投入」したのだとする。原卓史「『吹雪物語』に描かれた日本海――坂口安吾論」（『解釈と鑑賞』二〇〇五年二月）は、主人公卓一の思い出を手がかりに、安吾が小学校時代に日本海岸で植樹体験をしたことを明らかにした。石月麻由子「「吹雪物語」―ダンスフロアからの〈疎外〉者」（『解釈と鑑賞』前掲）は、ダンスを補助線にして、青年と老人の世代間格差やセクシュアリティの断絶を浮き彫りにしていく。

思想について分析したものも議論の対象となった。とりわけ**「日本文化私観」**について成果が現れている。今井雅規「坂口安吾『日本文化私観』論――ブルーノ＝タウト批判――」（『龍谷大学大学院国際文化研究論集』二〇〇四年三月）は、安吾とタウトを比較検討し、「生活に根ざす」態度に両者の違いを見出していく。安吾とタウトを比較したのは、池田浩士「ナチズムの視線で読む『日本文化私観』」（『坂口安吾論集Ⅱ　安吾からの挑戦状』前掲）も同様だが、「日本文化私観」に於ける安吾のタウト批判がナチズムへと通じるとした。一方、安吾が批判したのはタウトではなく「古代日本文化」や「近代の超克」を唱えている知識人だとしたのは柄谷行人「仏教とファシズム　坂口安吾」（『定本柄谷行人集』第五巻　岩波書店　二〇〇四年七月）で、安吾の「日本文化私観」は「仏教的な思考」に基づいていると指摘。

その他、三品理絵「「紫大納言」――悪戦苦闘としての文学」（『解釈と鑑賞』前掲）は、初出版と初刊版の本文異同を、諦念の物語から悪戦苦闘の物語への転回とし、安吾の作家としての転回もあったという。石月麻由子「〈手紙〉の余白――坂口安吾「総理大臣が貰つた手紙の話」論――」（『昭和文学研究』二〇〇五年九月）は、「総理大臣が貰つた手紙の話」に於ける泥棒の手紙が同時代の「体位向上」言説と切り結んでいるとし、取手時代の安吾がアクチュアルな問題に関心を寄せていたことを論じた。関谷一郎「安吾作品の構造――太宰と対照しつつ」（『現代文学史研究』二〇〇四年一二月）は、太宰治のテクストが「時局に迎合」しつつ「抵抗」するという「二重構造」になっているのに対して、安吾の「真珠」は「ノイズ」が入るにもかかわらず「テクストそれ自体は巧妙に着地して閉じられる」とし、完全には分析しきれない余剰の存在を指摘した。押野武志「坂口安吾「真珠」の同時代性―詩と散文のあいだ」上下（『文芸研究』二〇〇四年三月、二〇〇五年九月）は、太宰治「十二月八日」と対比しながら、両者は「詩と散文のあいだで思考し続けた作家」であると指摘。小林真二「日映時代の坂口安吾をめぐるノート（二）――日映の文化映画――」（『語学文学』二〇〇六年三月）は、安吾が日映の嘱託勤務時代に二本の脚本を書いていた頃、日映では「啓発宣伝」性の強い「文化映画」が作られていたことを考察。

【昭和二十年代】エッセーについては、松本健一「坂口安吾とナショナリズム」（『坂口安吾論集Ⅱ　安吾からの挑戦状』前掲）が、「国民国家を支えている近代的な個人という概念」を超えて「肉体」に辿りついたところに安吾のナショナリズムの特色を見出す。鈴木貞美「『堕落論』再考」（『解釈と鑑賞』前掲）は、安吾の思想の骨格を「全身的に進化する生命観」と捉えた。

一方、小説を論じたものについてはどのようなものがあるのだろうか。**自伝的小説**については、槍田良枝「坂口安吾の自伝的小説」（『解釈と鑑賞』前掲）は、過去の体験を現在の問題として再構築したのがこれらの作品群だという。山根龍一「『いずこへ』論―同時代言説との接点について」（『解釈と鑑賞』前掲）は、主人公の「私」が「女性との関係を会して理想を探し求め」るたびに「挫折を繰り返す」という記述のありようこそ「いずこへ」の言語戦略だとし、『近代文学』派の「主体性論争」の軌道修正をはかっているという。

ミステリについて論じた成果も見出せよう。押野武志「安吾と『荒地』派詩人たち」（『坂口安吾論集Ⅱ　安吾からの挑戦状』前掲）は、「不連続殺人事件」における「安吾という記述主体の過剰なまでの作品介入」という叙述トリックが、「分裂的語法や引用を駆使したモダニズム詩の流れを汲む」田村隆一、鮎川信夫ら『荒地』派の創作方法と同質であることを明らかにし、押野は「『不連続殺人事件』―本格ミステリと叙述トリック」（『解釈と鑑賞』前掲）でさらに、同作を叙述トリックの系譜の中に位置づけた。藤原耕作「坂口安吾の推理小説」（『国語の研究』二〇〇六年一一月）は、安吾の推理小説を三期に分け、その間、「推理」にアクセントをおくか「小説」にアクセントをおくかで揺れがあるとし、その揺れの過程を考察していく。その他、無意味な殺人を描いたのが「不連続殺人事件」だとしたのは浅子逸男「坂口安吾と探偵小説」（『解釈と鑑賞』前掲）。

この時期で、とりわけ成果が出ているのが**「桜の森の満開の下」**について論じたものではなかろうか。塚野和美「行為としての観劇――『贋作・桜の森の満開の下』をめぐって」（『兵庫教育大学近代文学雑志』二〇〇四年一月）は、「贋作・桜の森の満開の下」の分析を通じて、「野田戯曲の受容における特徴は、中盤までの不均質な情報群とそれに伴って生じる意味の空白、そして、その空白が一気に埋められていく終盤のモノローグの効果」だとし、安吾の「桜の森の満開の下」からいかに換骨奪胎されたかを説く。天満尚仁「坂口安吾『桜の森の満開の下』論――語り　他者　トポス――」（『立教大学日本文学』二〇〇五年一二月）は、読むことに徹底的にこだわり、「私達が依拠している現実世界を規定している自明性の解体」こそがこのテクストの命題だとする。加藤達彦「『桜の森の満開の下』――ウツ・ロ・ヒのテクスト」（『解釈と鑑賞』前掲）は、映画的（フィルミック）なテクストである本作が安吾の仏教体験と深く関わっているという。当該作品がいかに数多く舞台化されているかを具体的に示した葉名尻竜一「坂口安吾と演劇」（『解釈と鑑賞』前掲）もある。

いわゆる**〈安吾もの〉**についての考察は少量ながら質の高い成果を出し始めている。時野谷ゆり「『安吾巷談』の形成と方法」（『国文学研究』二〇〇六年三月）は、当該作品の形成過程には安吾と池島信平をはじめとする『文藝春秋』の編集者との連動性が働いているとした上で、『文藝春秋』の方向性、編集者との連携、読者の反響などに影響されて、安吾は次第に「巷談」の方法を自らのものにしていったと指摘。その他、「安吾の新日本地理」で記された「古代日本の天皇制に対する安吾の考え方」を「歴史探偵方法論」の歴史＝探偵作業という発想を用いて考察し、『古事記』『日本書紀』に記された以外に「天皇位についた者がいたこと」を安吾が説いていたとする安田孝「安吾・天皇・天皇制」（『人文学報』二〇〇四年三月）の論もある。

群馬県桐生市在住時代の安吾については、近年ようやく研究が始まった感がある。この期間では**「女剣士」**に着目した論文が提示されている。原卓史「適うことのない〈願（ねがい）〉——坂口安吾『女剣士』論」（『中央大学国文』二〇〇五年三月）は、昭和二十年代後半の剣道をめぐる言説を考察し、禁止されていた剣法がＧＨＱの撤退によって復活を遂げようとしていたさなか、法神流はなぜか終焉を迎えようとしていたことを明らかにした。その上で、「女剣士」は法神流の存続を願いつつもその〈願〉が適わないことを描いた小説だとする。一方、安吾文学の中で最も成功した「ファルス」として位置づけを行ったのは藤原耕作「坂口安吾『女剣士』小論」（『解釈と鑑賞』前掲）。

その他、同時代言説の中に安吾を位置づけた論考も少なくない。注目すべきものとしては、松本和也「小説表象としての〝十二月八日〟——太宰治「十二月八日」論——」（『日本文学』二〇〇四年九月）は、太宰治「十二月八日」を同時代言説の中において分析し、私小説や歴史小説としてではなく、坂口安吾の「現代」＝「歴史」という表象形式と通底する小説として読めることを示す。山下真史「中村正常と〈ナンセンス文学〉についての覚え書」（『紀要　文学科（中央大学文学部）』二〇〇六年三月）は、中村正常の〈ナンセンス文学〉を、「文芸時代」同人たち、プロレタリア文学、坂口安吾などと重ね、〈悲しき笑〉として現れていることを明らかにした。

坂口安吾研究文献目録
（二〇〇四年一〇月～二〇〇六年一一月）

原　卓史

凡　例

※本目録は、大原祐治・鬼頭七美「坂口安吾研究文献目録（二〇〇〇年一月～二〇〇四年九月）」（『坂口安吾論集Ⅱ　安吾からの挑戦状』ゆまに書房　二〇〇四年一一月三〇日）を受けて、原則として二〇〇四年一〇月以降の坂口安吾に関係する論文を収録する。ただし、二〇〇四年九月以前の目録未収論文・資料については極力補遺するよう心がけた。

※原則として初出情報に基づいて編年体により配列した。

※後に単行本に収録されたものについては、「→」によって示した。

※同年月日の論文については、誌著名の五十音順に並べた。同一雑誌内については、目次順に並べた。

※巻号などは原則として奥付により、巻－号（通号）の形で表記した。ただし、商業誌に関しては表紙の表記に従った。

※特集、言及内容などについては、適宜「＊」によって示した。

【二〇〇四年九月以前】

南伸坊「南伸坊の二〇世紀記憶術」（『本の話』9－2　二〇〇三年二月一日）＊「坂口安吾とゲーデル」所収

千葉一幹「【書評】　檀一雄『太宰と安吾』—文学の所在」（『文學界』57－7　二〇〇三年七月一日）

押野武志「坂口安吾『真珠』の同時代性—詩と散文のあいだ（上）」（『文芸研究』156　二〇〇三年九月三〇日）

新潟市教育委員会編『新潟学コース「新潟の文学風土を考える—安吾・八一を中心にして」』（新潟市教育委員会　二〇〇三年一〇月日付不記）

塚野和美「行為としての観劇—『贋作・桜の森の満開の下』をめぐって」（『兵庫教育大学近代文学雑志』15　二〇〇四年一月一五日）

松村吉祐「坂口安吾『ラムネ氏のこと』《中》の文章展開の分析—《想の転移》の連繋と周辺の文体的特徴—」（『中西一弘先生古稀記念論文集』（大阪国語教育研究会編　二〇〇四年二月一五日）

（無署名）「父・坂口安吾への思い語る長男の綱男さん、桐生で講演」（『読売新聞』群馬版　二〇〇四年三月一日）

大國眞希「近代—昭和（戦前）」（『文学・語学』178　二〇〇四年三月三一日）＊『坂口安吾論集Ⅰ　越境する安吾』に言及

杉井和子「近代—昭和（戦後）」（『文学・語学』178　二〇〇四年三月三一日）＊『坂口安吾論集Ⅰ　越境する安吾』に言及

安田孝「安吾・天皇・天皇制」（『人文学報』351　二〇〇四年三月三一日）

押野武志「坂口安吾『真珠』の同時代性—詩と散文のあいだ（下）」（『文芸研究』157　二〇〇四年三月三一日）

今井雅規「坂口安吾『日本文化私観』論—

ブルーノ＝タウト批判―」（『龍谷大学大学院国際文化研究論集』創刊号　二〇〇四年三月日付不記）

関井光男「坂口安吾」「白痴」（浅井清・佐藤勝編『日本現代小説大事典』明治書院　二〇〇四年七月一〇日）

柄谷行人『定本柄谷行人集』第五巻（岩波書店　二〇〇四年七月二七日）＊「仏教とファシズム　坂口安吾」

半田美永「近代文学と熊野学試論」（『解釈』50－7・8（592・593）二〇〇四年八月一日）→『文人たちの紀伊半島　近代文学の余波と創造』（学校法人皇學館出版部　二〇〇五年三月三一日）＊中上健次と坂口安吾の紀伊半島観を比較

（無署名）「〔文人たちの原風景〕（1）安吾と利根川　自然に触れ失意癒す」（『読売新聞』茨城版　二〇〇四年八月三日）

久世光彦「坂口安吾『堕落論』」（『文藝春秋』82－12　二〇〇四年九月一日）

江口恭平『江口恭平七回忌法要「坂口安吾と南川潤」』（江口文陽　二〇〇四年九月九日）

井伏鱒二『思い出の人々』（ちくま文庫　二〇〇四年九月一〇日）＊「安吾さんのこと」の中で「風博士」「信長」に言及

松本和也「小説表象としての〝十二月八日〟―太宰治「十二月八日」論―」（『日本文学』53－9　二〇〇四年九月一〇日）＊「たゞの文学」に言及

大岡玲「大人の釣り時間　文豪たちの釣り旅　～坂口安吾の巻～『釣り師という人種』」（『フィッシング・カフェ』16　二〇〇四年九月一〇日）＊「釣り師の心境」に言及

横手一彦『敗戦期文学試論』（イー・ディー・アイ　二〇〇四年九月二〇日）＊論考編に「〈戦時期文学〉と〈敗戦期文学〉と―坂口安吾『戦争と一人の女』」、資料編に「坂口安吾『戦争と一人の女』英文資料（プランゲ文庫所蔵資料）」、「坂口安吾『特攻隊に捧ぐ』一九四七年一月十五日納本同年二月一日実業之日本社発行『ホープ』（全文削除）」を所収

【二〇〇四年一〇月以降】

杉山欣也「三島由紀夫〈伝説〉と芥川賞の行方」（『近代文学合同研究会論集第1号　新人賞・可視化される〈作家権〉』二〇〇四年一〇月二日）＊芥川賞選考委員としての安吾に言及

（無署名）「新津で『坂口安吾　原稿の魅力』展」（『毎日新聞』新潟版　二〇〇四年一〇月五日）

（無署名）「坂口安吾『わが工夫せるおじや』―酒で胃壁を痛めたことから消化のいい主食を考えた」（『サライ』16－21　二〇〇四年一〇月七日）

野口存彌『文学の遠近法』（武蔵野書房　二〇〇四年一一月一九日）＊「葛巻義敏と坂口安吾」「坂口安吾・『言葉』創刊の前後」「坂口安吾について」「坂口安吾著『白痴』」「坂口安吾『いずこへ』を読む」

千葉俊二「桜花変幻―『刺青』の系譜」（『芸術至上主義文芸』30　二〇〇四年一一月二七日）＊「桜の森の満開の下」に言及

松本健一「坂口安吾とナショナリズム」（『坂口安吾論集Ⅱ　安吾からの挑戦状』ゆまに書房　二〇〇四年一一月三〇日）

池田浩士「ナチズムの視線で読む『日本文化私観』」（『坂口安吾論集Ⅱ　安吾からの挑戦状』ゆまに書房　二〇〇四年一一月三〇日）

成田龍一「一九四〇年代の歴史意識と坂口安吾」（『坂口安吾論集Ⅱ　安吾からの挑戦状』ゆまに書房　二〇〇四年一一月三〇日）

法月綸太郎・浅子逸男・押野武志・加藤達彦・武田信明「共同討議　坂口安吾とミステリー―法月綸太郎氏に聞く」（『坂口安吾論集Ⅱ　安吾からの挑戦状』ゆまに書房　二〇〇四年一一月三〇日）

押野武志「安吾と『荒地』派詩人たち」（『坂口安吾論集Ⅱ　安吾からの挑戦状』ゆまに書房　二〇〇四年一一月三〇日）

宮澤隆義「ファルスの詩学―坂口安吾と『観念』の問題」（『坂口安吾論集Ⅱ　安吾からの挑戦状』ゆまに書房　二〇〇四年一一月三〇日）

曾根博義「坂口安吾全集未収録エッセイ、アンケートほか　現代仏蘭西音楽の話」（『坂口安吾論集Ⅱ　安吾からの挑戦状』ゆまに書房　二〇〇四年一一月三〇日）

七北数人「坂口安吾全集未収録エッセイ、アンケートほか　『文芸冊子』アンケート」（『坂口安吾論集Ⅱ　安吾からの挑戦状』ゆまに書房　二〇〇四年一一月三〇日）

小林真二「坂口安吾全集未収録エッセイ、アンケートほか　座談会　東京千一夜／三〇分会見記　坂口安吾氏の巻」（『坂口安吾論集Ⅱ　安吾からの挑戦状』ゆまに書房　二〇〇四年一一月三〇日）

時野谷ゆり「坂口安吾全集未収録エッセイ、アンケートほか　貞操について／名人戦を観て／日本野球はプロに非ず／女優／わが待望する宗教（葉書回答）／小説と批評について　文学座談会」（『坂口安吾論集Ⅱ　安吾からの挑戦状』ゆまに書房　二〇〇四年一一月三〇日）

槍田良枝「坂口安吾全集未収録エッセイ、アンケートほか　対談　エロ裁き／福田恆存の芸術」（『坂口安吾論集Ⅱ　安吾からの挑戦状』ゆまに書房　二〇〇四年一一月三〇日）

原卓史「坂口安吾全集未収録エッセイ、アンケートほか　伊香保で聞く安吾の自負」（『坂口安吾論集Ⅱ　安吾からの挑戦状』ゆまに書房　二〇〇四年一一月三〇日）

大原祐治「坂口安吾・研究動向―二〇〇〇年～二〇〇四年―」（『坂口安吾論集Ⅱ　安吾からの挑戦状』ゆまに書房　二〇〇四年一一月三〇日）

大原祐治・鬼頭七美「坂口安吾研究文献目録（二〇〇〇年一月～二〇〇四年九月）」（『坂口安吾論集Ⅱ　安吾からの挑戦状』ゆまに書房　二〇〇四年一一月三〇日）

那住史郎「飯田橋文学散歩　矢田津世子と坂口安吾と神楽坂」（『零文学』1　二〇〇四年一一月日付不記）

岸規子「坂口安吾『風博士』を読む」（『解釈』50-11・12（596・597）二〇〇四年一二月一日）

関井光男「二十一世紀に残した仕事」(『九大日文』05　二〇〇四年一二月一日)

浅子逸男「花、虚空に…　—花田俊典さんに—」(『九大日文』05　二〇〇四年一二月一日)

九州大学日本語文学会作成「花田俊典教授著作目録」(『九大日文』05　二〇〇四年一二月一日)

石川巧編「花田俊典教授　略年譜」(『九大日文』05　二〇〇四年一二月一日)

関谷一郎「安吾作品の構造—太宰と対照しつつ」(『現代文学史研究』3　二〇〇四年一二月一日)

【二〇〇五年】

神田山陽「私の読書遍歴(19)　神田山陽—坂口安吾、深沢七郎、車谷長吉、山本周五郎……。疾走する講談師を煽って止まない魂たち」(『文學界』59-1　二〇〇五年一月一日)

野崎六助「夜の放浪者たち—モダン都市小説における探偵小説未満(1)　坂口安吾『復員殺人事件』(前篇)」(『ミステリマガジン』50-1(587)　二〇〇五年一月一日)

原卓史「坂口安吾」(志村有弘・渡部芳紀編『太宰治大事典』勉誠出版　二〇〇五年一月一〇日)

加瀬健治「坂口安吾『吹雪物語』の方法—「分裂」と、「説明」の欠如」(『武蔵大学人文学会雑誌』36-3(142)　二〇〇五年一月三一日)

羽鳥徹哉「坂口安吾と『日本海』」(『解釈と鑑賞』70-2　二〇〇五年二月一日)↓『作家の魂—日本の近代文学—』(勉誠出版　二〇〇六年四月一日)

原卓史「『吹雪物語』に描かれた日本海—坂口安吾論」(『解釈と鑑賞』70-2　二〇〇五年二月一日)

野崎六助「夜の放浪者たち—モダン都市小説における探偵小説未満(2)　坂口安吾『復員殺人事件』(中篇)」(『ミステリマガジン』50-2(588)　二〇〇五年二月一日)

編集部「中上健次講演録『安吾賞』について」(『風だるま』57　二〇〇五年二月立春発行)

(無署名)「桐生で安吾しのぶ　没後五十年を迎え、市民団体が一六日から手紙など展示」(『読売新聞』群馬版　二〇〇五年二月一三日)

丸山一『安吾よ　ふるさとの雪はいかに』(考古堂書店　二〇〇五年二月一七日)

(無署名)「安吾没後五十年(天声人語)」(『朝日新聞』　二〇〇五年二月一七日)

(無署名)「安吾の自筆原稿や手紙…　故郷新潟の文化遺産に」(『新潟日報』二〇〇五年二月一八日)

(無署名)「ゆかりの作家・坂口安吾『バーチャルミュージアム』開設」(『読売新聞』新潟版　二〇〇五年二月一八日)

七北数人「没後50年　安吾の眼光①」(『河北新報』二〇〇五年二月二〇日)＊『上毛新聞』『福井新聞』『中国新聞』『山形新聞』『八重山毎日新聞』『信濃毎日新聞』『デーリー東北』『山口新聞』『陸奥新報』『神奈川新聞』などで、「火だるま安吾」と改題し載された。なお、②～⑩の付記は省略した。

七北数人「没後50年　安吾の眼光②」（『河北新報』二〇〇五年二月二七日）

浦田憲治「文壇往来　没後五十年、時代を撃つ安吾」（『日本経済新聞』二〇〇五年二月二七日）

時野谷ゆり「坂口安吾の『流行作家』時代―占領期の雑誌にみる坂口安吾の言説の受容」（『早稲田大学大学院文学研究科紀要第三分冊』50　二〇〇五年二月二八日）

町田康・山城むつみ「対談　安吾の戦争」（『すばる』27-3　二〇〇五年三月一日）＊「特集　没後五十年　挑発する坂口安吾」

荻野アンナ「無駄口安奈、坂口安吾を読む」（『すばる』27-3　二〇〇五年三月一日）＊「特集　没後五十年　挑発する坂口安吾」

藤沢周「ふるさと」（『すばる』27-3　二〇〇五年三月一日）＊「特集　没後五十年　挑発する坂口安吾」

モブノリオ「安吾　あれこれ」（『すばる』27-3　二〇〇五年三月一日）＊「特集　没後五十年　挑発する坂口安吾」

長薗安浩「不良少年の発狂」（『すばる』27-3　二〇〇五年三月一日）＊「特集　没後五十年　挑発する坂口安吾」

若木未生「生きる頼朝」（『すばる』27-3　二〇〇五年三月一日）＊「特集　没後五十年　挑発する安吾」

野崎六助「夜の放浪者たち―モダン都市小説における探偵小説未満（3）坂口安吾『復員殺人事件』（後篇）」（『ミステリマガジン』50-3（589）　二〇〇五年三月一日）

横田創「死ぬことも忘れていた―坂口安吾賭としての散文詩（論）」（『早稲田文学［第9次］』30-2　二〇〇五年三月一日）

七北数人「没後50年　安吾の眼光③」（『河北新報』二〇〇五年三月六日）

大河内昭爾『明治大正昭和文壇人国記　県別日本文学の旅　東日本』（おうふう　二〇〇五年三月七日）

七北数人「没後50年　安吾の眼光④」（『河北新報』二〇〇五年三月一三日）

宮澤隆義「ファルスは証言する―坂口安吾『風博士』論」（『国文学研究』145　二〇〇五年三月一五日）

原卓史「坂口安吾『二流の人』論―思索社版の典拠をめぐって―」（『中央大学大学院論究』37　二〇〇五年三月一五日）

七北数人「没後50年　安吾の眼光⑤」（『河北新報』二〇〇五年三月二〇日）

小林広一「坂口安吾の安吾たる所以―没後50年を機に―」（『週刊読書人』二五八〇　二〇〇五年三月二五日）

原卓史「適うことのない〈願（ねがい）〉―坂口安吾『女剣士』論」（『中央大学国文』48　二〇〇五年三月二五日）

重松恵美「石川淳『夷齋俚言』論（五）―「革命とは何か」に見るアランの思想―」（『梅花日文論叢』13　二〇〇五年三月三一日）

松田和夫「安吾とタウト――「日本」をめぐるディスクール」（『東アジア日本語教育・日本文化研究』8　二〇〇五年三月三

一日）

七北数人「没後50年　安吾の眼光⑥」（『河北新報』二〇〇五年四月三日）

七北数人「没後50年　安吾の眼光⑦」（『河北新報』二〇〇五年四月一〇日）

七北数人「没後50年　安吾の眼光⑧」（『河北新報』二〇〇五年四月一七日）

七北数人「没後50年　安吾の眼光⑨」（『河北新報』二〇〇五年四月二四日）

関井光男「二一世紀を読む　坂口安吾没後五十年　転換期に人気の理由とは」（『毎日新聞』二〇〇五年四月二八日）

七北数人「没後50年　安吾の眼光⑩」（『河北新報』二〇〇五年五月一日）

礒佳和『近代文学の作家と作品　無頼派の戦中と戦後―太宰治・田中英光・伊藤整・坂口安吾―』（礒佳和　二〇〇五年五月一四日）＊「桐生における坂口安吾」、「坂口安吾作品索引」を所収

日影丈吉『日影丈吉全集』別巻（国書刊行会　二〇〇五年五月二四日）＊「坂口安吾の強がり」所収

花田俊典『坂口安吾生成　笑劇・悲劇・脱構築』（白地社　二〇〇五年六月二日）

（無署名）「生誕一〇〇年記念し、『安吾賞』を創設　新潟市・ゆかりの地ＰＲ」（『朝日新聞』新潟版　二〇〇五年六月一四日）

太田修『日本文学の原風景』（修羅出版　二〇〇五年六月一五日）＊「ふるさとに寄する讃歌」に言及

花田理枝「俊典さんの家庭内スケッチ」（『出版月報』10　白地社　二〇〇五年六月三〇日）

髙樹のぶ子「笑顔からの距離」（『出版月報』10　白地社　二〇〇五年六月三〇日）

海老井英次「酒豪安吾と珈琲党花田さん」（『出版月報』10　白地社　二〇〇五年六月三〇日）

関井光男「近代文学の終焉と坂口安吾」（『出版月報』10　白地社　二〇〇五年六月三〇日）

浅子逸男「豪快さと繊細さ」（『出版月報』10　白地社　二〇〇五年六月三〇日）

重里徹也「「原点」について」（『出版月報』10　白地社　二〇〇五年六月三〇日）

坂口博「花田さんとの「論争」の行方」（『出版月報』10　白地社　二〇〇五年六月三〇日）

長野秀樹「キングスブルー」（『出版月報』10　白地社　二〇〇五年六月三〇日）

松下博文「「原点が存在する」―安吾と谷川雁、そして花田さんの世界」（『出版月報』10　白地社　二〇〇五年六月三〇日）

石川巧「校定余話」（『出版月報』10　白地社　二〇〇五年六月三〇日）

秋山康文「優しい青鬼」（『出版月報』10　白地社　二〇〇五年六月三〇日）

廣瀬裕作「『坂口安吾生成』」（『出版月報』10　白地社　二〇〇五年六月三〇日）

池内輝雄「書評　野口存彌『文学の遠近法』　確実な資料から描く新たな作家群像　中里介山、宮沢賢治、坂口安吾、堀辰雄らを」（『図書新聞』二七三四　二〇〇五年七月一六日）

牧野一元『坂口安吾的なコース』（牧野一

元　二〇〇五年七月一七日）

山口俊雄『石川淳作品研究―「佳人」から「焼跡のイエス」まで』（双文社出版　二〇〇五年七月二九日）＊「女占い師の前にて」「戯作者文学論」「堕落論」などに言及

林淑美『昭和イデオロギー―思想としての文学』（平凡社　二〇〇五年八月一八日）＊「坂口安吾と戸坂潤―「堕落論」と「道徳論」のあいだ」、「〈モラル〉と呼ぶ新しい概念の創造―「白痴」と安吾の戦後」、「逸脱する女の非労働―坂口安吾「青鬼の褌を洗う女」をめぐって」を所収

石月麻由子「〈手紙〉の余白―坂口安吾『総理大臣が貰つた手紙の話』論―」（『昭和文学研究』51　二〇〇五年九月一日）

杉浦静「坂口安吾研究会編『坂口安吾論集Ⅱ　安吾からの挑戦状』」（『昭和文学研究』51　二〇〇五年九月一日）

小林利裕『坂口安吾』（近代文芸社　二〇〇五年九月一〇日）

小林真二「ファルスとしての『風博士』―〈莫迦々々しさ〉を歌ひ初めてもいい時期だ〉―」（『国語と国文学』82-10（983）二〇〇五年一〇月一日）

柄谷行人「坂口安吾のアナキズム」（『文學界』59-10　二〇〇五年一〇月一日）＊「特集　二〇〇五年の坂口安吾」

半藤一利「偽作『安吾巷談』靖国の神々」（『文學界』59-10　二〇〇五年一〇月一日）＊「特集　二〇〇五年の坂口安吾」

岡崎乾二郎「バタイユと安吾」（『文學界』59-10　二〇〇五年一〇月一日）＊「特集　二〇〇五年の坂口安吾」

関井光男「アテネ・フランセと安吾」（『文學界』59-10　二〇〇五年一〇月一日）＊「特集　二〇〇五年の坂口安吾」

千葉一幹「教祖と教師」（『文學界』59-10　二〇〇五年一〇月一日）＊「特集　二〇〇五年の坂口安吾」

神山睦美「文芸時評　安吾をめぐる柄谷行人、千葉一幹の位相」（『図書新聞』二七四六　二〇〇五年一〇月一五日）

松本和也「〈翻訳〉の織物―太宰治『地球図』精読―」（『日本近代文学』73　二〇〇五年一〇月一五日）＊「イノチガケ」に言及

中村馨「「近代の超克」論争について―その戦後の評価をめぐって」（「囲む会」編『小田切秀雄の文学論争』菁柿堂　二〇〇五年一〇月一七日）

鈴木貞美「**坂口安吾**」（吉田熈生・曾根博義・鈴木貞美編『日本文芸史』第七巻（河出書房新社　二〇〇五年一〇月三〇日）

八吾の会編『安吾生誕一〇〇年マイナス1年　安吾の新潟　生誕碑建立にむけて』（八吾の会　二〇〇五年一一月一三日）

野崎六助『イノチガケ　安吾探偵控』（東京創元社　二〇〇五年一一月二五日）

鈴木貞美「日本の『時代小説』、一九二〇年から一九七〇年まで―そのジャンル論と戦前・戦後の連続性と非連続性」（『日本文化の連続性と非連続性　一九二〇年-一九七〇年』勉誠出版　二〇〇五年一一月二五日）

渡部直己・青山真治「面談文芸時評①『あいだ』をどう作り『平面』をいかに生

きるか」(『新潮』102－12　二〇〇五年一二月一日)

沢田繁春「野口存彌著『文学の遠近法』」(『群系』18　二〇〇五年一二月一〇日)

関井光男「近代世界システムとアジア生産様式」(『國文學』50－13　二〇〇五年一二月一〇日)＊「特集　歴史家・坂口安吾—世界システムとアジア」

成清弘和「古代社会と古代天皇制への視線—坂口安吾のアジア」(『國文學』50－13　二〇〇五年一二月一〇日)

野村幸一郎「古代朝鮮と日本—坂口安吾の日鮮同祖論」(『國文學』50－13　二〇〇五年一二月一〇日)＊「特集　歴史家・坂口安吾—世界システムとアジア」

美濃部重克「幻の国飛騨—「夜長姫と耳男」」(『國文學』50－13　二〇〇五年一二月一〇日)＊「特集　歴史家・坂口安吾—世界システムとアジア」

谷口克広「坂口安吾の織田信長」(『國文學』50－13　二〇〇五年一二月一〇日)＊「特集　歴史家・坂口安吾—世界システムとアジア」

関谷一郎「書評　花田俊典著『坂口安吾生成』」(『國文學』50－13　二〇〇五年一二月一〇日)＊「特集　歴史家・坂口安吾—世界システムとアジア」

柄谷行人・湯浅赳男・関井光男「鼎談　歴史とアジア—ウィットフォーゲルをめぐって」(『國文學』50－13　二〇〇五年一二月一〇日)＊「特集　歴史家・坂口安吾—世界システムとアジア」

松本常彦「安吾の歴史小説の書法について」(『國文學』50－13　二〇〇五年一二月一〇日)＊「特集　歴史家・坂口安吾—世界システムとアジア」

坂口安吾「新資料　思ひ出の町々—京都」(『國文學』50－13　二〇〇五年一二月一〇日)＊「特集　歴史家・坂口安吾—世界システムとアジア」

奥成達「サティ、コクトオ、そして安吾、北園克衛」(『國文學』50－13　二〇〇五年一二月一〇日)＊「特集　歴史家・坂口安吾—世界システムとアジア」

十重田裕一「坂口安吾とGHQ／SCAPの検閲—刻印された占領期の痕跡」(『國文學』50－13　二〇〇五年一二月一〇日)＊「特集　歴史家・坂口安吾—世界システムとアジア」

石阪幹将「坂口安吾の自伝とその歴史—自己発見のモチーフを中心に」(『國文學』50－13　二〇〇五年一二月一〇日)＊「特集　歴史家・坂口安吾—世界システムとアジア」

佐藤健一「経済小説／キャラクター小説としての『金銭無情』」(『國文學』50－13　二〇〇五年一二月一〇日)＊「特集　歴史家・坂口安吾—世界システムとアジア」

重里徹也「司馬遼太郎と坂口安吾—黒田如水・「平凡な紳士」と「二流の人」」(『國文學』50－13　二〇〇五年一二月一〇日)＊「特集　歴史家・坂口安吾—世界システムとアジア」

今村忠純「野田秀樹と安吾—『贋作・桜の森の満開の下』」(『國文學』50－13　二〇〇五年一二月一〇日)＊「特集　歴史家・

坂口安吾─世界システムとアジア」
関井光男編「坂口安吾歴史年表」（『國文學』50－13　二〇〇五年一二月一〇日）＊「特集　歴史家・坂口安吾─世界システムとアジア」
大川渉『文士風狂録　青山光二が語る昭和の作家たち』（筑摩書房　二〇〇五年一二月一〇日）
玉川信明『反魂丹の文化史─越中富山の薬売り』（社会評論社　二〇〇五年一二月二〇日）＊「安吾の新日本地理」に言及
天満尚仁「坂口安吾『桜の森の満開の下』論─語り 他者 トポス」（『立教大学日本文学』95　二〇〇五年一二月二五日）

【二〇〇六年】

後藤直良「坂口安吾と薬」（『薬事日報』二〇〇六年一月一日）
山内祥史「新刊紹介　花田俊典著『坂口安吾生成　笑劇・悲願・脱構築』（『解釈と鑑賞』71－2　二〇〇六年二月一日）
鬼頭七美「作家研究と横断的思考」（『昭和文学研究』52　二〇〇六年三月一日）
安藤宏「書評　林淑美著『昭和イデオロギー　思想としての文学』」（『昭和文学研究』52　二〇〇六年三月一日）
（無署名）「坂口安吾の生誕、記念事業を応援　終焉の地桐生で催し」（『朝日新聞』群馬版　二〇〇六年三月五日）
郷原宏「解説」（坂口安吾『信長』宝島社　二〇〇六年三月六日）
（無署名）「憂楽帳　安吾の時代」（『毎日新聞（夕刊）』二〇〇六年三月九日）
山下真史「中村正常と〈ナンセンス文学〉についての覚え書き」（『紀要　文学科（中央大学）』209　二〇〇六年三月一〇日）＊「FARCEに就て」「風博士」に言及
時野谷ゆり「『安吾巷談』の形成と方法」（『国文学研究』148　二〇〇六年三月一五日）
宮元淳一「坂口安吾の自家撞着─『ふるさと』と『堕落』について─」（『日本研究』19　二〇〇六年三月一五日）
山崎甲一「近代作家の死生観──芥川、川端、鴎外、漱石。安吾──」（『東洋学研究』43　二〇〇六年三月一五日）
岡田祐樹「坂口安吾『白痴』」（『青銅』36　二〇〇六年三月一七日）
鈴木由季子「作品集『黒谷村』をめぐって─作家・坂口安吾の誕生前後─」（『繍』18　二〇〇六年三月三一日）
小林真二「日映時代の坂口安吾をめぐるノート（二）─日映の文化映画─」（『語学文学』44　二〇〇六年三月日付不記）
出口裕弘「坂口安吾　百歳の異端児」（『新潮』103－5　二〇〇六年五月一日　↓『坂口安吾　百歳の異端児』新潮社　二〇〇六年七月三〇日）
真山仁「安吾の魂に支えられて」（『本』31－5（358）　二〇〇六年五月一日）
小林真二「《不断の運動体》の軌跡─花田俊典氏『坂口安吾生成』をめぐる作品論的断章─」（『日本近代文学』74　二〇〇六年五月一五日）
（無署名）「生誕一〇〇年　多彩な演出
坂口安吾『桜の森の満開の下』千賀ゆう子

4回目の新潟公演」（『新潟日報』二〇〇六年六月三日）

大村彦次郎『文士のいる風景』（ちくま文庫　二〇〇六年六月一〇日）＊「新日本風土記」に言及

（無署名）「反骨『安吾賞』を募集　新潟市」（『朝日新聞』二〇〇六年七月三日）

（無署名）「坂口安吾：生誕一〇〇年記念、『安吾賞』創設へ　個人・団体を表彰」（『毎日新聞』新潟版　二〇〇六年七月三日）

（無署名）「『安吾賞』募集始まる　新潟市が生誕一〇〇周年で創設」（『読売新聞』新潟版　二〇〇六年七月三日）

（無署名）「（青鉛筆）文学を身近に感じて　坂口安吾をモデルにした『文豪Tシャツ』発売」（『朝日新聞』二〇〇六年七月八日）

（無署名）「（黒板）熊野大学二〇〇六年夏季特別セミナー『坂口安吾と中上賢治』」（『朝日新聞（夕刊）』二〇〇六年七月一二日）

坂口綱男『安吾のいる風景』（春陽堂　二〇〇六年七月二〇日）

松本大「私の読書遍歴（第三八回）編集者の家に育った〝読書嫌い〟がはじめて魅かれた朔太郎と安吾（味読・愛読　文学界図書室）」（『文學界』60―8　二〇〇六年八月一日）

（無署名）「坂口安吾と中上健次をテーマ　文化講座「熊野大学」和歌山・新宮でシンポ」（『読売新聞』二〇〇六年八月一〇日）

（無署名）「坂口安吾生誕一〇〇年　閉塞の時代が欲する言葉」（『読売新聞』二〇〇六年八月一五日）

野村幸一郎『小林秀雄　美的モデルネの行方』（和泉書院　二〇〇六年九月一日）＊「戦時下の日本文化論―小林秀雄から西田幾多郎・坂口安吾へ」所収

井口時男「なまなましい抽象力の運動」（柄谷行人『坂口安吾と中上健次』講談社文芸文庫　二〇〇六年九月一〇日）

縄田一男「解説」（『勝海舟　捕物帖』学陽書房　二〇〇六年九月二〇日）

井口時男『暴力的な現在』作品社　二〇〇六年九月二〇日）＊「『文学のふるさと』とは　日本文芸家協会脱退の弁」所収

山根龍一「坂口安吾『木枯の酒倉から』論―安吾文学と仏教のかかわりについて―」（『国語と国文学』83（995）二〇〇六年一〇月一日）

（無署名）「堕ちよ　生き続けよ」（『新潟日報』二〇〇六年一〇月六日）

関井光男「坂口安吾の内なる旅」（『新潟日報』二〇〇六年一〇月六日）

加藤典洋（聞き手鈴木聖二）「生涯文学漬け　すがすがしき『単独者』」（『新潟日報』二〇〇六年一〇月六日）

若槻忠信「孤独独創生む　原点は故郷の〝姿〟」（『新潟日報』二〇〇六年一〇月六日）

木原四郎「イラスト紀行　安吾の石碑をたずねて」（『新潟日報』二〇〇六年一〇月六日）

荻野アンナ「出会いは仏留学　インパクト

強烈」（『新潟日報』二〇〇六年一〇月六日）
（無署名）「色あせぬ感性　「後世に」新装版刊行　県内書店は特設コーナー」（『新潟日報』二〇〇六年一〇月六日）
（無署名）「新大院生ら語る　過激さに共感と反感」（『新潟日報』二〇〇六年一〇月六日）
（無署名）「心震わす言葉　出版〝ブーム〟到来」（『新潟日報』二〇〇六年一〇月六日）
（無署名）「お気に入りの酒定番に　ファンが集う銀座「ルパン」　残る当時の雰囲気」（『新潟日報』二〇〇六年一〇月六日）
（無署名）「「安吾賞」の授賞式開く」（『朝日新聞』二〇〇六年一〇月一六日）
（無署名）「安吾賞」（『新潟日報』二〇〇六年一〇月六日）
出口裕弘「生誕一〇〇年　甦る坂口安吾の文学世界　安吾ワールドの方へ」（『本が好き』5　二〇〇六年一〇月一〇日）
小松原秀平・荻島俊雄企画編集『坂口安吾生誕碑県立記念誌』（坂口安吾生誕碑建立の会　二〇〇六年一〇月二〇日）
八吾の会編『坂口安吾碑を訪ねる　坂口安吾生誕100年記念Guide book』（八吾の会二〇〇六年一〇月二〇日）阪口五峰展実行委員会『阪口五峰を中心とする文人の魅力　坂口安吾生誕百年祭』（小林俊介　二〇〇六年一〇月二〇日）
（無署名）「天声人語　坂口安吾の生と文学　生誕一〇〇周年」（『朝日新聞』二〇〇六年一〇月二〇日）
（無署名）「坂口安吾生誕碑　生誕一〇〇年を迎え建立　新潟大神宮で除幕式」（『毎日新聞』二〇〇六年一〇月二一日）
（無署名）「坂口安吾の記念碑除幕　生誕一〇〇年で新潟市内の生家跡地に」（『読売新聞』二〇〇六年一〇月二一日）
高木彬光「解説」（『不連続殺人事件』角川文庫　二〇〇六年一〇月二五日）
法月綸太郎「本格ミステリのアキレス腱」（『不連続殺人事件』角川文庫　二〇〇六年一〇月二五日）
三枝康高編「年譜」（『不連続殺人事件』角川文庫　二〇〇六年一〇月二五日）
坂口安吾『なぜ生きるんだ。自分を生きる言葉』（イースト・プレス　二〇〇六年一〇月三〇日）＊坂口綱男による構成・監修・写真・資料提供
原卓史「文学アルバム＝坂口安吾」（『解釈と鑑賞』71－11　二〇〇六年一一月一日）
＊「特集＝坂口安吾の魅力―生誕百年記念」
小林真二「坂口安吾と笑い」（『解釈と鑑賞』二〇〇六年一一月一日）（『解釈と鑑賞』71－11　二〇〇六年一一月一日）＊「特集＝坂口安吾の魅力―生誕百年記念」
槍田良枝「坂口安吾の自伝的小説」（『解釈と鑑賞』71－11　二〇〇六年一一月一日）
＊「特集＝坂口安吾の魅力―生誕百年記念」
葉名尻竜一「坂口安吾と演劇」（『解釈と鑑賞』71－11　二〇〇六年一一月一日）＊「特集＝坂口安吾の魅力―生誕百年記念」
杉浦晋「坂口安吾における『反復的なも

の』」（『解釈と鑑賞』71－11　二〇〇六年一一月一日）＊「特集＝坂口安吾の魅力—生誕百年記念」

奥山文幸「坂口安吾の歴史観・序説　パラタクシスという方法」（『解釈と鑑賞』71－11　二〇〇六年一一月一日）＊「特集＝坂口安吾の魅力—生誕百年記念」

浅子逸男「坂口安吾と探偵小説　無意味な死というトリック」（『解釈と鑑賞』71－11　二〇〇六年一一月一日）＊「特集＝坂口安吾の魅力—生誕百年記念」

齊藤明美「坂口安吾の文体」（『解釈と鑑賞』71－11　二〇〇六年一一月一日）＊「特集＝坂口安吾の魅力—生誕百年記念」

原卓史「坂口安吾と新潟　家・故郷・新潟」（『解釈と鑑賞』71－11　二〇〇六年一一月一日）＊「特集＝坂口安吾の魅力—生誕百年記念」

山下真史「『風博士』　安吾にとってのファルス」（『解釈と鑑賞』71－11　二〇〇六一一月一日）＊「特集＝坂口安吾の魅力—生誕百年記念」

三品理絵「『紫大納言』　悪戦苦闘としての文学」（『解釈と鑑賞』71－11　二〇〇六年一一月一日）＊「特集＝坂口安吾の魅力—生誕百年記念」

石月麻由子「『吹雪物語』　ダンスフロアからの〈疎外〉者」（『解釈と鑑賞』71－11　二〇〇六年一一月一日）＊「特集＝坂口安吾の魅力—生誕百年記念」

井口時男「野生の視力　『文学のふるさと』」（『解釈と鑑賞』71－11　二〇〇六年一一月一日）＊「特集＝坂口安吾の魅力—生誕百年記念」

関谷一郎「『イノチガケ』小論　安吾の書法」（『解釈と鑑賞』71－11　二〇〇六年一一月一日）＊「特集＝坂口安吾の魅力—生誕百年記念」

鈴木貞美「『堕落論』再考」（『解釈と鑑賞』71－11　二〇〇六年一一月一日）＊「特集＝坂口安吾の魅力—生誕百年記念」

松本常彦「『白痴』論の前に」（『解釈と鑑賞』71－11　二〇〇六年一一月一日）＊「特集＝坂口安吾の魅力—生誕百年記念」

山根龍一「『いづこへ』論　同時代言説との接点について」（『解釈と鑑賞』71－11　二〇〇六年一一月一日）＊「特集＝坂口安吾の魅力—生誕百年記念」

加藤達彦「『桜の森の満開の下』　ウツ・ロ・ヒのテクスト」（『解釈と鑑賞』71－11　二〇〇六年一一月一日）＊「特集＝坂口安吾の魅力—生誕百年記念」

押野武志「『不連続殺人事件』　本格ミステリと叙述トリック」（『解釈と鑑賞』71－11　二〇〇六年一一月一日）＊「特集＝坂口安吾の魅力—生誕百年記念」

中村一仁「天皇批判といふ解釈　花田清輝、深澤七郎との共通点」（『解釈と鑑賞』71－11　二〇〇六年一一月一日）＊「特集＝坂口安吾の魅力—生誕百年記念」

藤原耕作「坂口安吾『女剣士』小論」（『解釈と鑑賞』71－11　二〇〇六年一一月一日）＊「特集＝坂口安吾の魅力—生誕百年記念」

原卓史「坂口安吾文学踏査」（『解釈と鑑賞』71－11　二〇〇六年一一月一日）＊

「特集＝坂口安吾の魅力―生誕百年記念」

帆苅隆「坂口家姻族の系図　坂口安吾関連資料」（『解釈と鑑賞』71－11　二〇〇六年一一月一日）＊「特集＝坂口安吾の魅力―生誕百年記念」

原卓史「二〇〇〇年代の坂口安吾研究文献目録」（『解釈と鑑賞』71－11　二〇〇六年一一月一日）＊「特集＝坂口安吾の魅力―生誕百年記念」

大原祐治『文学的記憶・一九四〇年前後―昭和期文学と戦争の記憶』（翰林書房　二〇〇六年一一月一二日）＊〈歴史〉言説の中での安吾の位置づけ、「イノチガケ」、「真珠」、「白痴」、坂口安吾と小林秀雄の関係などの考察

天野知幸「〈肉体〉の増殖、欲望の門―田村泰次郎『肉体の門』の受容と消費―」（『日本近代文学』75　二〇〇六年一一月一五日）

西川長夫「林淑美著『昭和イデオロギー思想としての文学』」（『日本近代文学』75　二〇〇六年一一月一五日）

藤原耕作「坂口安吾の推理小説」（『国語の研究』32　二〇〇六年一一月一八日）

丸山一『安吾碑を彫る』考古堂書店　二〇〇六年一一月二〇日

相馬正一『坂口安吾　戦後を駆け抜けた男』（人文書館　二〇〇六年一一月二〇日）

権田浩美「中原中也と丸山薫、そして坂口安吾――荒唐無稽な〈オトギバナシ〉あるいは〈メルヘン〉の系譜――」（『愛知大学国文学』46　二〇〇六年一一月三〇日）

執筆者紹介

浅子逸男（あさご・いつお）
花園大学教授　『坂口安吾論―虚空に舞う花』（有精堂　一九八五）「安吾・天皇・言論」（『日本近代文学館年誌　資料探索3』二〇〇七・九）

天野知幸（あまの・ちさ）
佛教大学・花園大学非常勤講師　「「救済」される女たち―被占領下で観られた「肉体の門」」（『丹羽文雄と田村泰次郎』濱川勝彦・半田美永・秦昌弘・尾西康充編著　学術出版会　二〇〇六・一〇）「〈肉体〉の増殖、欲望の門―田村泰次郎「肉体の門」の受容と消費」（『日本近代文学』第75集　日本近代文学会、二〇〇六・一一）「戦場の性と記憶をめぐるポリティクス―田村泰次郎「春婦伝」が伝えるもの」（『昭和文学研究』第55集　昭和文学会、二〇〇七・九）

石月麻由子（いしづき・まゆこ）
明治学院大学非常勤講師・早稲田大学大学院博士後期課程　「吹雪物語―ダンスホールからの〈疎外〉者」（『解釈と鑑賞』二〇〇六・一一）「〈手紙〉の余白―坂口安吾「総理大臣が貰った手紙の話」論―」（『昭和文学研究』第51集　昭和文学会、二〇〇五・九）

井上章一（いのうえ・しょういち）
文芸評論家　国際日本文化研究センター教授　『性の用語集』（編著、講談社現代新書、二〇〇四）『夢と魅惑の全体主義』（文春新書、二〇〇六）

大杉重男（おおすぎ・しげお）
文芸評論家　首都大学東京人文科学研究科文化関係論専攻准教授　『小説家の起源―徳田秋声論』（講談社、二〇〇〇）『アンチ漱石―固有名批判』（講談社、二〇〇四）

大原祐治（おおはら・ゆうじ）
学習院高等科教諭　『文学的記憶・一九四〇年前後―昭和期文学と戦争の記憶』（翰林書房、二〇〇六）「小説の中の学校／学校の中の小説―井伏鱒二試論（一）―」（『学習院高等科紀要』二〇〇七・七）

加藤達彦（かとう・たつひこ）
木更津工業高等専門学校人文学系准教授　「「桜の森の満開の下」―ウツ・ロ・ヒのテクスト」（『解釈と鑑賞』二〇〇六・一一）

川村湊（かわむら・みなと）
文芸評論家　法政大学国際文化学部教授　『牛頭天皇と蘇民将来伝説―消された異神たち』（作品社、二〇〇七）『村上春樹をどう読むか』（作品社、二〇〇六）

富岡幸一郎（とみおか・こういちろう）
文芸評論家　関東学院大学文学部比較文化学科教授　『新大東亜戦争肯定論』（飛鳥新社、二〇〇六）『スピリチュアルの冒険』（講談社現代新書、二〇〇七）

七北数人（ななきた・かずと）
文芸評論家　筑摩書房版『坂口安吾全集』編集者　『評伝坂口安吾―魂の事件簿―』（集英社、二〇〇二）「火だるま安吾」全一

○回（時事通信系地方紙各紙、二〇〇五）坂口安吾デジタルミュージアム「作品紹介」連載中（二〇〇六〜）

葉名尻竜一（はなじり・りゅういち）

立正大学非常勤講師　「坂口安吾と演劇」「坂口安吾における「反復的なもの」」（『解釈と鑑賞』二〇〇六・一一）

原卓史（はら・たかし）

中央大学兼任講師「真山青果『元禄忠臣蔵』論―成立過程と受容をめぐって」（『大衆文学の領域』大衆文学研究会 二〇〇五・六）「坂口安吾『二流の人』論―思索社版の典拠をめぐって」（『中央大学大学院論究（文学研究科篇）』二〇〇五・三）

黄益九（ファン・イック）

筑波大学大学院博士課程　「占領と肉体の密会―「肉体の門」が物語る戦後―」『文学研究論集』第24号　筑波大学比較・理論文学会、二〇〇六）

宮澤隆義（みやざわ・たかよし）

早稲田大学文化構想学部文芸・ジャーナリズム論系助手　「暴力と言葉―坂口安吾『ジロリの女』から―」（『文藝と批評』、二〇〇七・五）「坂口安吾と「新らしい人間」論」（『日本近代文学』第77集　日本近代文学会、二〇〇七・一〇）

山根龍一（やまね・りゅういち）

東京大学大学院博士課程　「坂口安吾「木枯の酒倉から」論―安吾文学と仏教のかかわりについて―」（『國語と國文學』二〇〇六・一〇）

渡部直己（わたなべ・なおみ）

文芸評論家　近畿大学文芸学部教授　『かくも繊細なる横暴―日本「六八年」小説論』（講談社、二〇〇三）『メルトダウンする文学への九通の手紙』（早美出版、二〇〇六）

安吾論集後記

このたび『坂口安吾論集』第三号をお届けいたします。もともとの予定では昨年の秋に発行するはずでしたが、さまざまな事情により大幅に遅れてしまいました。お詫びいたします。昨年は坂口安吾生誕百年で、本論集にも新潟で開催された記念フォーラムを収録したように、けっして生誕百年を避けて発行したわけではありません。期せずして〈一〇一年目の坂口安吾〉ということにはなりましたが。

研究集会で基調講演をしていただいた井上章一氏、大杉重男氏、渡部直己氏には、あらためて玉稿を執筆していただくことができました。安吾研究会は基調講演を最初におこない、最後までお付きあいをお願いしたうえに原稿まで書かせてしまうという、まことに大きな負担をおかけしたにもかかわらず、快諾されたことに心から感謝いたします。

「書評・紹介」は二〇〇六年度に刊行された著書を対象にしました。原卓史が担当する「研究動向」と重なる紹介になりますが、研究会としては「資料紹介」とならんで、おおいに充実させていく所存です。

研究集会は、第十三回を昨年九月に中央大学で開催、講演を高山宏氏にお願いし、第十四回は今年の三月に花園大学で開催し、佐藤卓己氏が講演されたことを報告します。次回は今年（二〇〇七年）九月に東京近郊で開く予定です。

（Ｉ）

◇『坂口安吾論集』第四号原稿募集のご案内

本研究会では、機関誌として『坂口安吾論集』第一号、第二号をゆまに書房より刊行して参りました。さいわい会員ばかりでなく、一般の方々にも好評をもって迎えられております。ひきつづき、第四号を二〇〇八年の秋頃に刊行することを予定しております。

つきましては、下記のとおり会員からの原稿を募集いたしますので、皆様の意欲的なご応募をお待ちしています。坂口安吾の可能性を引き出した刺激的な論文、資料的価値の高い論文を期待しております。また、新資料の紹介等も歓迎いたします。

なお、原稿の採否は査読委員会で決定いたします。査読委員は運営委員を中心に選定し、一篇につき数人の査読委員をあてます。査読は、坂口安吾研究を着実に前進させる論文、という観点に立って行います。

会員の皆様による研究論文を多く掲載できることを願っておりますので、どうぞ意欲的にご投稿ください。

記

投稿資格　坂口安吾研究会の会員

内容　◇研究論文（※坂口安吾を主たる対象とするもの）
◇研究ノート
◇新資料の紹介

分量　「研究論文」については、四〇〇字詰原稿用紙四〇枚以内。
「研究ノート」については、四〇〇字詰原稿用紙二〇枚以内。
（注1）論文の末尾に「氏名の読み方（ルビ）」と「現職（肩書き）」を記入してください。
（注2）なるべくワープロまたはパソコンを使用し、「フロッピーディスク」（使用ワープロソフト版およびテキストファイル版保存）と併せて、「プリントアウトした原稿を三部」お送り下さい。
なお、原稿等は返却いたしません。

凡例　左記をご参照ください

締切　二〇〇八年五月中旬を予定。（詳細については、会報・研究会のＨＰにてお知らせします。）

原稿料　ありません。

【凡例】

1 漢字、仮名の表記について
旧漢字は新漢字に改める。旧仮名遣いはそのままにする。

2 カッコの使い分けについて
書名、雑誌名、新聞名は『 』を用いる。作品名、論文名、記事名は「 」を用いる。

3 注について
注番号は(1)のように丸カッコつき半角数字で示し、本文中に入れる。

(例)…役割を果たした(12)。

図表に番号をつける場合、(図3)のようにして、本文中に入れる。

4 本文中の年号表記について
西暦を漢数字で表記する。ただし、明治時代以前のものは西暦(和暦)の順で記す。

(例)……一九四五年、一八六七(慶応〇)年

5 引用文献の表記について
単行本は、著者名『本の題名』(出版社 刊行年月)とする。

(例)…… 坂口安吾『日本文化私観』(文体社 一九四三年一二月)

論文は、著者名「論文名」(『本の題名』出版社 刊行年月)、もしくは著者名「論文名」(『雑誌・新聞名』刊行年月)とする。なお、刊行年月は西暦表記とする。

(例)…… 坂口安吾「白痴」(『新潮』一九四六年六月)

6 図版・表・資料の挿入について
図版は「図一、図二…」、表は「表一、表二…」、資料は「資料一、資料二…」のように表記する。

坂口安吾研究会運営委員（○印は今回の編集委員）

○浅子逸男　○武田信明
井口時男　土屋　忍
石月麻由子　葉名尻竜一
大國真希　原　卓史
○押野武志　○藤原耕作
加藤達彦　三品理絵
川村　湊　宮澤隆義
桒原丈和　村井　紀

坂口安吾研究会事務局
中央大学文学部国文学共同研究室内
〒192-0393　東京都八王子市東中野742－1
電話　042（674）3789
電子メールアドレス　angokenkyu@yahoo.co.jp
坂口安吾研究会ホームページ
http://page.freett.com/angoken/

坂口安吾研究会会則（二〇〇二年三月二十八日施行　二〇〇二年七月十三日一部改正）

総則

第一条　この会は坂口安吾研究会と称する。

第二条　この会は坂口安吾の思想・文学の新たな地平を開くとともに、日本文化とその諸問題を問い直し研究することを目的とする。

第三条　この会は第二条の目的を達成するために次の事業を行う。
一　研究発表会、シンポジウムの開催。
二　研究誌、会報などの発行。
三　その他、必要とされる事業。

第四条　この会は事務局を運営委員会で定めた場所におく。

会員

第五条　この会は第二条の目的に賛同する者をもって構成する。会員は付則に定める会費を負担するものとする。

組織および委員

第六条　この会は第三条の事業を遂行するために、運営委員会をおく。運営委員会は委員長のほか、総務・財務等を担当する者をもって構成する。任期は二年とし再任を妨げない。

付則

一　会費は年額五千円とする。
一　会費滞納が二年を越えた会員は退会したものとみなす。

坂口安吾論集Ⅲ

新世紀への安吾

2007年10月25日発行

◉編　坂口安吾研究会

◉発行者　荒井秀夫

◉発行所　株式会社ゆまに書房

〒101-0047 東京都千代田区内神田2-7-6

TEL.03(5296)0491／FAX.03(5296)0493

◉印刷・製本　新灯印刷株式会社

乱丁・落丁本はお取り替えいたします。

定価は表紙に表示してあります。

ISBN978-4-8433-2661-9 C0095